조선천일괴담

## 조선천일괴담

**초판 1쇄 발행** | 2025년 2월 21일
**초판 2쇄 발행** | 2025년 3월 25일

**지은이** | 왓섭!, 베베
**펴낸이** | 박영욱
**펴낸곳** | 북오션

**주 소** | 서울시 마포구 월드컵로 14길 62 북오션빌딩
**이메일** | bookocean@naver.com
**네이버포스트** | post.naver.com/bookocean
**페이스북** | facebook.com/bookocean.book
**인스타그램1** | instagram.com/bookocean777
**인스타그램2** | instagram.com/supr_lady_2008
**X** | x.com/b00k_0cean
**틱톡** | www.tiktok.com/@book_ocean17
**유튜브** | 쏠쏠TV · 쏠쏠라이프TV
**전 화** | 편집문의: 02-325-9172  영업문의: 02-322-6709
**팩 스** | 02-3143-3964

**출판신고번호** | 제 2007-000197호

ISBN 978-89-6799-870-7 (03810)

*이 책은 (주)북오션이 저작권자와의 계약에 따라 발행한 것이므로 내용의 일부 또는 전부를 이용하려면 반드시 북오션의 서면 동의를 받아야 합니다.
*책값은 뒤표지에 있습니다.
*잘못 만들어진 책은 구입하신 서점에서 교환해 드립니다.

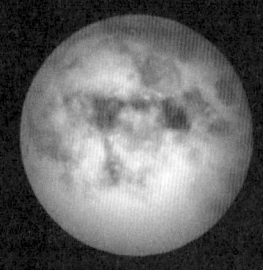

# 차 례

첫 번째 달조각. 신기원요      ❂ 6

두 번째 달조각. 인로골설      ❂ 24

세 번째 달조각. 해골귀신      ❂ 41

네 번째 달조각. 도채비      ❂ 58

다섯 번째 달조각. 그슨대 · 83
여섯 번째 달조각. 태자귀.새타니 · 102
일곱 번째 달조각. 구미호 · 134
여덟 번째 달조각. 영노(비비) · 173
아홉 번째 달조각. 새색시 귀신 · 207
열 번째 달조각. 유인수 · 238
열한 번째 달조각. 강철이 · 275
열두 번째 달조각. 불가사리 · 298

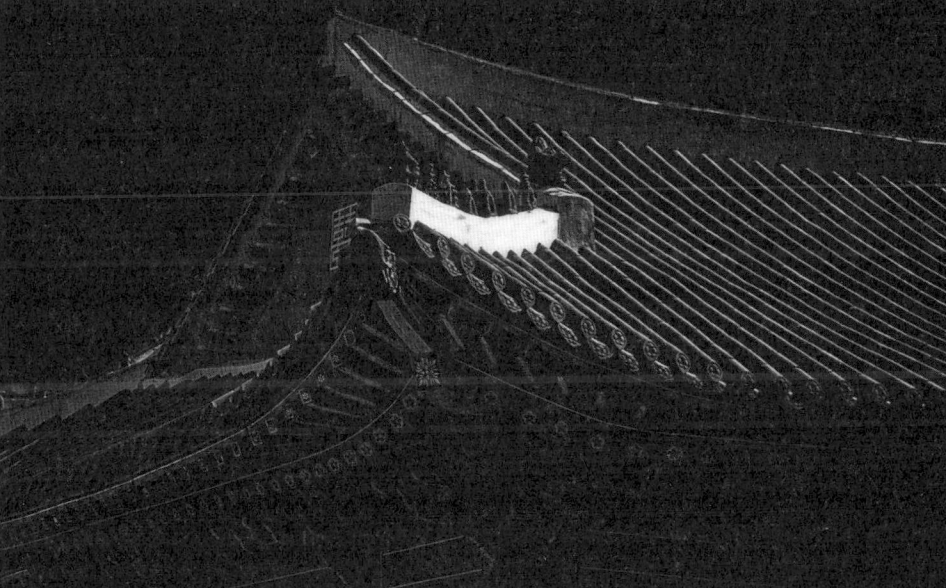

## 첫 번째 달조각.
### 신기원요

　잔잔한 안개가 자욱하게 깔려 있는 흙길에 도포가 스윽 하고 나부끼자 안개도 함께 걷히며 그의 발길을 재촉했다. 은밀하게 움직이라는 어명대로 그는 발소리마저 죽이며 목적지에 다다랐다.
　조용한 한 양반의 가옥엔 이미 오래전부터 사람이 살지 않은 기색이 역력했다. 꽤나 다급했는지 필요한 약간의 짐만 챙기고 달아난 듯 모든 살림이 그대로 남아 있었다.
　"도대체 무슨 일이기에 이렇게 혼비백산 달아난 것인지 알 수가 없습니다요."
　그의 도포에 살짝 숨어 집을 바라보던 봉이가 입을 열었고, 이현은 곧은 자세로 서서 찬찬히 집을 둘러보았다. 행랑채를 지나 사랑채 그리고 안채로 넘어가는 순간 이내 한 곳을 짚어 가만히 바라보다가 신발을 신은 채로 사랑채로 보이는 곳으로 들어갔다. 들어가자마자 그대로 방에 털썩 하고 앉는 그의 몸짓에 기품이 엿보였다.
"나으리, 쇤네는 어떻게 할까요. 나으리 곁으로 갈깝쇼, 아님 밖에 있을깝쇼?"
"네가 편한 대로 하려무나."
봉이는 한참을 안절부절 망설이다가 근처 돌계단 옆에 쭈그려 앉아 이현의 동태를 살폈다.
"괜찮소. 이리 가까이 오시지요."
이현은 상냥한 목소리로 말했고 순간 '스스스' 하는 소리와 함께 일순간 바람이 격하게 불었다.
이현의 앞에는 얼굴이 뭉개져 처참하게 피 칠갑을 한 여자가 살짝 겁을 먹은 듯한 모습으로 앉아 있었다.
"해치지 않소. 나는 이현이라고 하오. 낭자, 어떤 연유로 이곳에 이런 모습으로 있게 되었는지 말해줄 수 있겠소?"
이현의 말에 여자는 고개를 끄덕이며 그동안 있었던 일들을 말했다.
사실 그녀는 한 양반가의 둘째 규수였다. 그녀에겐 사랑하는 사람이 있었다. 하지만 운이 나쁘게도 금혼령이 떨어지며 자신이 처녀 단자의 대상이 되었다는 것이었다. 그리하여 그녀는 그 남자와 함께 야반도주를 하기로 계획했으나 알고 보니 그 남자는 자신의 신분 상승을 꿈꿔 그녀를 이용하기로 마음을 먹었던 자였다. 그리고 그날 밤 그녀는 그렇게 죽음을 맞이했다.
사랑해서 믿었던 만큼 배신감이 클 수밖에 없었다. 한이 깊게 서린 눈빛으로 이현을 바라보는 그녀에게 측은함이 느껴졌다.
"알았소. 낭자의 이름은 무엇이고 그 남자의 이름은 무엇이오?"

"성은 심가요. 이름은 연아이옵니다. 그리고… 그 남자는 김가의 성태입니다."

"김가라 함은….".

"한창 말이 많아 뒤숭숭했던 공조판서 대감의 자제분이옵니다."

"잘 알겠소. 내 전하께 직접 이 모든 일을 전해드리겠소."

"감사합니다, 나으리."

이현은 자리에서 일어나 급히 자리를 떴고 봉이 또한 그런 이현을 따라 빠르게 걸었다.

곧이어 궁궐에 당도한 후 은밀히 왕과의 접촉이 이어졌다.

"전하, 소인 이현이옵니다."

"오, 왔는가? 안으로 들라."

늦은 시각이기도 했지만 그만큼 이현을 믿고 있는 듯한, 간소한 복장을 한 왕이 책을 덮고는 이현을 바라보았다.

"알아보았느냐?"

"예, 방금 알아보았사옵니다."

"그래? 고하라."

조곤조곤 이야기하는 이현의 눈을 흐트러짐 없이 바라보던 왕은 고개를 끄덕이며 가만히 고심에 빠진 얼굴이었다.

"하, 김 대감네 차남이 개차반인 건 알았다만 이 무슨 기괴한 일이더냐?"

"저… 전하….".

"뭐 어떠하냐? 너와 나 둘뿐인데? 그리고 예 차리지 말거라. 괜히 징그럽구나."

왕은 몸을 부르르 떨며 말했고 이현은 난감한 듯 그런 왕을 바라보았다.

"그나저나 심가라 함은… 지금 왕후의 집안이 아니더냐?"

"그렇습니다. 일전에 다른 곳으로 급하게 이사를 간 집안 있지 않습니까."

"그렇지. 세력이 많이 약해진 자라 해도 왕후의 친척이면 만만찮은 세력일 텐데, 왜 그 지경이 되었는가? 하, 일단은 내 은밀히 처리할 터이니 아무 걱정 말거라."

수염을 한번 쓰다듬고는 이현에게 나지막하게 말하던 왕은 피식 미소 지었다.

"수고했다."

"아닙니다. 도움이 필요하시다면 언제든 도움을 청하시지요."

"그리고 내가 바쁘거나 도움이 필요하면, 둘째 형님께 도움을 청하거라. 너의 요청을 내심 기다리고 있는 모양이더구나."

"대군마마… 말씀이옵니까?"

"그래. 그리고 내게도 형이면, 너에게도 형이 아니더냐."

"미천한 제가 어찌 감히 형님이라고 부르겠습니까?"

"미천은 개뿔. 서자도 자식이고 형제는 형제다. 잔말 말고 그냥 따르라."

왕은 껄껄 웃으며 말했고 이현은 난감해했다. 그리고 갑자기 생각난 듯 왕에게 염주 하나를 건넸다.

"이것이 무엇이더냐?"

"가래나무로 만든 염주입니다. 주지 스님께서 쓰시던 염주로, 전하께 꼭 좀 전해달라는 부탁을 받았습니다."

싫어하는 표정이 역력한 왕을 보며 이현은 한숨을 쉬고는 다시 말했다.
"그리 싫은 표정 짓지 마십시오. 밤에 주무실 때만 착용하시면 된다고 합니다."
"들었느냐? 그래, 알겠다. 고맙다고 전하라."
왕은 흠칫 하고는 웃으며 말했고 이내 진지한 표정을 지었다.
"그러고 보니 계속해서 수원의 수령이 호소문을 올리고 있는데 무슨 일인지 혹시 알고 있느냐?"
"그렇지 않아도 이야기를 대충 들어서 알고 있사옵니다."
왕은 가만히 이현을 바라보았고 이현은 그런 왕의 낌새를 느꼈다.
"알겠으니 제발 그렇게 바라보지 마십시오."
"이젠 말하지 않아도 잘 통하니 내 아주 기쁜 마음이 크구나. 어렸을 적 그다지도 남의 눈을 피해 구석에만 처박히더니."
"모두 옛이야기입니다."
"그리고 다음부터는 둘이서만 있을 땐 제발 형님이라고 부르거라."
"그건 싫습니다."
이현의 단호함에 어이없어 하던 왕은 익숙하다는 표정을 지어 보이고는 나가보라며 손짓했다. 이현은 끝까지 예의 바르게 인사를 올리고 나왔다.
이름은 도, 자는 원정, 시호는 장헌. 이현의 형님이자 조선의 왕 세종이다. 세종은 이현에게 편하게 대하라고 하지만 그럴 수가 없다. 서자인 자신을 자연스럽게 받아준 것이 오히려 이상했다. 어진 왕인 것 같으면서도 괴팍한 그를 이해할 수도 없었다. 아니, 이해하고 싶지도 않았다. 그냥 물 흘러가듯 혹은 바람이 스치듯 조용히 살고 싶었던 그였는데, 어쩌다 이렇게 왕의 부탁을 들어 그의 능력을 쓰게 됐는지 모르겠다. 물론 이 저주 같은 힘도 어떻게 쓰느냐에 달렸지만, 세종은 그의 힘을 능력이라고 쓸 수 있게끔 권력을 주었다. 그리고 이현의 업이니 그 업을 어려운 사람을 위해 쓰자고, 그 어려움을 도와주면 얼마나 좋겠느냐고 설득한 것도 세종이었다. 정말 사람을 이용하는 데 도가 튼 왕이었다.

'하긴. 그런 능력이 있으니 왕이 될 수 있는 것이지.'

이현은 피식 웃고는 서둘러 궁을 벗어났다.

은밀히 이동을 했던 덕에 새벽에나 수원에 도착했고, 관아를 지나가는데 스산한 바람이 불었다. 필시 사람의 소행이 아니라고 느낀 이현은 근처 주막으로 들어섰다.

"주모! 주모!"

주모는 갑작스런 사람의 기척에 놀라 눈을 비비고 나왔다.

"이 시간에 손님이라니 별일이네."

이현은 마을의 기운을 느끼고 있었다.

그리고 평상에 앉아 가만히 주모의 행동을 보고 있었다.

"뭘 그리 빤히 보슈? 방 달라는 거 아니유?"

"맞소. 그 전에 요기를 좀 할까 하는데, 국밥 두 그릇 내올 수 있소?"

예의 바른 이현의 모습에 주모는 헛기침을 하며 얼굴을 붉혔다.

"뭐, 안 될 건 없지. 거 잠시 기다리슈!"

봉이는 그런 주모의 모습에 킥킥거리며 웃었고, 이현은 봉이의 등을 찰싹 때렸다.
"그나저나 나으리, 이렇게 관아 일에 끼어들어도 되는 겁니까?"
봉이의 말에 이현이 입을 떼려는 순간 주모가 상을 차려왔다. 꽤나 허기가 진 터라 김이 모락모락 나는 국밥이 먹음직스러웠다.
"뭐 얼마나 묵고 가실 거유?"
"대략 사흘로 잡음 될 것 같소."
이현은 주모에게 방값과 밥값을 지불하고는 국밥을 먹기 시작했다.
"아, 부탁이 있소. 주모."
뒤돌아보는 주모에게 이현은 국밥에 시선을 고정한 채 말했다.
"우리가 여기 묵었다는 건 일체 아무에게도 말하지 말아줬으면 하오. 그리고 우리가 어떤 사람인지 알려고도 하지 마오. 있는 듯 없는 듯 머물고 갈 터이니. 알겠소?"
"그래요. 난 값만 받음 되는 거니까."
주모는 다 아는 사람끼리 왜 그러냐는 식의 표정을 지어 보이며 방으로 들어갔다. 봉이는 허겁지겁 식사를 마치고 먼저 방으로 들어가 이부자리를 펴놓겠다고 했다. 이현은 그러라고 고개를 끄덕이곤 물끄러미 마을을 살펴보았다. 여름인 데도 을씨년스러운 분위기라 기분이 썩 좋지 않았다.
'계속해서 사람이 죽어 나간단 말이지. 게다가 귀신에 홀린 것 같다는 사람까지. 어디서부터 짚고 올라가야 한단 말인가.'
그렇게 대충 마을의 기운을 느끼고 허기를 채운 후 방으로 들어가자 이미 배를 까고 잠들어 있는 봉이가 보였다.
"거 녀석. 세상 편한 것이 네가 제일 부럽구나."

이현은 나지막하게 웃어 보였고 그렇게 밤은 지나갔다.

날이 밝고 본격적인 마을 탐문에 나섰다. 마을은 이상하리만큼 생기를 잃은 모습이었다. 상인들은 물론이고, 거리를 지나가는 행인마저도 의욕이 없어 보였다. 봉이는 곧이어 상인에게 가서 물건을 취하는 듯 행세했다.

"아이고 이 잣 한번 보게. 참 맛있겠구만? 이보쇼, 잣 한 홉 얼마요?"

"싸게 줄 테니 사 가슈."

"아이 왜 이렇게 힘이 없소? 소박 맞았는가? 다 죽어가는 얼굴이구면?"

봉이의 말에 상인은 그제서야 제대로 봉이를 보더니 고개를 다시 푸욱 숙였다.

"외부인인가 보구먼. 외부인이면 모르지."

"무슨 일이 있소?"

"아이고, 말도 마쇼. 마을이 망하게 생겼소."

상인은 죽어가는 표정으로 봉이에게 말했고 봉이는 귀 기울여 상인의 말을 들어주었다. 지난 일 년 동안 계속해서 마을에 흉한 일이 일어난다는 것이었다. 양반가의 자식은 물론이고 관아에 있는 관직까지 병이 들고 있는 판이었다. 물론 태어난 지 얼마 되지 않은 아기들도 예외는 아니었다. 병들어 시름시름 앓다가 죽는 게 대부분이었다. 일주일이 멀다 하고 사람이 죽어 나가니 미치지 않고선 못 배긴다는 것이 그의 말이었다.

 게다가 계속해서 수령까지 바뀌는 판에 마을이 제대로 돌아가려고 하면 또 그 모양이고 계속해서 악순환이니 살맛이 나지 않는다고…. 그리고 외부에서 들어오는 수령들이 대부분 병들어 죽거나 아니면 거의 못 견뎌서 제 발로 나간다고 했다. 봉이에게 건네 들은 이현은 대충 감을 잡았지만 도대체 무슨 일인지 제대로 파악하기 위해 지금 병들어 있는 아이가 있다는 집으로 향했다.

 천으로 코부터 입까지 가린 후 그 아이의 부모를 만났다. 이상하게 거의 양반댁만 이러니 이현도 필시 양반과 관련된 일일 것이라 추측했다. 일단은 밤까지 기다려보기로 하고 자신과 아이 외에는 그 방 근처엔 얼씬도 말라고 일러두었다. 문과 창을 모두 봉한 뒤 앓고 있는 아이의 곁에 앉아 상황을 지켜보기로 했다. 분명히 뭔가 싸한 기분이었다. 아직 모습을 드러내려 하지 않는 것 같으니 밤까지 이현은 익숙하다는 듯 책이라도 읽고 있을 요량이었다.

 그렇게 몇 시간이 흘렀을까, 어김없이 밤은 찾아왔다. 그리고 미약한 숨소리를 내던 아이가 갑자기 심하게 앓는 소리를 냈다.

 '왔구나.'

 이현은 책을 덮고 곧은 자세로 앉아서 아이를 바라봤다. 스산한 기운이 들더니 갑자기 천장에서 뭔가 툭! 하는 둔탁한 음을 내고는 바닥에 널어섰다. 그리고 곧이어 두 번째 둔탁한 소리가 났다. 무엇인가 바라보았더니 사람의 손이었다. 혈색이라곤 없는 푸르딩딩한 손 두 개가 이리저리 바닥을 기다가 아이의 몸쪽으로 갔다. 이윽고 흉부로 가더니 목을 조르기 시작했다.

 "아악! 윽!"

아이는 괴로운 신음을 냈고 이현은 급히 그 손들을 빼내었다. 그리고 급히 봇짐에서 가는 새끼를 꺼내어 손가락들을 묶어 봉했다. 손은 답답하다는 듯 들썩였는데 손가락이 기괴한 모습으로 꺾이며 꿈틀댔다.

"이것이 무엇이더냐? 네 정체가 무엇이냐! 썩 나타나지 못하겠느냐!"

이현이 호통을 치자 이윽고 발이 둔탁한 소리를 내며 바닥으로 떨어졌다. 그리고 이현에게 다가오기 시작했다. 이현의 복부를 노리는 듯 자꾸만 날아올라 공격했고 이현은 들고 있던 부채를 접어 발을 찰싹 때리며 반격하기 시작했다. 그러자 후두둑 소리를 내며 바닥으로 사람의 형태를 한 조각들이 떨어졌고 이내 하나로 합쳐지기 시작했다.

곧이어 두 손만을 제외한 사람의 형태가 완성되었는데 한 여자의 모습이었다. 그제야 정체를 직감한 이현은 고개를 끄덕였다.

"신기원요라…."

여자는 한 서린 표정으로 이현을 바라보았다.

"네 녀석은 누구길래 내 행사를 막는 것이냐?"

"그건 내가 묻고 싶은 말이다. 도대체 이 어린아이가 무슨 죄가 있길래 죽이려 드는 것이냐?"

"네까짓 게 알 바 아니다!"

여자는 피눈물을 흘리며 이현에게 앙칼지게 소리 질렀고 그런 모습에 이현은 그녀를 달래야겠다는 생각이 먼저 들었다.

"내 그대의 말을 들어줄 터이니 진정하고 말해보아라."

"양반 따위, 선비 따위에게 내가 입을 열 것 같으냐? 여기서 썩 꺼지거라!"

여자는 소리를 지르며 이현에게 달려들었고 이현은 한 치의 미동도 없이 그녀의 눈을 뚫어져라 바라보았다. 그러자 여자는 사라졌고 이현은 자리에 털썩 주저앉았다. 고뿔에 걸릴 만큼 오한이 들고 무척이나 추웠다. 스님이 이야기해준 적 있었다. 한이 깊게 서리면 주위가 얼어붙듯이 차가워진다는 말을…. 그렇다. 그 신기원요는 여태껏 느껴보지 못했던 한이 느껴졌다.

이현은 앓고 있던 아이를 서둘러 바라보았는데, 아까와는 다르게 조금은 평온한 얼굴로 잠들어 있었다. 그리고 손을 묶어두었던 짚을 바라보니 묶어놓은 매듭만 남은 채 텅 비어 있었다.

"봉이야! 게 있느냐?"

이현은 소리쳤고 곧이어 봉이가 들어왔다.

"아으, 추워. 나으리 괜찮으십니까?"

"난 괜찮다. 아무래도 보통 일이 아닌 것 같으니 아이의 부모와 수령을 만나보아야 할 것 같다."

이현은 다급하게 아이의 부모와 대면했다. 그리고 아까 보았던 것에 대한 이야기를 했고 아이의 아버지 되는 사람이 얼굴이 하얗게 질리는 걸 볼 수 있었다. 이현은 무엇인지 대충 눈치를 챘고 안주인과 봉이를 내보냈다. 눈치를 보며 말을 잇지 못하고 머뭇거리는 남자에게 이현은 진지한 눈빛으로 바라보았다.

"대감. 말을 해주셔야 압니다. 지금 이렇게 숨기시면 자제분을 잃게 됩니다. 그래도 괜찮으십니까?"

거의 울 듯한 표정으로 멈칫하던 남자는 입을 열었다.

"사실, 일 년 전에 일이 하나 있었습니다."

조심스럽게 말하는 그의 말을 하나라도 놓칠세라 이현은 곧은 자세로 경청했다.

마을과는 조금 떨어진 곳에 기방이 하나 있다고 했다. 아는 사람만이 아는 아주 비밀스러운 기방인데 그것이 양반가에서 한동안 몰래 인기를 끌었다. 기생의 외모는 모두 출중했고 각 지역에서 비밀스럽게 온 기생들이었다. 물론 부모가 없는 고아도 있었고 기방에서 나고 자란 아이 또한 한둘이 아니었다.

왕후를 뽑는 것만큼이나 치열한 경쟁을 뚫어야 머물 수 있던 그 기방엔 '수연'이라고 하는 수련 같은 아이가 있었다. 양귀비꽃들이 가득 피어 있는 꽃밭 사이에 수련 한 송이라니, 당연히 양반들은 호기심이 가기 마련이었다. 하지만 그 누구에게도 마음을 주지 않고 오직 공적인 일만 하며 정조를 지켰다고 한다. 그렇다고 해서 기생으로서 한참이나 뒤떨어지는 존재였나 하면 그것도 아니었다. 그녀는 손꼽히는 빼어난 팔방미인이었다. 그렇게 완벽하면서도 남자 마음을 뒤흔드는 미인이라니 양반들에게 소문이 안 날 수가 없었고, 곧이어 수령에게까지 그 소문이 들어갔다.

당시 수령은 젊은 수령으로 꽤나 명망 있는 사람이었는데, 여자에게도 그닥 관심이 없던 사람이었다. 하지만 주위 관료들에게 이기지 못해 딱 한 번 기방에 방문하게 되었고, 그때 둘은 서로에게 반해버렸다. 두 사람은 남몰래 연애를 하기까지 이르렀는데, 둘 사이를 질투하는 이가 있었으니 바로 수령의 형과 기방의 실세인 기생이었다. 이 기생은 수령에게 그 전부터 마음이 있었으나 여자에 관심이 없다는 말을 듣고 혼자 짝사랑을 해가며 몰래 지켜봐 왔다. 하지만 자신보다 아래인 기생 수연이 수령과 사랑에 빠지니 여간 화가 나는 게 아니었다. 그리고 수령의 형은 자신보다 잘난 동생에게 질투를 느끼고 있었는데, 다가갈 수 없었던 그 수연이 동생과 사랑에 빠지자 화가 머리끝까지 차올랐다. 단지 용기가 없어 실행에 옮기진 못했을 뿐 마음속엔 마귀가 자리 잡고 있었다.

하지만 생각만 하던 수령의 형과 이 기생은 달랐다. 자신감이 강했던 이 기생은 수령의 형을 꾀어내어 모략을 꾀했다. 그 모략이란 이러했다.

수령에 대한 좋지 못한 소문을 만들어 내어 주위에 퍼트렸다. 기방 내는 물론이고 양반들의 귀에 들어가게 하고 몸종들에게도 소문을 흘려 마을 전체로 퍼지게 만들었다. 졸지에 수령은 마을 사람들에게 부정부패에 찌들은 사람임은 물론 호색한이 되어 있었다. 아무리 소문을 무시하고 무리를 해 가며 일을 열심히 하는 모습을 보였지만 본래 사람이란 소문을 더 믿는 법. 그래서 그의 앞에선 아닌 척했지만 사람들은 그를 믿으려 하지 않았다. 그의 입지가 떨어지니 아랫사람들도 그의 말을 더 이상 들으려하지 않았고 그는 진퇴양난이 되었다.

기방에 가고 나서부터 그 소문이 돌기 시작했으니 수령은 사랑하는 여자가 있었음에도 불구하고 일체 발길을 끊었다. 수연은 내색하진 않았지만 계속해서 그를 기다렸다. 언제쯤이나 볼 수 있을까. 그와 함께 나눈 마음과 모든 말들을 굳게 믿고 있었다.

하지만 얼마 후 그녀는 청천벽력 같은 소리를 듣게 되었다. 바로 그의 자살 소식이었다. 도저히 주위의 시선과 갖은 모략, 오해들로 인해 버티지 못하게 된 그는 유일하게 기댈 수 있는 수연과의 만남도 가질 수 없게 되자 벼랑으로 몰리는 기분에 휩싸였고 극단적인 방법을 선택할 수밖에 없었다.

 그의 소식이 들려오자 한동안 넋이 반쯤 나가 있었던 수연이었다. 늘 이성적이고 완벽한 가면을 쓴, 미소를 절대로 잃지 않던 그녀도 사랑 앞에선 그저 여자일 뿐이었다.

 그때를 틈타 수령의 형은 수연을 자신의 여자로 만들려고 했으나 쉽지 않았다. 자신의 마음대로 되지 않자 화가 난 수령의 형은 이번엔 수연을 몰아가기로 마음먹었다. 벼랑 끝으로 몰려 있을 때 자신이 나타나 보듬어주면 금세 자신에게 넘어올 것이라 생각했던 것이었다.

 요즘 그녀가 미쳐서 자꾸 바깥으로 나돈다고 했다. 그리고 수령에 대해 나쁜 소문을 흘린 양반을 찾아가 복수를 한다는 소문이었다. 이에 겁을 먹은 양반들은 자신들이 당할 바엔 먼저 선수를 쳐 그녀를 없애자는 의견을 모았다. 그리고 날을 잡아 은밀히 그녀를 납치해 산속으로 들어갔다. 나중에 죽어서도 자신들에게 복수를 할까 싶어 이왕이면 온몸을 토막 내 버리자는 게 그들의 의견이었다. 그렇게 아름다운 수련 한 송이는 무자비한 남자들의 손에 조각나고 말았다. 양반들은 아무도 모르는 곳에 숨겨야 한다며 구덩이를 파 시체를 밀어 넣고 커다란 바위로 덮어 시체를 유기했다.

 이후 기방에서 그녀가 실종됐다며 신고가 들어갔고 수사관들이 나섰지만 그녀를 찾을 수가 없었다. 또한 수사관들 또한 양반 쪽에 서 있기 때문에 그렇게 이 일들은 묻혀갔다.

 그리고 그런 뒤부터 양반이 하나둘 병에 걸리거나 죽고, 그의 자제들마저 그렇게 된다는 것이었다.

차분하게 남자의 말을 듣고 난 이현은 가만히 남자를 바라보았다.
"자제분이 앓아누운 지 얼마나 됐습니까?"
"닷새 정도 되었습니다."
이미 후회를 하며 참회의 눈물을 흘리고 있었으나 이 남자는 어떻게 도와줄 수 없겠다는 생각이 들었다. 사흘이라면 어떻게든 손을 쓸 수 있을 것 같은데 닷새라니…. 이미 아이의 기운이 많이 약해졌을 터. 내일이나 글피에 이 아이는 고비를 맞게 될 것이다. 이현은 한숨을 쉬며 살해 장소가 어딘지 물었다. 그러자 남자는 덜덜 떨며 옷을 차려입기 시작했다.

커다란 바위가 있는 곳에 도착해 이현은 가만히 그곳에 자리를 잡고 앉았다. 그러자 남자는 어찌 해야 할 바를 몰라 이현의 눈치를 보고 있었다.
"먼저 내려가시지요. 저는 이곳에 그 아이를 만나러 온 것입니다."
이현의 말에 남자는 걸음아 나 살려라! 하며 도망을 갔고, 이현은 팔짱을 끼고는 눈을 지그시 감고 있었다.
"나으리, 괜찮겠습니까요?"
"안 괜찮으면 어쩔 것이냐. 그 여인의 사정도 들어보고 해야 할 것이 아니냐?"
"그래도 언제 올지 알고 이렇게 무작정 기다린단 말입니까?"
"분명 금방 나타날 게야. 힘들면 먼저 돌아가거라."
"아닙니다. 근처에 있겠습니다. 필요하시면 부르십시오. 나으리."

봉이에게 미세한 미소를 지어 보이고는 얼마나 기다렸을까, 그 방에서 느꼈던 것과 같은 한기가 온몸에 돌기 시작했다. 톡 하고 뭔가가 건드리는 것 같길래 보니 발이 있었고 이현의 어깨를 손가락이 툭툭 하고 두드리기 시작했다.

"장난치지 말고 모습을 드러내시오, 수연 낭자."

뭔가 회오리치는 듯 주위에 바람이 일렁이더니 신기원요가 모습을 드러냈다.

"너도 참 끈질기구나. 여기는 또 왜 온 것이더냐?"

"당신의 이야기를 들어보고자 하오. 이야기는 대충 들었소만 낭자의 원한이 어떤지 제대로 알아야 내가 어떻게 해줄 것이 아니오. 원하는 것이 있으면 또 말해보오."

"대충 들었다면 내가 어떤 기분인지 알 것 아니냐. 관아에 원님이라는 것들도 다 똑같다. 내 말을 믿으려고도 하지 않았고 몇 놈은 얼이 빠져 오줌이나 지릴 뿐이었다! 그래서 직접 나선 것이다. 내 저 양반놈들을 다 죽이고 씨를 말려야 편할 것 같으니 더 이상 방해하면 너부터 죽일 것이다! 그리고 양반놈들 모두 먼저 사랑하는 이가 죽으면 어떤지 그 슬픔과 두려움을 느끼게 만든 후 서서히 숨통을 조일 것이야."

한이 서려 피눈물을 흘리는 신기원요의 모습에 이현은 가슴이 아려왔다.

"사랑하는 이를 잃는 아픔은 나도 잘 알고 있소. 하지만 이런다고 해서 낭자가 사랑하던 사람이 돌아오는 것도 아니고 낭자가 다시 살아나지도 않소. 오히려 많은 희생과 피를 볼 뿐 아니오. 당신이 사랑하던 그가 이걸 바랄 것 같소? 당치도 않소. 오히려 죄가 무거워져 성불도 못 하고 소멸될 것이란 말이오. 당신과 그의 억울함을 내가! 전하께 전해 풀어드리겠소. 이걸로는 안 되겠소?"

이현의 말에 신기원요는 가만히 생각했다. 그리고 부자연스럽게 털썩 주저앉고는 아이마냥 엉엉 울기 시작했다.

"난 단지 한 여자로서 한 남자에게 사랑을 받고 싶을 뿐이야. 그리고 행복하게 살고 싶었을 뿐 그게 다인데 뭐가 그리 문제란 말이냐. 왜 사람을 가만히 못 둬 이렇게 만들었단 말이야."

이현은 신기원요를 토닥이며 슬며시 눈물을 닦아주었다.

"내 귀신을 보는 능력이 저주스럽고 원망스러웠으나 이렇게 억울한 마음을 들어줄 수 있는 지금은 참 다행이다 싶소. 당신의 마음을 전하께 그대로 전해드려 당신의 시신 수습은 물론이거니와 당시 원님의 누명도 풀어주겠소. 내 약속하리다. 그러니 이쯤에서 그만두고 떠나오. 백성들은 무슨 죄란 말이오."

부드럽게 미소 지으며 말하는 이현의 말에 신기원요는 고개를 끄덕이고는 알겠노라 약조했다. 그리고 이내 신기원요의 모습이 아닌 생전 아리따운 모습으로 변한 수연은 그렇게 안개처럼 사라졌다.

"봉아."

"예, 나으리! 부르셨습니까요?"

"그래. 일이 끝났으니 이만 전하께로 가자꾸나."

이현은 자리를 털고 일어나 바위에 표식을 만들었다. 그리고 서둘러 궁으로 출발했다.

한양에 당도해 궁으로 가는데 뭔가 분위기가 이상했다. 은밀한 움직임이 이현에겐 느껴져 무엇인가 가만히 바라보았다. 모두 궁궐의 뒷문으로 향하고 있었다.

"나으리! 궁에 무슨 일이 났나 봅니다!"

"저 뒷길은 전하께 통하는 길인데. 일단 가보자꾸나"

이현과 봉이는 서둘러 뒷길로 향했다. 문지기들이 서서 이내 이 둘을 막았다.

"무슨 일이길래 이 소란입니까?"

"아! 이현 나으리 아니십니까? 창을 거두라!"

안에서 문지기의 수장이 나와 말했다. 곧 이현과 봉이를 막고 있던 창이 거둬지고 수장과 함께 세종이 있는 곳으로 향했다.

불어오는 바람이 뭔가 축축한 것이 기분이 묘했다. 그리고 곧 이상한 냄새와 함께 뭔가가 뺨을 스쳐 지나가는 기운을 느꼈다.

'황? 이것은 황 냄새가 아니더냐?'

이현은 뭔가 심상치 않음을 느끼고는 서둘러 세종의 처소로 들어섰다.

## 두 번째 달조각.
## 인로골설

 세종의 처소로 가는 길에 이미 의원 몇 명이 들락날락하는 것을 보아 뭔가 사달이 났음을 직감했다. 이현은 잠시 봉이에게 자리를 피하라 말하고는 서둘러 세종에게로 향했다. 하지만 이현을 알지 못하는 내관들과 궁녀들이 진을 치고 있어 가까이 갈 수 없었다. 그때 이현을 알아본 상선 내관이 이현을 발견하고 서둘러 다가왔다.
 "무슨 일이 있습니까?"
 "아, 그것이….”
 상선은 이현에게 가까이 다가와 조용히 속삭였다. 그의 말에 따르면 분명 아침까지만 해도 멀쩡했던 세종이 저녁이 되어 상태가 나빠졌다는 것이다. 분명 혈색도 좋았고 건강했던 터라 아무도 예상을 하지 못했다고 했다.
 이현은 가만히 생각했다. 무언가 썩은 듯한 황의 냄새가 나는 것은 보통의 문제가 아니다. 필시 어떤 원인으로 인해 그러할 터, 그렇게 미세하게 냄새가 나는 것은 예민한 자가 아니면 알아차릴 수가 없다.

이현은 상선에게 부탁해 의원의 옆에서 세종을 볼 수 있게 해달라고 청했다. 다른 이들은 이현의 정체를 알지 못하니 대충 내관처럼 꾸며달라고 했다. 상선은 이현의 청을 받아들여 의원들을 밖으로 내보내고 곧 이현과 함께 처소 안으로 들어갔다.

처소 안에 들어서자마자 역한 냄새를 풍기며 누워 있는 세종이 보였다. 고통스러우면서도 힘없게 손을 휘저으며 뭐라고 중얼거리는 세종의 옆에 앉은 이현은 세종의 상태를 살펴보았다.

"저리 가거라!"

환각 증세. 게다가 알 수 없는 증상이라니…. 도대체 이게 무슨 일이란 말인가. 이현은 세종의 손을 잡고 물었다.

"전하. 이현이옵니다. 알아보시겠습니까?"

이현의 말에도 세종은 들리지 않는지 동공이 풀린 채 손을 젓고 있었다. 이현은 서둘러 세종의 소매를 걷어 팔을 살펴보았다. 없었다.

"상선 내관."

"예, 나으리."

"제가 전하께 드린 염주 어디 있습니까?"

상선은 서둘러 세종의 개인 보함에 들어 있는 염주를 꺼내고는 이현에게 건넸다.

"하…. 저녁부터는 상시 끼고 계시라고 그리 말씀드렸거늘."

이현은 서둘러 세종에게 염주를 끼웠고 곧이어 조금씩 잠잠해지는 세종을 볼 수 있었다. 염주를 끼자마자 이렇게 조금씩 잦아들다니 필시 요괴의 짓이렸다.

이현은 한숨을 쉬고는 천천히 세종의 처소를 살피기 시작했다. 분명 어딘가에 흔적을 남겼을 텐데, 하지만 뚜렷한 증거가 없어 이현은 깊은 고민에 빠졌다. 이현은 영안으로 요괴를 보기만 할 뿐이지 아직은 그렇게 많은 요괴들을 알지 못한다. 자문을 구해야 세종이 나을 것인데, 자문을 구할 자가 그리 많지 않다.

그때 이현은 뭔가 깨달았다는 듯 움찔했으나 곧이어 한숨을 쉬었다. 이렇게 빠르게 그의 도움을 받으러 갈 줄이야. 마치 기다렸다는 듯 찾으러 가는 꼴이 아닌가? 하지만 이렇게 방치해뒀다간 세종이 위험하니 그로선 어쩔 방도가 없었다. 일단 상선에게 세종을 잘 보살펴달라고 부탁한 후 다음 날 떠나기로 마음먹었다. 적어도 이틀 안엔 돌아와야 한다. 임시방편으로 염주를 끼워놨으니 그동안은 어떤 해코지도 하질 못하겠지.

그렇게 세종의 처소에서 나와 잠깐 눈을 붙이기로 하고 방에 들어온 이현은 누워서 골똘히 생각했다. 어째 기가 막힐 노릇이었다. 한 가지 일이 해결되면 또 한 가지 일이 생기고 어디까지 자신을 괴롭혀야 성에 차는지 세상이 원망스러울 지경이었다. 이현은 깊은 한숨을 쉬며 어떻게 움직일지 동선을 계획하고 있었다.

동이 조금씩 트고 날이 채 다 밝기 전에 이현은 자리에서 일어났다. 이것저것 필요한 짐을 챙기고 있는데, 상선이 조심스럽게 문을 열고는 이현에게 다가왔다.

"이현 나으리, 전하께서 전해주지 못한 것이 있다며 이걸 직접 전해달라 하셨습니다. 물론 비밀리에 드리는 것이니 발설은 금한다고 하셨습니다."

"알고 있습니다. 고맙소, 상선 내관."

이현의 인사에 상선은 빙긋 미소 지어 보이곤 이내 방을 나섰다. 천에 곱게 싸여 있는 형태라 천을 걷어내니 용의 문양이 깃든 반지와 통부가 있었다. 그리고 세종이 직접 쓴 듯한 편지가 있었고 이현은 편지를 펼쳐 보았다.

[짐은 이현 그대에게 모든 검시를 할 수 있는 자격과 수사를 위한 권한인 검관의 지위를 부여하노라. 물론 짐의 직계 검관이니 이를 막을 시엔 엄벌에 처한다 고하라. 아마 그 반지를 보여주면 모두들 납득할 것이나 의심하는 자가 있으면 통부*를 보이라.]

"나 참, 일을 만들어서 주는구나. 이제는 검시까지 맡게 할 생각인가 보군."

이현은 혀를 끌끌 차며 통부를 품속에 넣고 반지를 검지손가락에 꼈다. 어명이니 무시할 수도 없고 이럴 땐 정말 한 대 콕 쥐어박고 싶은 욕구가 들지만 오늘도 참는 이현이다. 얄미울 땐 한없이 얄미운, 이럴 땐 영락없는 형제였다.

이현은 다시금 정신을 가다듬은 다음 신속히 궁을 나섰다. 바깥 공기는 이상하게도 차가웠다. 안개가 잔뜩 끼어서 앞이 잘 보이지 않을 정도였다. 마치 이현이 가는 길을 막는 듯이 말이다.

---

*통부 : 범죄자를 체포하는 증표와 강력한 명령을 전달하는 전령패

"봉이야."

"예, 나으리."

"앞에 불 좀 비추거라. 분간이 안 되니 발을 내디딜 수가 없구나."

봉이는 초롱불을 꺼내 앞을 비추었고 이현과 함께 걸었다. 하지만 계속해서 을씨년스러운 기운에 봉이는 한껏 몸을 떨고 있었다.

"두려운 게냐?"

"몇 개월 나으리 곁에 있었지만 여즉 두려운 건 사실입니다요. 하지만 어쩌겠습니까. 이게 제 일인 것을…. 괜찮습니다, 나으리."

이현은 봉이의 마음을 알기에 측은지심이 몰려왔다. 어릴 적 자신이었으면 분명 이 상황을 피하고 숨을 곳을 찾았겠지. 하지만 봉이는 아니었다. 두려움에 맞서는 용기를 가진 자인 것이다.

"이래서 내 너와 함께 다니는 것이다."

"예? 나으리?"

"아무것도 아니다."

혼자 중얼거리던 이현은 봉이에게 피식 미소 지어 보였고 봉이는 그런 이현을 갸우뚱거리며 쳐다보다가 다시 앞을 보며 신속히 이현을 안내했다.

생각보다 힘하지 않은 산을 오르고 오르자 마침내 절이 보였다. 절 안에 들어오는 순간 목탁 소리와 함께 고즈넉함이 느껴졌다. 아까 마을과는 달리 정화되는 기운에 이현은 숨통이 트였다.

이현이 들어서자 기다렸다는 듯 대군이 절 내에 있는 탑 옆에 서 있는 것이 보였다. 이현은 예의 바르게 인사하고 대군은 온화하게 미소 지으며 그런 이현을 반겨주었다.
"내, 네가 언제 오려나 기다리고 있었다."
"항상 앞을 내다보는 신통함을 가지고 계신 듯합니다."
"허허, 내 아무리 신통하다 한들 너만 할까? 안으로 들자꾸나."
 뒷짐을 지고 걷는 효령대군과 함께 이현은 방으로 들어갔다.
 기품 있게 자리에 앉아 지그시 이현을 바라보는 효령대군과 괜히 긴장된 모습으로 앞에 앉아 있는 이현이 있었다.
"그나저나 무슨 일로 나를 찾았는가?"
"대군마마께서도 아시다시피 요즘 좋지 못한 일이 연속적으로 계속 터지고 있습니다. 그리하여 아는 것이 없어 한 수 배우고자 이렇게 염치 불고하고 찾아왔습니다. 무엇보다 우선적인 건 지금 전하께서 요괴에게 홀린 듯합니다."
"전하께서? 무슨 일이냐? 어떤 일이 있었길래?"
 매번 침착한 대군이 몸을 앞으로 내밀며 이현에게 물었고 이현은 침착하게 그간 있었던 일을 조목조목 말하기 시작했다.
"황 냄새라…. 그리고 또 다른 냄새는 없느냐?"
"또 흙냄새도 났었습니다. 물에 젖은 흙냄새."
 대군은 골똘히 생각하더니 이내 생각났다는 듯 이현을 바라보았다. 그리고 이현에게 조용히 무엇인가 속삭이듯 말했고 이현은 몸을 기울여 들었다. 곧 놀란 토끼 눈을 한 이현의 얼굴엔 혼란스러움이 묻어났다.
"그럼 어떻게 하면 좋단 말입니까?"
"내 서책을 내어줄 테니 앞으로 이걸 참고하거라."
 대군은 서책을 하나 이현에게 내밀었고 이현은 책을 살펴보았다.

그러자 대군은 생각났다는 듯 서책을 한 권 더 내밀었다.

"이것은 무엇입니까?"

"《신주무원록》*이다."

"《신주무원록》?"

"앞으로 네가 하는 일에 많은 도움이 될 것이다."

필시 두 분이서 짜고서 나를 이용하는 것이구나. 이현은 머리가 핑 도는 것을 느꼈으나 이들을 당해낼 수 없기 때문에 아무 말도 할 수 없었다. 머리 꼭대기 위에서 술잔을 기울일 분들인 것이다. 사람 좋게 허허 웃으며 평온한 표정의 저 얼굴 뒤에 정말 무서운 내면이 있다는 것을 그 누가 알까? 물론 눈치가 빠른 사람은 대충 알아채겠지만 그 외엔 아무도 모르겠지. 형제는 역시 형제다. 둘은 닮아 있었다. 표현 방식이 세종이 다소 거칠며 직설적이고 효령이 외유내강일 뿐이다.

어쨌거나 이야기를 마치고 나서 마음이 점점 조급해지는 터라 자리를 박차고 일어나는 이현을 대군이 아쉬운 듯 붙잡았다.

"벌써 가려고 하느냐?"

"전하가 어찌 될지 모르니 얼른 가봐야 하지 않겠습니까. 정체도 제대로 밝혀야 하니까요."

"하긴, 그렇구나. 아무래도 옆에 있어 줘야 할 것 같으니 가서 꼭 붙어 있거라. 필시 또 나타날 게다."

대군은 얼른 가라 손짓했고 이현은 짧게 인사를 하고선 봉이와 급하게 절을 나섰다.

---

* 신주무원록 : 법의학서로 실제 검시 등에 이용하게 된 지침서

산을 내려와 한양으로 점점 다가갈수록 이상하리만치 안개가 자욱하게 껴 있었다.
"이 무슨 조화란 말이냐?"
봉이는 주섬주섬 초롱불을 꺼내 들었고 천천히 이현을 안내했다. 알 수 없는 한기와 습한 느낌이 계속해서 몸을 감싸듯 느껴졌고 이현은 굳게 입을 앙다물었다. 그때 이현의 귓가엔 바람 소리와 함께 조그만 속삭임이 들려왔다.
처음엔 그저 바람 소리겠거니 했지만 속삭임이 더 가까이 다가오자 어떤 소리인지 몰라 귀를 기울였다.
[나를 방해하지 마라. 방해했다간 정말 널 죽여버릴 것이다.]
순간 흠칫했던 이현이었지만 대군이 했던 말을 떠올렸다.
'만약 해를 끼친다는 사실이 확실치 않는데 요물의 기척을 아는 척을 했다간 그 화가 너에게로 돌아올 것이야. 잊지 말거라. 이런 기이한 일을 해결할 수 있는 사람은 오직 너뿐이다. 네가 아프면 혼란스러워진단 말이지. 모든 행동에 조심하거라.'
이현은 모른 척을 하며 척척 앞을 바라보고 걸었다.
계속해서 자신의 근처에 맴도는 듯 메스꺼운 냄새와 함께 습한 기운이 느껴졌다. 이현이 냉철한 표정으로 얼마나 걸었을까 생각했을 때 즈음 금세 궁에 당도해 있었다.
그리고 곧이어 이현은 상선 내관의 도움을 받아 내관의 모습을 한 뒤 다시 왕의 처소에 들어섰다. 확실히 나아진 모습으로 이현을 맞이하는 세종의 모습이 보였다.

"아, 왔느냐?"
"전하, 좀 괜찮으십니까?"
"처음보다 낫지만 아직 힘도 없고 음식 냄새만 맡아도 속이 좋지 못하다. 의원들은 하나같이 증상을 모르겠다고 하고 어떻게 해야 할지 모르겠구나."
"지금은 낮이라 그나마 좀 나을 것입니다. 혹시 당시 생각나는 일이 있으십니까?"
"흠…."
골똘히 생각하며 고개를 가로젓는 세종의 모습에 이현은 가만히 생각했다.
'알 수 없는 병과 환각 증세를 일으키는 요괴 정보밖에 없으니. 대충 종류는 정리해놨지만 아직 정확하게는 알 수가 없구나.'
그때 갑자기 생각났다는 듯 '아!' 하고는 입을 떼는 세종을 이현은 주시하며 고개를 끄덕였다.
"불빛을 봤던 것 같은데…."
"불빛 말입니까?"
"그래, 뭔가 반딧불 같으면서도…."
'허공의 불!'
세종의 말을 듣는 순간 이현의 머릿속에 번뜩 하고 떠올랐다.
'허공의 불 중에서도 인로골설인가.'
곧이어 확실한 증언을 듣기 위해 이현은 다시 물었다.
"전하. 혹시 벌레가 두개골 모양으로 진을 띠고 있었습니까?"
"비슷한 것도 같고…. 너무 순식간에 있었던 일이라…."
"사람들이 자주 드나드는 곳에서 마주친 것은 아닐 터. 전하 그걸 어디서 보셨습니까?"

"생각도 정리하고 바람 좀 쐴 겸 궁을 돌아다니다가 서책이 많은 창고를 발견했다. 인적도 드물고 나도 처음 보는 곳이라 호기심이 일어 들어갔지. 한창 재밌게 읽고 있는데 어느새 내 옆에 와 있는 것이 아니겠느냐? 그리고 정신을 차려보니 오늘이었다."

띄엄띄엄 기억을 더듬으며 말하는 세종을 바라보며 이현은 난감해졌다. 하필이면 해결 방법이 딱히 없는 요괴라니. 분명 세종을 홀려 창고로 들어오게 만든 것이 틀림없었다. 애초부터 세종을 노린 것이겠지. 이현은 자리에서 일어나 창고로 가보겠다며 위치를 알려달라고 했다.

"그 왜… 어렸을 적 너와 내가 걷던 연못이 있는 뒷길 기억하느냐?"
"기억합니다."
"거기서 우측으로 가거라. 그리고 곧장 앞으로 나아가다 좌측에 보면 작은 창고가 있을 것이다. 그곳이다."

말이 끝나기가 무섭게 자리를 박차고 일어나는 이현에게 세종은 걱정스러운 눈빛으로 바라보았다.

"조심하거라. 현아."
"걱정마십시오. 전하께서만 옥체보존 하시면 됩니다."

이현은 옅은 미소를 지으며 이내 문을 닫고 나갔다. 그리고 세종은 그런 이현을 바라보다 이내 이마를 매만졌다.

"넌 버거운 걸 다 짊어 메고 있으면서 어찌 그리도 상냥하단 말이냐?"

기분 나쁜 바람은 계속해서 불고 있었고 이현은 소매로 코와 입을 살짝 막고서 세종이 말한 곳으로 가고 있었다. 연못을 지나 우측, 직진 그리고 좌측. 안개가 자욱해 시야가 흐리기만 할 뿐 세종이 말한 창고는 보이질 않았다. 두리번거리던 것도 잠시, 곧이어 흐릿하게 창고가 시야에 들어섰고 이현은 마른침을 꼴깍 삼키며 창고로 들어갔다. 삐걱 기분 나쁜 소리를 내는 문이 거슬렸지만 이현은 조심스럽게 책들이 빼곡하게 꽂혀 있는 책장 쪽으로 갔다.

그러자 젖은 흙냄새와 함께 순간적으로 시야가 뿌옇게 흐려지더니 눈보라가 휘날리기 시작했다.

'이것이 무슨 조화더냐? 한여름에 그것도 실내에서 눈보라라니. 필시 창고를 발견한 순간부터 함정이렸다?'

이현은 정신을 다잡으며 품 안에서 서책을 하나 꺼냈다. 그리고 빠르게 넘겨 확인하더니 다시 품 안으로 넣고 외워뒀던 불경을 중얼거리기 시작했다.

[네 아무리 발버둥을 쳐봤자 늦었다. 이미 내 본진으로 들어왔으니 빠져나갈 수 없다.]

머릿속에서 울리는 듯한 말에 이현은 다시 정신을 차리고 주변을 두리번거렸다. 그리고 이내 희미한 빛과 함께 무언가가 이현에게로 날아드는 것을 발견했다. 이현은 부채를 빠르게 꺼내 펼쳐 얼굴을 살짝 막고는 다시금 부채를 부쳐 그것을 밀어냈다. 그리고 정체를 다시 한 번 확인하기 위해 눈을 부릅떠서 바라보았다. 역시나 벌레들이 한 데 모여 두개골 모양을 띠고 있는 역시나 인로골설이었다.

"무슨 일이기에 그 한을 쉬이 져버리지 못하고 이렇게 인로골설의 모습을 한 채 떠도느냐?"

[내가 말을 하면 네까짓 게 무슨 도움을 줄 수 있을 것 같으냐?]

인로골설을 노려보던 이현은 골똘히 생각에 빠졌다. 궁에 이렇게 와 있을 정도면 서민보단 양반에 가까운 사람이었을 것 같았다. 그리고 다른 사람이 아닌 왕을 공격한 것으로 보아 필시 뭔가 왕족으로 인해 피해를 봤을 것이다.

"전하께 혹은 다른 왕족으로 인해 죽임을 당한 모양이구나."

인로골설은 아까와는 다르게 가만히 멈춰서 말이 없었다.

"아무 말 없는 것을 보아하니 맞나 보오. 말해보시오. 억울함이 있어 그렇게 되었다면 전하께서는 필시 들어주실 겁니다."

[애초에 들어줄 것이었음 죽지도 않았고 이런 모습이 되진 않았겠지. 억울하다고 했지만 그들은 귀찮다는 듯 짐짝 치우듯 나를 치워버렸다.]

어떤 대화를 해볼 상대가 아니라는 게 느껴졌다. 적어도 어떤 목적이 있는 듯해 보였다. 필시 그대로 놔뒀다간 큰 화를 입을 것이라 직감한 이현은 인로골설을 설득하려 애썼다.

"하지만 지금이라도 말씀하시면 그 한을 풀어주실 수 있을 것입니다."

[죽어서 이런 모습이 된 후에 한을 풀어서 뭘 어찌하게? 가만히 보아하니 너도 한통속 같은데 신기하게도 나를 자세히 보는구나. 내 너 같은 자를 또 하나 알고 있다.]

순간 이현은 흠칫했다. 자신과 같은 자를 알고 있다니? 같은 능력을 가진 사람은 여지껏 한 번도 본 적이 없었던 터라 호기심이 일었다.

"그게 무슨 말씀입니까?"

[너처럼 인간의 눈엔 쉽게 보이지 않는 것들을 보는 자가 또 하나 있었지. 하지만 그 자는 여성이었다.]

인로골설은 이현의 주위를 뱅글뱅글 떠다니며 이현을 살펴보는 듯했다.

[이상하다. 느낌이 정말 많이 닮았단 말이지.]

이현은 긴장을 늦추지 않고 붕붕거리면서도 조금은 거슬리는 쇳소리를 참았다. 기분 나쁜 끈적한 바람 또한 굳게 참으며 인로골설의 비위에 거슬리지 않게 노력했다.

인로골설은 우뚝 멈춰 서더니 이현의 정면으로 날아왔다.

[기억났다. 자신의 성은 가르쳐주지 않고 이름만 알려줬던 그 여자. 설화.]

설화라는 이름을 들은 이현은 놀란 눈으로 인로골설을 바라보았다.

[낯빛을 보아하니 아는 자로구나?]

차가운 얼음이 가슴 속을 휩몰아치듯 욱신거리는 기분. 시린 마음과 어쩔 수 없는 시큰거림이 코끝에 밀려들었다.

"제… 어미입니다."

[오호? 네가 그 설화의 아들이구나? 말로만 들었지만 이렇게 성인이 되었을 줄이야. 다른 것들에게 행여나 해를 입어 죽지 않았을까 싶었건만.]

인로골설은 알 수 없는 묘한 말투로 말했다. 이현이 꼭 죽길 바란 건지 아님 다행이라는 건지 알 수가 없었다.

[설화에겐 덕을 많이 받았다. 날 제거할 수도 있었지만 살려주었지. 왕족들은 갈아 마셔도 시원찮다만 네가 설화의 아들이라면야….]

기분 나쁜 공기가 조금씩 수그러드는 듯했고 이내 빼곡했던 책장이 사라졌다. 그리고 이현은 다시 창고로 들어가기 전 안개가 낀 연못가에 서 있는 자신을 발견했다.

"제 어미에게 어떤 덕을 보셨습니까?"

[무턱대고 요괴를 없애는 자가 아닌 행실이 곧고 이성적인 자였다. 그러다… 그렇게 죽었지만….]

"제 어미가 어떻게 돌아가셨는지 아십니까?"

[알지만 말할 수 없다. 내 지금은 이렇게 물러가지만 설화에게 빚이 있으니 너에게 몇 마디 하겠다. 세상엔 보고 싶은 것만 볼 수 없는 법. 훨씬 더 강하고 무시무시한 것들이 지천으로 깔려 있지. 고로 넌 우물 안 개구리란 소리다. 요괴보다 무서운 것이 무엇인 줄 아느냐? 간악한 인간들이다. 길게 말을 할 수 없으니 여기까지만 말하겠다. 요괴들이라고 모두 나쁜 것만은 아니니 도움을 받을 수 있을 땐 받거라. 그것도 비밀리에…. 절대 그 누구에도 발설하지 마라. 네 어미처럼 되고 싶지 않다면.]

인로골설은 쉬익쉬익거리는 기분 나쁜 쇳소리를 뒤로한 채 그렇게 사라졌다. 사방을 분간할 수 없었던 안개도 거짓말처럼 걷혔다.

'어미처럼 되고 싶지 않다면….'

이현은 인로골설이 한 말을 되새김질하며 생각했다. 도저히 찜찜함을 버릴 수가 없었다. 자신의 어머니가 어떻게 죽었는지를 알고 있는 요괴라니. 무엇보다 어머니의 존재에 대해 제대로 들은 게 없었기에 이현은 적지 않은 충격을 받았다. 그리고 자신과 같은 능력을 가졌다니. 이현은 한 손으로 얼굴을 감싸고 한동안 멍하게 서 있었다.

아무도 이현에겐 설화에 대한 이야기를 해주지 않았다. 이현을 낳고서 얼마 지나지 않아 죽었다는 것밖에 아는 것이 없었다. 늘 의문을 가지고 궁금해했지만 질문 자체를 금하는 분위기라 쉽게 물어볼 수가 없었던 것이다. 그렇게 설화는 애초에 없었던 사람인 것처럼 세상은 잘만 돌아갔고 그녀를 찾는 이 또한 아무도 없었다. 세상에 동떨어진 존재. 이현은 그녀가 살아 있었다는 단 하나의 증거였다.

이 와중에도 발은 서서히 떨어져 세종에게로 향하고 있었다. 눈물이 떨어질 것 같았지만 모질게 자신을 채찍질했다. 그리고 굳게 마음먹었다. 설화의 죽음에 관해 그리고 자신의 발목을 옥죈 왕족과의 인연과 이런 능력을 가지게 된 이유.

'내가 세상에 존재해야 할 이유를 찾겠다.'

이현은 입술을 굳게 다물고 다부진 걸음으로 세종의 처소로 걸어갔다.

세종의 처소에 들어서자 세종은 며칠 굶은 것마냥 밥을 먹고 있었다. 늦은 시각이라 곁엔 상선 내관뿐이었고 세종은 들어오는 이현을 보고 반갑게 미소 지었다.

"이게… 무슨…?"

"해결을 잘한 듯하구나. 내 며칠 앓았던 게 다 거짓말 같다. 내 괜찮아지자마자 갑자기 배가 고파서 이렇게 걸신이 들린 것처럼 먹고 있다. 너도 먹겠느냐?"

"아닙니다. 제가 어찌 겸상을 한단 말입니까. 근데 전하….''

"음?"

"어찌… 수라상에 고기가… 이리도… 많은지….''

"사람은 고기를 먹어야 힘을 쓴다. 사실대로 말해보거라. 먹고 싶은 게지?"

이현은 고개를 저으며 그냥 바닥을 바라보았고 그런 이현을 보고 뭔가 맘이 쓰인 세종은 조용히 숟가락을 내려놨다. 그리고 상선 내관을 내보낸 후 이현을 불렀다.

"무슨 일이 있었던 게로구나?"

"그것은 아니고… 혹시 전하께서 즉위하시기 전에 궁내에서 억울한 죽임을 당한 자가 있었습니까?"

"글쎄다…. 상왕께서 직접 하신 일이더냐?

"아무래도 그런 것 같습니다."

이현은 그 창고에서 어떤 일이 있었는지를 이야기했다. 물론 설화의 이야기는 제외했지만, 적어도 인로골설의 억울함은 풀어주고 싶었다.

세종은 일단 알아보고 그에 맞는 처우를 해줄 테니 걱정 말라며 이현을 안심시켰다. 그리고 곧 이현의 손가락에 끼워져 있는 반지를 보며 씨익 웃었다.

"뭘 그렇게 웃으십니까?"

"네가 지금 끼고 있는 반지가 뭘 뜻하는지 아느냐?"

"아, 그러고 보니 어떤 연유로 저를 직계 검관에 명하셨습니까?"

"이제 전국으로 돌아다니며 수령들에게서 온 문제들을 해결해야 한다."

 세종은 한쪽 귀퉁이를 숟가락으로 슥 가리켰고 그곳엔 상소문들이 빼곡히 쌓여 있었다.

 "예전부터 그런 일이 있긴 했지만 죽음이 밝혀지지 않은 사람들과 어떤 일이 있었는지 알 수 없는 사건들이 빽빽하게 줄을 서고 있다. 그러니 네가 해결을 좀 해줘야겠다 이 말이다."

 장난스럽게 웃는 세종을 뒤로한 채 이현은 불길함이 적중했다는 듯한 한숨을 쉬었다. 그리고 세종의 처소를 벗어난 이현의 양손엔 상소문으로 가득 찬 보따리가 들려져 있었다.

이현은 이틀 내내 상소문을 읽으며 많은 생각을 했다. 그리고 내린 첫 번째 결론은 더는 한양에 머무르면 안 되겠다는 것이었다. 일단 사태가 심각해 보이는 곳으로 가야겠다고 마음먹었고 봉이와 함께 급하게 떠났다.

그가 처음으로 정한 지역은 안동. 연속적으로 벌어지는 사건으로 유독 남자만 자꾸 죽어 나간다고 했다. 양반댁 자제만 벌써 여섯 명이 같은 모습으로 죽음을 맞이했다는 것이다. 얼른 가서 남아 있는 시체를 확인하고 여러 가지 증언 및 증거를 수집하기 위해 이현은 발걸음을 재촉했다.

도착한 안동은 아무 일 없다는 듯 잘 돌아가는 것 같았지만 뭔가 이질감이 느껴졌다. 자세히 보니 양반을 찾을 수가 없었는데 이미 소문이 퍼져 집을 나서기 두려워하는 눈치였다. 이현은 천으로 눈

아래를 가리고 관아로 나섰다.

생각보다 일이 심각했는지 수령은 수척해 보이는 모습이었다. 이현은 조용히 이야기할 것을 청했고 수령은 가만히 이현을 바라보았다. 얼굴을 가리고 있는 이현이 의심스러워 위아래로 슥 하고 훑던 그의 눈에 뭔가가 들어왔다. 이현의 손가락에 그친 수령의 시선을 눈치채고 괜히 어깨를 으쓱하는 봉이의 모습이 보였다. 그리고 이내 이현의 청을 받아들여 수령은 급히 이현을 방으로 모셨다.

"전하께서… 해결하라 보내신 것입니까? 정말 다행입니다. 감사합니다."

수령은 그간 고생이 많았는지 안도의 숨을 내쉬며 기회를 놓칠세라 이현에게 그간 있었던 일을 설명하기 시작했다.

"이상하게 남자들만 죽어 나간단 말입니다. 그것도 양반 자제들만 말입니다. 시체를 들여다보고 검시까지 해봤는데 아무 이상이 없었습니다. 그냥 시름시름 앓다가 죽어가는 것이죠."

이현은 어떤 요괴일까 생각에 빠졌다. 아직 증거들이 충분치 않아 섣부른 판단도 할 수 없었고 일단 시체를 살펴야겠다는 생각이 들었다.

"혹시 장하지 않은 시체가 있습니까?"

"벌써 일곱 번째입니다. 최근 사건으로 얼마 되지 않은 시체가 있긴 합니다만 내일 장을 치른다고 하니 지금 아니면 살펴볼 수도 없습니다. 보시겠습니까?"

이현은 수령의 말에 고개를 끄덕였고 서둘러 시체를 보러 갔다. 부패상태를 보아하니 사망한 지 아직 이틀이 채 되지 않은 듯했다. 같은 사건으로 사망한 시체들의 인적 사항이나 검안서들을 꼼꼼히 살피며 비교했고 대군에게 받은 《신주무원록》을 뒤적이며 시체의 상태를 살폈다.
"살펴보는 데 시간이 조금 걸리니 먼저 들어가 있으셔도 됩니다."
이현의 말에 수령은 작은 묵례를 하곤 나갔고 이현은 본격적으로 시체를 살피기 시작했다. 무언가에 찔린 흔적도 없었고 시체의 피부 또한 문제없어 보였다. 단지 무척이나 수척해 눈이 쏙 들어가 있었고 거의 가죽만 남은 상태로 말라 있었다. 머리카락을 걷어 머리 안이나 손끝 발끝 모든 곳을 꼼꼼하게 살피며 기록을 하고 있던 와중에 누가 옆에 서 있는 것을 느꼈다. 숙이고 있던 시선을 위로 올려 바라보니 웬 백발의 노인이 이현의 옆에 서서 시체를 물끄러미 바라보고 있었다. 이현은 고개를 숙이며 인사를 건넸고 노인 또한 이현의 인사를 받아주었다.
"벌써 일곱 번째구만…."
깊은 한숨을 쉬며 시체를 바라보는 노인의 얼굴엔 수심이 가득해 보였다. 이현은 시체에게 짚을 덮어준 후 잠시 묵례를 하며 명복을 빌어주었고 뭔가 알고 있는 듯한 노인에게 조심스럽게 질문을 던졌다.
"필시 사람의 소행이 아닌 것이지요?"
"그렇습니다. 절대로 인간이 이런 짓을 할 순 없지요."
"한이 가득한 귀신이나 요괴의 소행입니까?"
"찾기 힘든 귀신의 소행일 것입니다. 아마 벌써 다음 희생자를 물색하고 나섰을 터이니 서둘러야 할 것입니다. 이렇게 가다간 이 마을은 물론 근방 양반들의 씨가 마를 것입니다."
불안함이 가득한 목소리로 차분하게 이야기를 하는 노인에겐 뭔가 알 수 없는 고고함이 느껴졌다. 왠지 편안함이 느껴지는 동시에 행동이 조심스러워지게 만들었다.
 이때 책자가 바닥으로 툭 하고 떨어졌는데 이현이 허리를 숙여 책자를 주웠고, 고개를 들었을 땐 노인은 온데간데없었다. 그리고 노인이 있던 그 자리엔 웬 검이 놓여 있었다. 영험한 느낌이 드는 묘한 검이었다. 그리고 검을 잡아들자 그 묘한 느낌이 손부터 팔 그리고 온몸을 휘감는 듯한 느낌이 들었다.
 '아, 이것은 보통 검이 아니구나.'
 분명 방금 이야기를 나눈 이는 보통 사람이 아니라는 생각이 들었고 신통한 힘이 있을 거라 직감해 검을 챙겨 들었다. 분명 도와주기 위해 나타난 이일 것이다. 감사한 마음은 뒤로한 채 이현은 그곳을 벗어나 첫 번째 피해자의 집으로 향했다.
 피해자가 사망하기 전 어떤 일이 있었고 특이한 점은 무엇이었는지 병들어 누운 시점은 어떻게 되는지에 대한 조사를 하기 위함이었다. 마침내 첫 번째 피해자의 집에 들어섰는데, 생기라곤 찾아볼 수 없는 느낌이었다. 아무래도 장손이 그렇게 어이없이 죽음을 맞이했으니 당연한 일이었다. 곧 첫 번째 피해자의 부모님과 마주하고 앉아 당시 상황을 듣게 되었다.
 제대로 된 사람이었으며 오히려 성실해서 주위에선 좋은 평판이 자자한 자제였다고 한다. 그래서 사인의 직접적인 원인으로 의심할 만한 것은 없었다. 그리고 딱히 문제 될 것도 없어 오히려 통탄하며 눈물을 비쳤다.
 제대로 된 수확 없이 두 번째 피해자의 집에 가서도 돌아오는 대답은 아까와 별반 다를 것이 없었다. 세 번째두 네 번째도 그러하자 이현은 미간을 찌푸렸다. 단 하나의 증거라도 잡히면 얼마나 좋단 말인가. 당신들은 도대체 무엇으로 인해 그렇게 수척해졌고 어째서 그렇게 비참한 최후를 맞이한 것이냐.

 이현은 생각에 잠겨 발이 이끄는 대로 걸었고 한적한 물가에 도착해 바위에 걸터앉았다. 그리고 노을이 져 황금색으로 물든 물가를 바라보며 다시 생각을 정리하기 시작했다. 마음이 조금씩 안정을 되찾으며 다시금 냉정한 판단을 하기 위한 준비를 했다.

 '모두 얌전하면서도 부모님의 말씀이라면 무조건 따르는 착하고 고운 심성을 가진 청년들이었다. 게다가 서책을 사랑하고 공부도 게을리하지 않았으며 미래가 촉망받던 젊은이들이었다. 문제가 될 점도 없었고 누구에게 원한을 산 적도 없는 순수한 이들이었다니.'

 이현은 도저히 풀리지 않는 스무고개와 같은 이 의문점들을 어떻게 하면 풀어나갈 수 있을까, 나머지 집들을 모두 조사해봐야 하는 것인가 고민했다. 정신을 차렸을 땐 이미 해는 저 어디로 숨어들고 수줍은 달이 휘영청 떠 있었다.

 물가에 비치던 달빛이 흔들리며 바람이 불더니 이내 향기로움이 느껴져 고개를 들고 옆을 바라보았다. 이현의 옆에는 흐드러지게 펴 있는 무수한 꽃무릇들이 이현을 반기고 있었다. 달빛을 받아 바람에 흔들리는 붉은 꽃무릇의 향기가 이현의 코끝을 스치며 이현을 이끌었다. 너무나 아름다운 광경에 그만 고민도 잊고 그 모습에 심취해 있을 때 무언가가 이현의 눈에 띄었다.

 윤기가 도는 새카만 댕기 머리를 하고 도자기 같은 하얀 피부를 가진 한 소녀의 모습. 새빨간 꽃무릇 틈에 섞여 새빨가면서도 도톰한 입술로 무언가를 흥얼거리고 있는 모습에 이현은 그만 넋을 잃고 바라보았다. 달빛을 받은 그녀의 피부는 더욱 투명해 보였고 기분 좋게 살랑 불어오는 바람에 그녀의 잔머리가 흩날리기 시작했다. 이 시각에 웬 소녀가 저기에 있나 싶어 한참을 바라보던 이현은 고개를 이내 저었다. 여자에게 관심을 두기 싫었지만 계속해서 시선을 잡아끄는 그녀의 모습에 자신도 모르게 눈길이 갔다.

이런 적은 처음이었다. 궁에서 날고 기는 아름다운 여자를 봐도 전혀 미동이 없었다. 세종이 그를 약 올리기 위해 조선 제일가는 기생과 규수를 데리고 와도 돌부처라는 소문이 돌 만큼 여자에게 관심이 없던 그였다.

하지만 이상하다. 궁에서 보아온 여자들과는 필시 다르다. 이 세상의 여자가 아닌 것 같은 이질적인 느낌이 들 만큼 지나치게 아름다웠던 것이었다. 그녀는 꽃무릇을 하나 꺾어 향을 맡아보고는 사뿐거리며 빙그르르 돌더니 이내 우아하게 이현이 있는 쪽으로 다가오기 시작했다. 갑작스러운 그녀의 움직임에 흠칫 놀란 이현은 살짝 몸을 움츠렸다.

"제가 놀라게 만든 것입니까?"

"이 시각에 여기서 무엇을 하는 거요?"

"소녀, 집이 이 근처라 잠시 바람을 쐬러 나온 것이온데 문제가 됩니까?"

빙긋 웃으며 말하는 그녀를 이현은 당황하며 살폈다. 보통 사내를 보면 수줍어하는 모습이 어느 정도 있기 마련인데 너무 당당했다.

"혹시, 기생입니까?"

"기생이라뇨. 당치도 않습니다."

이현은 뭔가 의심스러웠지만 무턱대고 의심하는 건 예의가 아니라는 생각이 들었다. 그리고 헛기침을 하고는 부채를 펼치며 나긋하게 말했다.

"밤이 깊어 오니 얼른 집으로 가시오. 아녀자의 몸으로 위험합니다."

"지금, 제 걱정을 해주시는 겁니까?"

하늘에 떠 있는 달빛을 머금은 눈으로 이현을 올려다보며 말하는 소녀의 모습에 이현은 적잖이 당황했다. 아름다운 모습으로 생긋 미소 지으며 다가온 소녀에게 순간 심장이 쿵 떨어지는 기분이었지만 이현은 최대한 내색하지 않으려 하며 마음을 가다듬고는 뒤로 한 발짝 물러났다. 소녀는 그런 이현의 모습에 빙긋 웃으며 뒤로 휙 돌고는 꽃무릇이 끝없이 펼쳐진 저 건너를 가리키며 새초롬하게 말했다.

"저쪽이 소녀의 집이니 괜찮습니다. 나으리… 혹시 잠깐 저기까지만 같이 가주실 수 있겠습니까?"

소녀의 말에 이현은 멈칫하며 주저했으나 그런 이현의 망설임에 불을 당기듯 소녀는 이현의 소매를 잡아끌었다. 자신도 모르게 끌려가 천천히 꽃무릇이 펼쳐진 꽃밭을 걷고 있자니 바람이 살랑살랑 불며 기분 좋은 향기가 났고 이것이 소녀의 향기인지 꽃무릇의 향기인지 분간이 안 될 정도였다.

너무나도 달콤한 향기에 정신이 몽롱해질 때쯤 이현은 자신의 볼을 찰싹 때렸고 이내 아픔 때문인지 정신이 번뜩 들었다. 그리고 그 모습을 보며 소녀는 풋 하고 웃음을 터뜨렸다.

"집에 거의 다 왔습니다. 감사합니다, 나으리. 혹시 존함을 여쭤봐도 될런지요?"

소녀의 당돌한 질문에 이현은 움찔했지만 이내 헛기침을 하며 달빛을 바라보았다. 그러자 슬쩍 미소 짓던 소녀는 다시 이현의 시선을 잡아끌며 말했다.
"저는 김소민이라고 합니다. 기억해주시길….."
말이 끝나자마자 사뿐사뿐 멀어져가는 소녀의 뒷모습을 이현은 멀뚱멀뚱 바라보았다. 이루 말할 것 없는 경국지색이었지만 뭔가 인위적인 기분과 묘한 이질감이 자꾸 이현을 어지럽혔다.
'하, 산 넘어 산이구나.'

수령이 마련해준 방에서 가만히 앉아 서책을 뒤져보며 골똘히 고민에 빠진 이현을 바라보던 봉이는 답답하다는 듯 입을 열었다.
"나으리, 이렇게 아무것도 먹지 못하시면 몸이 축나십니다요. 여기 도착해서 제대로 먹지도 못하셨잖습니까?"
"오히려 이편이 더 편하다. 난 괜찮으니 아무 걱정 말거라."
이현의 말에 봉이는 이불을 깔고는 이현이 누울 자리에 적당한 두께의 이불을 덮어두었다.
"내일은 저잣거리에 나가 이야기를 좀 듣겠습니다. 정보가 수집되는 대로 바로 말씀드리겠습니다요."
"그래. 고맙구나."
이현은 그런 봉이에게 엷은 미소를 지어 보이다 다시 서책에 시선을 꽂았다. 그러다 손가락에 끼워져 있는 반지에 눈이 갔다. 자신을 믿고 있는 세종. 백성들의 죄 없는 죽음에 억울함을 풀어 달라 친히 부탁한 것이 아닌가. 이 기묘한 사건은 이현 말고는 알 수 있는 자가 없으니 세종은 지푸라기를 잡는 심정이었겠지. 시간이 없다.

더 이상 지체했다간 고을의 양반가가 풍비박산 나는 것은 시간문제였다.

'하지만, 도대체 뭐가 문제란 말인가? 단서는 물론이거니와 아주 작은 실마리 정도도 없다니….'

깊은 한숨을 쉬던 이현은 이내 봉이가 펼쳐놓았던 이부자리에 누워 천장을 바라보았다. 요괴에 대해 생각할 때쯤 갑자기 꽃무릇밭에서 만난 소녀가 떠올랐다. 이현은 깜짝 놀라 벌떡 일어나 앉아서는 머리를 꾸욱 하고 눌렀다. 자신의 머릿속에 여자가 생각난 적이 처음이기에 굉장히 혼란스러웠다. 이 감정은 대체 무엇이고 어떻게 하면 좋을지 몰라 난감했다. 심장이 이상하리만치 쿵쾅 뛰는 것이 묘한 기분에 이현은 가슴에 손을 가져다 댔다.

'심장이 어떻게 이다지도 빨리 뛰는가. 혹시, 잘 먹지도 못하고 잠도 잘 자지 못해서 생긴 일이던가? 내일 일어나서도 그대로면 의원을 잠깐 찾아가 봐야겠다.'

이현은 두근거림을 멈추기 위해 누워서 잠을 청했으나 쉽사리 잠에 들 수 없었다.

봉이는 봇짐을 메고서 저잣거리에 나갈 준비를 하며 짚신을 신었다. 그리고 뒤를 돌아보자 퀭한 눈을 하고서 갓끈을 묶으며 밖으로 나오는 이현이 보였다.

"나으리, 괜찮으십니까?"

"아, 나는 괜찮다. 얼른 가자꾸나."

힘이 하나도 없는 그의 목소리에 봉이는 걱정된 마음으로 잡아주며 앞장섰다. 곧이어 저잣거리에 나서자 분주한 상인들의 움직임으로 가득했다. 그리고 봉이는 근처 주막에서 풍겨오는 음식 냄새에 킁킁거리다 소매로 입가를 닦았다.

"저기, 나으리. 식사하시겠습니까?"

"난 괜찮으니 넌 먹고 싶으면 먹거라. 눈치 볼 필요 없으니 자, 가자."

이현은 다정한 미소를 지어 보이며 봉이에게 말했고 봉이는 신난다는 듯 발걸음을 가볍게 하며 주막으로 들어섰다. 그리고 곧이어 기다렸다는 듯 국밥을 시키곤 평상에 자리 잡고 앉았다. 곧이어 국밥을 들고 온 주모가 봉이와 이현을 번갈아 보더니 말했다.

"거 행색을 보아하니 외부인 같구먼?"

"그렇소. 볼일이 있어 내려온 게요."

"쯧쯧쯧~ 피죽도 못 얻어먹은 얼굴이구먼. 왜 이리 죽상이오?"

주모의 말에 봉이는 국밥을 연신 퍼먹다가 말고 주모에게 이리 가까이 오라는 손짓을 했다. 그러자 주모는 봉이에게 다가가 귀를 기울였고 봉이는 작게 속삭였다.

"아, 사실… 이 고을에서 자꾸 양반이 죽어 나간다는 소리를 듣고 온 거요. 혹시 아는 게 있소? 주모는 이 고을에 대해 모르는 게 없을 것 아니오."

봉이는 주모를 얼핏 치켜세워주며 말했고 이에 주모는 자랑스럽다는 듯한 얼굴로 조용히 봉이에게 말했다.

"그게 사실은…."

주모가 봉이에게 속삭이고 있을 때쯤 이현은 지나가는 사람들을 보다 많은 인파 속에서 무엇인가 시선을 느껴 눈을 돌렸다. 그러자 어제 만났던 그 소녀가 생긋 웃으며 이현을 바라보고 있는 것이 보였고 곧이어 그 소녀는 도드라지는 붉은 입술로 천천히 벙긋거렸다.
[찾. 았. 다.]
이현은 적잖이 놀랐고 이내 그 놀란 가슴을 쓸어내렸다. 어떻게 알고 찾아온 것일까? 저잣거리에 오는 내내 얼핏 시선이 느껴지긴 했지만 괜히 기분 탓인 줄 알았는데 뭔가 묘한 이질감은 계속해서 이현에게 위험 신호를 보내고 있었다. 간단하면서도 복장의 특색을 보아하니 분명 양반은 아닐 거라는 판단이 섰다.
그리고 달빛을 받아 투명할 것이라는 피부는 날이 밝아 자세히 보니 왠지 창백함에 가까웠다. 보통 여자들의 단아하면서도 은은한 분홍빛 혈색이라는 것이 없었다. 그렇게 소녀에게서 눈을 떼지 못하고 생각하고 있던 찰나에 봉이가 이현을 크게 불렀다.
"…리… 나으리!!"
"어, 어! 그래!"
"나으리, 들으셨습니까요?"
"무얼 말이냐?"
"방금 주모가 한 이야기 말입니다."
"미안하다. 잠시 생각 좀 하느라, 뭐라고 하더냐?"
"사실 그 죽은 양반댁 자제분들이 밤마다 어딜 자꾸 나갔다고 합니다."
"밤마다 어딘가로 나갔다고?"
"예. 그리고 다음 날 아침에 돌아오는 것이 대부분이었다고 합니다요. 또한 붉은 물을 옷에 묻히고 오기도 하고 몇 번은 방에 틀어박혀 며칠이고 밖으로 나오지 않는 일도 있었다고 합니다."

봉이의 말에 이현은 다시 말을 맞추며 골똘히 생각했다. 국밥을 모두 먹고서는 봉이는 가만히 이현을 바라보았다.
"왜 그러느냐?"
"나으리, 어제저녁에 어디에 다녀오셨습니까? 소매에 물이 들어 있습니다요?"
봉이의 말에 이현은 소맷자락을 끌어 살펴보았고 붉은 물이 들어 있는 것을 발견했다. 그리고 이내 무언가가 번뜩 생각났다. 어제 꽃무릇밭에서 만난 소녀가 잡았던 부분이었다. 대충 뭔가 맞춰지는 듯한 기분이 들었고 이현은 자리를 박차고 일어났다.
그리고 그런 이현을 보고 놀란 봉이는 이현을 따라 일어섰다. 이현은 아까 소녀가 있던 곳을 봤지만 소녀는 온데간데없었고 이현의 직감은 이제 확신에 이르렀다. 서둘러 꽃무릇이 있는 곳으로 발길을 돌렸고 그런 이현을 봉이는 정신없이 쫓았다.
"나으리! 뭐 짚이시는 거라도 있습니까?"
"내 어제 잠시 생각을 정리하러 나가지 않았느냐?"
"예, 그러셨습죠."
"그때 만난 낭자가 한 명 있었다. 아무리 생각해도 그 낭자가 보통 사람이 아닌 듯싶구나."
이현의 말에 봉이는 침을 꼴깍 삼키고는 빠른 걸음으로 계속해서 걸었다. 곧 도착한 곳은 어제 마지막으로 소녀가 사라졌을 지점이었다. 이현은 두리번거리며 조심스럽게 걸었다. 근처가 집이라고 했으니 근처에 집 한 채가 있을 것이다. 나무가 우거진 곳으로 연결되는 길이 마침내 나왔고 이현은 이 안으로 들어가야 하니 망설이고 있을 때쯤 갑자기 어디선가 나비 한 마리가 날아왔다. 크기도 살짝 크고 영롱한 빛을 내며 날아가는 모습에 홀려 봉이는 이미 발을 떼어 그 나비를 따라가고 있었고 이현은 그런 봉이의 뒷덜미를 낚아챘다.

"저게 뭔지 알고 지금 따라가는 게냐?"

"나으리는 못 들으셨습니까?"

"무슨 소리를 말하느냐?"

"자신을 따라오라고 작게 속삭이는 소리가 들렸습니다."

자신이 있는 곳으로 이렇게 남자를 홀리는구나. 모든 상황들이 아귀가 딱 맞아떨어지는 것에 놀라워하며 이현은 봉이를 뒤에 세우고 자신이 앞서 걸었다. 나무가 우거진 숲길을 지나니 초가집 한 채가 드러났고 이현은 최대한 조심스럽게 다가갔다. 곧이어 마당에 들어서자 방문이 삐걱 열렸다.

"언제 오시나 기다리고 있었습니다, 나으리."

소녀는 핏기 없는 얼굴을 하고 사뿐거리며 툇마루를 지나 이현이 있는 마당으로 나왔다. 빙긋 웃고 있는 그녀의 모습에 알 수 없는 두려움이 밀려오기 시작했다. 곧이어 이현의 곁으로 다가와 옷고름을 슬쩍 잡는 모습에 이현은 놀라 부채로 그녀의 손등을 찰싹 내리쳤다.

"어디 아녀자가 낯선 사내의 옷고름을 함부로 잡는단 말인가?"

"이미, 제 이름을 알고 계시지 않습니까? 더 이상 낯선 자가 아니지요."

교태로운 그녀의 몸짓과 눈짓에 봉이는 바닥에 털썩 주저앉았고 곧이어 기절한 듯한 모습이었다. 분명히 상당한 요기가 뿜어져 나오고 있음을 느꼈다. 일반 사람은 견뎌내기 힘든 것이겠지. 이현은 봉이를 괜한 위험에 데리고 온 것 같아 후회하고 있었다.

"너의 정체가 무엇이냐?"

"저는 그저 연약한 소녀일 뿐입니다."

이현은 다시금 가까이 다가와 이현의 얼굴을 바라보는 소녀의 눈을 바라보았다. 동공이 풀려 살아 있는 사람의 눈이 아니었다. 그리고 무엇보다 자신의 얼굴을 쓰다듬는 손길은 얼음장처럼 차가웠다. 곧이어 미동도 없이 가만히 있는 목석같은 이현에게 조용히 귓속말을 했다.

"제가 누군들 그게 그렇게 중요하단 말입니까? 지금 나으리와 저 이렇게 둘만 있으면 충분한 것을요."

소녀는 말을 마치자 그대로 스르륵 내려가며 이현의 목에 그녀의 차가운 숨결이 닿았다. 사람의 온기가 전혀 느껴지지 않는 것에 이현은 손을 뻗어 소녀의 턱을 받쳐 들었다. 그리고 조용히 속삭였다.

"네가 무엇인지 이제 알 것 같구나. 해골귀신."

이현의 말에 소녀는 웃음기를 순식간에 거두고 이현을 살짝 밀쳐 거리를 뒀다. 그리고 꿈틀거리더니 소녀의 얼굴이 일그러지고 꾸물꾸물거리며 사람의 가죽으로 보이는 것들이 허물을 벗듯 벗겨졌다.

[너는 무엇인데 요괴를 아는 것인가?]

"나는 아무것도 아니다. 단지 너 같은 요괴로부터 백성을 은밀히 구하는 게 내 일이지."

이현의 말에 해골귀신은 달그락 소리를 내며 비웃는 듯한 소리를 냈다.

[네까짓 게 감히 날 어찌할 수 있을 것 같으냐?]

"아주 못 할 건 또 없지. 적어도 너처럼 악랄한 요괴는 소멸이란 걸 시킬 순 있겠구나."

이현의 말에 해골귀신은 계속해서 비웃었으나 이현은 조용히 비웃는 해골귀신을 뒤로하고 봉이를 부축해 평상에 조심스럽게 눕혔다.
"많은 남자를 죽여 너의 힘이 강해졌구나. 더 이상 아무런 피해를 가하지 않는다면 내 너를 살려서 보내줄 의향은 있다."
[내가 왜 너 같은 하찮은 인간과 그런 협상을 해야 하는 거지? 이 자리에서 그냥 없애버리면 그만이다. 부적이나 이런 것들은 나에겐 그저 간지러울 뿐이니 목숨이나 나에게 구걸하거라.]
해골귀신은 말이 끝나기가 무섭게 이현에게 달려들었고 이현은 순식간에 허리춤에 있던 검을 뽑아 들고는 휘둘렀다. 이현이 휘두른 검에 튕겨나간 해골귀신은 신음을 하며 이현을 보았다.
[어째서 네놈에게 그런 검이 있는 것이지?]
"내가 왜 그런 것까지 너에게 설명해줘야 하느냐?"
이현의 말에 해골귀신은 달그락거리며 잠시 멈칫하더니 뭔가 깨달았다는 듯 평상에 누워 있는 봉이에게 달려들었다.
이현은 아차 하며 봉이의 근처로 달려갔고 간발의 차로 검을 뻗어 해골귀신의 팔을 두 동강 냈다. 그러자 비명을 지르며 괴로워하는 해골귀신은 이를 부득부득 갈았다.
[내 무슨 수를 내서라도 너를 죽이고야 말겠다!]
계속해서 봉이에게도 달려들고 이현을 노리는 해골귀신으로 인해 이현은 정신없어하며 최대치의 기량으로도 공격은커녕 필사적으로 방어만 하는 수준에 이르렀다.
소란스러운 소리에 봉이는 조금씩 정신을 차리기 시작했고 자신을 지키며 싸우고 있는 이현과 괴기스러운 해골을 발견했다. 해골의 모습과 바닥에 있는 여자의 허물 같은 가죽을 보며 봉이는 대충 눈치챘고 속이 메스꺼움을 느꼈다. 하지만 지금 이 상황에 이현을 도와주지 않으면 이현이 질 것임이 분명했다.

자신에게 잠시 소홀한 틈을 타 봉이는 평상 옆에 나뒹굴고 있던 장독대 뚜껑을 하나 잡아들어 해골귀신에게 던졌고 정확히 머리에 명중했다. 해골귀신은 머리에 뭔가 날아들어 화가나 봉이에게 시선을 돌렸고 이현은 그때를 놓치지 않았다. 정통으로 목을 베어 두개골과 몸체를 분리시켜 두개골을 찔러 깨부쉈다. 그러자 재가 날리는 것처럼 파스스 하고 무너지더니 바람에 흩날리며 처음부터 세상에 존재하지 않는 것처럼 형태가 사라졌다.

이현은 그제서야 안도의 숨을 쉬며 터덜터덜 평상에 앉았고 봉이도 긴장이 풀렸는지 바닥에 털썩 주저앉았다. 이현은 봉이를 보며 미소를 짓고는 말했다.

"너는 늘 나를 놀라게 만드는구나?"

"방금은 어쩔 수 없었잖습니까요. 그나저나 검술은 언제 그렇게 배워두신 겁니까?"

"전하께서, 예전에 몰래 나에게 검술 스승을 붙여주셨지. 자신 한 몸은 지킬 줄 알아야 한다며…."

이현은 세종에게 또 새삼 감사할 날도 오는구나 싶어 피식 미소 지었다. 혹여나 또 계획된 건 아니겠지 싶어 오싹해졌지만 지금은 그저 다치지 않고 멀쩡히 살아 있는 것에 대한 감사를 해야겠지 싶었다.

이현은 수령이 거처로 마련해준 방으로 돌아가 짐을 모두 챙기고 조용히 수령에게 인사를 하고는 나왔다. 그리고 가지고 있는 검을 받은 곳으로 들어갔다. 그때 있었던 시체는 장을 치러 이미 없었고 텅텅 비어 있는 보관소엔 얼음으로 인한 한기만 가득했다. 검을 조용히 눕혀놓자 누군가가 뒤에서 톡 하고 치는 게 느껴져 돌아보았더니 그 노인이었다.

"덕분에 요괴를 물리쳤습니다. 정말 감사합니다. 이 검은 돌려드리겠습니다."

"제가 감사를 드려야지요. 저희 고을에 말썽이었던 요괴를 퇴치해주었으니까. 저는 이 고을을 지키는 산신입니다. 요괴로 인해 어쩌지 못해 발만 동동 구르고 있었는데 그대가 이렇게 구원해 주었구려. 은혜를 입었습니다. 행여 그대에게 무슨 일이 있다면 두말하지 않고 서둘러 그대를 도우러 나설 것입니다. 그 검은 선물로 드릴 터이니 가져가시오. 아마 요긴하게 쓰일 것입니다."

산신은 말을 마치자마자 사라졌고 이현은 놀라움에 멍하게 있다가 검을 바라보았다. 그리고 검을 꽈악 쥐고는 힘찬 발걸음으로 관아를 벗어나 다음 고을로 향하기 시작했다.

## 네 번째 달조각. 도채비

　몇 날 며칠이 걸려 이윽고 도착해 푸릇한 땅을 밟게 되자 여독이 오는 듯 몸이 살짝 떨리던 봉이는 이현을 바라보며 울상을 지었다. 이현은 그런 봉이를 다독이며 우선 묵을 곳을 찾자고 했다.
　"그나저나 큰일이다. 탐라의 말은 알아들을 수가 없는데."
　"그건 문제없습니다요."
　걱정스러운 표정으로 중얼거리는 이현에게 봉이는 자신 있는 듯한 표정을 지으며 말했다. 그리고 이내 당차게 발걸음을 옮겼고 이현은 그런 봉이를 따라나섰다. 얼마나 따라갔을까. 조만간 집 한 채가 나왔고 봉이는 한껏 들뜬 목소리로 외쳤다.
　"할망! 저 왓수다!"
　봉이의 말에 문이 화들짝 열리면서 어떤 할머니가 버선발로 뛰어나오는 모습을 볼 수 있었다.

"야이 누게? 봉이 왓시냐!"

"할망!"

봉이는 할머니와 부둥켜안고 서로 인사를 나누다가 이내 이현을 소개하는 듯한 말을 했고 할머니 또한 이현을 보며 반가워했다.

"밥 먹언?"

할머니의 물음에 이현은 궁금하다는 듯 봉이를 바라보았다.

"아, 밥 먹었냐고 물어보시는 겁니다. 나으리, 식사하시겠습니까?"

"아, 괜히 할머님께 부담을 드리는 것 같은데….”

"걱정마십시오. 나으리에 대해선 가족들이 대충 알고 있습니다!"

봉이는 해맑은 표정으로 할머니와 함께 부엌으로 들어갔다. 곧이어 고봉으로 쌓인 밥과 함께 이것저것 탐라의 음식으로 가득 상을 차려주며 할머니는 인자한 미소를 지어 보였다. 그리고 할머니는 봉이에게 뭐라고 말을 건넸고 봉이가 쑥스러운 듯한 미소를 지었다.

"할머니께서 늘 신세 지고 있으시다면서 필요한 게 있으면 뭐든 말씀하라고 하십니다요."

"신세는 무슨… 내가 늘 신세를 지고 있는 건데….”

이현은 나지막이 미소 지으며 말했고 봉이는 헤헤 웃더니 다시 밥을 먹기 시작했다. 따뜻하면서도 포근한 기분에 이현은 기분이 좋아졌다. 궁에서는 늘 눈치를 보고 숨이 막혔었다. 할머니의 따뜻한 눈빛과 예쁨을 받고 있는 봉이의 모습을 보니 괜스레 자신이 예쁨을 받는 것 같아 자기도 모르게 입가에 미소가 번졌다. 그리고 처음 봉이를 만났던 날이 떠올랐다.

이현의 나이 아홉 살, 어린 나이에 버거웠던 영안으로 인해 도망치듯 궐에서 빠져나와 무작정 사람이 많은 곳으로 갔다. 그는 서자인데다 알아보는 이 또한 별로 없었기에 얼굴을 딱히 가릴 필요는 없었지만 옷차림은 여간 신경 쓰이는 게 아니었다. 누가 봐도 있는 집 자식이라는 걸 알리는 모습이라 거적때기를 하나 구해 걸치고 다녔다. 저잣거리에 나서니 여기저기에 어린아이들도 보였다. 그 와중에 눈에 띄는 아이가 하나 있었는데 돌을 맞고 있어도 꿋꿋하면서 당찬 아이였다. 이현은 서둘러 나서서 돌을 던지는 아이들을 쫓아주었고 돌을 맞고 있던 아이는 이현을 가만히 서서 바라보았다.

"괜찮으냐?"

"넌 뭔데 나서는 거야?"

한양 말도 아니고 방언도 아닌 것이 뭔가 독특한 억양을 쓰는 그 당찬 아이를 보고 있자니 이현은 호기심이 일었다. 게다가 전혀 기가 눌리지 않는 모습에 신기했다. 그리고 이현 자신이 가지지 못한 모습이니 더 호기심이 생길 수밖에. 소년은 이현의 여기저기를 살펴보더니 콧방귀를 뀌었다.

"웬 거지가 온 줄 알았더니 있는 집 자식이잖아?"

이현은 움찔거리며 소년을 바라보았고 조용히 입을 열었다.

"내가 지금 급한 사정이 있어 이런 모습이니 소용히 넘어가 줬으면 하는데…."

"어디 가서 말할 생각도 없어. 그리고 어차피 내 말은 믿어주지도 않아."

옷을 툭툭 털며 일어나서는 어디론가 걸어가는 소년을 이현은 결심했다는 듯 놓칠세라 졸래졸래 따라갔다.
"왜 따라와?"
쭈뼛거리며 소년을 보기만 하는 이현을 보곤 소년은 머리를 벅벅 긁으며 이현을 잡고 이끌었다.

어린 봉이의 모습에서 다시 성인이 된 봉이의 얼굴이 겹치며 해맑게 할머니와 함께 대화를 나누고 있는 모습이 보였다. 그리고 봉이가 이것저것 보따리에 싸기 시작하는 모습을 툇마루에 앉아 지켜보고 있었다.
"부모님을 만나 뵈러 가는 것이더냐?"
"오랜만에 집에 들렀는데 당연히 가야 되지 않겠습니까."
봉이는 옅은 미소를 지으며 보따리를 들고 일어났고 이현은 그런 봉이를 천천히 뒤따라갔다. 근처에 있는 작은 숲으로 가자 묘 두 개가 나왔고 봉이는 챙겨왔던 보따리를 풀고 구색을 갖추기 시작했다. 그리고 절을 하고 인사를 하며 나지막하게 말했다.
"아방, 어멍… 저 왓수다…."
탐라 방언으로 자신이 왔다는 것과 이현이 함께 왔다는 이야기를 하며 이내 붉어진 눈가를 소매로 스윽 닦는 봉이를 보자 괜히 코가 시큰거렸다. 그리고 다시 회상에 빠졌다.
이현이 어린 봉이의 집에 갔을 땐 조그마한 초가집에 웬 남자와 함께 있었다. 그는 봉이의 아버지로 한 양반가에서 허드렛일을 하며 돈을 벌었고 그 돈은 탐라에 있는 할머니와 아픈 어머니의 생활비 그리고 약값으로 보낸다고 했다. 봉이 또한 쉬지 않고 상인들에게 물건을 떼 주는 일을 하며 돈을 벌고 있었고 그렇게 부자가 일해 근근이 먹고 살아가는 모습에 이현은 적잖은 충격을 받았다. 힘든 생활을 하는 사람도 있는데 수백 번 궁을 벗어날 궁리만 하던 자신이 뭔가 한심해졌다. 잠시 자아성찰을 하던 이현의 시간을 깬 것은 봉이가 불쑥 내민 손이었다. 주먹밥을 내밀며 이미 다른 한 손에 쥔 주먹밥을 우걱우걱 먹고 있는 모습이 보였다. 이현은 봉이가 내밀고 있는 주먹밥을 조심스럽게 받아 들고는 한입 베어 물었다.

"맛… 있어…."

"그렇지? 내가 주먹밥 하나는 잘 만든다고."

뿌듯하다는 듯한 표정을 지어 보이며 봉이는 급하게 나머지 주먹밥까지 밀어 넣고는 우걱우걱 입 안 가득 씹고 있었다. 방 안엔 흔들리는 촛불과 함께 주먹밥을 먹는 소리만 가득했고 이내 주먹밥을 다 먹은 봉이가 조용히 먹고 있는 이현을 바라보았다.

"사내자식이 참 고상하게도 먹네."

이현은 봉이의 말에 봉이를 바라보았고 그때 갑자기 봉이가 이현의 눈앞으로 훅 하고 다가왔다.

"너 눈동자가 특이하게 생겼다?"

이현은 봉이의 말에 서둘러 눈을 내리깔았고 봉이가 보지 못하도록 살짝 눈을 가렸다.

"태어날 때부터 그런 거야?"

"그런 건 아니다."

봉이는 다시 자리로 돌아가 앉았고 뭐 아무렴 어떻냐는 듯 심드렁한 표정을 지어 보였다.

"내가… 무섭지는 않느냐?"
"왜? 눈 때문에 그런 거야? 그런 거면 상관없어. 나한테 피해 주는 것도 없는데 뭐."
 봉이의 말에 이현은 조금 놀랐고 그때 저잣거리에서 돌을 맞았던 모습이 생각나 조심스럽게 물었다.
"그러고 보니 아까 저잣거리에서 왜 돌을 맞고 있었느냐?"
"억양이 이상하다고 그러는 거지, 뭐. 네가 살던 곳으로 가라고…. 녀석들은 처음 들어본 곳 말일 테니까…."
 이젠 아무렇지 않다는 듯이 아이들의 폭언을 다시 읊조리는 봉이가 괜히 더 마음이 쓰인 이현은 이 아이가 괜히 갈 곳 없는 자신의 처지와 비슷하다는 생각이 들었다. 그렇게 골똘히 생각에 잠겨 있는 이현을 뒤로하고 절을 다 하고 일어선 봉이가 이현을 불렀다.
"나으리!"
"응. 응? 왜 그러느냐?"
"무슨 생각을 그렇게 골똘히 하십니까? 같이 고수레하시겠습니까요?"
"그러자구나."
 이현은 봉이에게 음식을 받아들고 고수레를 하며 봉이의 부모님에게 뒤늦은 인사를 건넸다. 그때 갑자기 바람이 살랑거리며 이현의 옷자락을 흔들었고 곱게 차려입은 소녀가 올라오는 것이 보였다. 그때 조금 놀란 듯한 표정을 지어 보이던 봉이는 그녀가 구면이라는 듯 어색하면서도 멋쩍은 인사를 건넸다. 장옷을 내리자 햇빛으로 인해 그녀의 모습이 반짝였는데, 눈이 부신 새하얀 머리카락과 백옥 같은 피부가 드러났다. 이현은 조금 놀랐지만 자세히 보니 구면이었다.

"낭자는?"

"나으리, 사석에서 이렇게 뵙는 건 오랜만입니다. 그동안 평안하셨는지요."

꽤나 침착하면서도 조용한 음성의 그녀는 새하얀 속눈썹에 가을 하늘과도 같은 푸른 눈동자를 지니고 있었다. 그리고 어딘가 기품이 묻어나 보이는 그녀는 백색증을 가진 여자로 이현과는 안면이 있는 듯했다.

"소하 낭자. 잘 지내셨소?"

여성은 살짝 미소 지어 보이다 봉이에게도 살짝 고개 숙여 인사했다.

"나으리께서 소하를 어찌 아십니까?"

"소하 낭자는 전하께서 지정하신 악사다. 궐 내에선 그 실력을 모르는 이가 없지. 소하 낭자의 가야금 소리는 심금을 울리는 소리로 정평이 나 있다."

"과찬이시옵니다."

소하는 고개를 흔들며 말했고 봉이가 방금 인사드린 무덤가에 가지고 온 꽃을 가지런히 놓았다.

"근데, 서로 어찌 아는 사이더냐?"

"아, 그것이⋯."

어렸을 적 함께 지낸 사이라 봉이가 얼버무리려 하자 소하가 나직이 말했다.

"봉이의 어머니께서 절 거두어주셔서 어머니처럼 따랐습니다. 그리고 봉이와는 어린 시절을 함께 보냈지요."

어렸을 적 백색증으로 인해 멸시받고 고통받던 소하는 늘 사람이 없는 자연으로 들어가 그 마음을 치유받곤 했다. 그때 그녀가 울고 있는 모습을 보고 손수건을 건네던 여인이 있었는데 그녀가 바로 봉이의 어머니 되는 사람이었다. 그녀의 이야기도 들어주고 함께 미소 지어주던 봉이의 어머니에게 마음을 열고 친어머니처럼 생각하며 따랐고 그렇게 갈 곳 없던 그녀는 봉이와 함께 자랐다.

봉이도 그녀로 인해 사람들에게 손가락질과 질타를 받았지만 그는 어머니처럼 깨어 있는 사람이었다. 오히려 더 화를 내며 정말 친여동생처럼 소하를 지켰다.

그렇게 평화로운 시간을 보내던 것도 잠깐, 어머니가 갑작스럽게 병에 걸리게 되었고 봉이는 그런 어머니를 살리기 위해 아버지와 함께 한양으로 가 돈을 벌어 집으로 보내곤 했다. 몸에 좋다는 것이 있다면 망설이지 않고 탐라로 보냈다. 하지만 그들의 노력에도 불구하고 결국 어머니는 돌아가셨고 아버지 또한 어머니가 돌아가신 지 얼마 지나지 않아 돌아가셔서 봉이가 꽤나 많이 힘들어했다.

그럴 때 서로 힘이 되며 의지했던 존재가 소하였는데 아버지마저 돌아가시고 나자 어느 날 소하가 고마웠다는 말이 끝인 편지를 한 통 남기고 집을 떠났고 그 이후 처음으로 만나게 된 것이었다.

"그렇게 정 없이 훌쩍 떠나더니 여기엔 웬일인가?"

토라진 말투로 말하는 봉이에게 소하가 조용히 다가와 입을 열었다.

"나에게 문제가 있었는데, 그 사실을 네가 알면 안 될 것 같아서였다."

"서로 비밀이 될 게 뭐가 있다고 그러는 것이냐?"

"내가 이 일을 말하면 너와 나 사이는 분명 멀어질 게 뻔하기 때문이다."

"이렇게 오해한 채로 틀어지는 것보단 낫지 않아?"

봉이의 말에 소하는 슬픈 미소를 지으며 다시 장옷을 걸쳤다. 그리고 고개를 젓고는 이현에게 인사를 한 후 자리를 떠났다. 봉이는 분한 듯한 표정을 지었고 이현은 대충 상황을 지켜보았다.

"죄송합니다, 나으리."

"죄송할 게 뭐가 있느냐, 난 괜찮으니 집으로 돌아가자꾸나."

이현은 봉이를 토닥였고 봉이는 천천히 숨을 고르며 이현과 함께 집으로 돌아갔다. 돌아가는 내내 봉이는 어두운 표정이었고 이현은 이것이 여간 신경 쓰이는 것이 아니었다. 하지만 지금 어떤 말을 해봤자 귀에 들어오지 않을 것이고 그 둘의 깊은 사연에 섣불리 관여해 입을 대면 안 될 것이라는 판단이 들었다.

집으로 가니 평상과 바닥에 뭔가 잔뜩 쌓여 있는 것을 발견한 봉이는 이것이 무엇인가 싶어 할머니를 불렀다.

"소하가…."

할머니는 미소 지으며 말했고 봉이는 가만히 물건들을 보았다. 쌀 여러 석, 비단과 꽃신 같은 것들이 있었고 고운 비녀 또한 한 켠에 자리하고 있었다.

"매번 이런 식으로… 살아 있다는 안부만 겨우 보냈지."

봉이는 미세하게 떨리는 손으로 비단을 만졌고 이현은 대충 이들의 사정을 짐작하기 시작했다.

"어떤 연유인진 모르겠다만 이런 식으로 누이를 잃고 싶지 않았습니다."

"봉이야."

"예…."

"어째서 너는 그저 잃었다고만 생각하느냐?"

"예?"

이현의 물음에 봉이는 눈이 커져 이현에게 되물었다. 그러자 이현은 평상에 나직이 앉아 소매를 당겨 안으로 오게 만들고 비녀를 집어 들어 골똘히 바라보았다.

"낭자 입장에선 충분히 너와 할머니에게 안부를 알리며 마음을 표하고 있다는 생각이 드는데…."

이현의 말에 봉이는 떨리는 눈빛으로 그를 바라보았다.

"사실 소하 낭자는…."

이현이 입을 열려고 하자 갑자기 무엇인가가 이현의 뺨을 스치고 지나갔다. 그리고 살짝 베인 오른쪽 뺨엔 붉은 피가 몽글몽글 맺히고 있었다.

'말을 하지 말라는 것인가.'

갑작스러운 이현의 부상에 봉이는 깜짝 놀라 서둘러 천을 구해와 이현의 뺨을 닦았다. 그리고 조심스럽게 속삭였다.

"나으리, 여기에 혹시 요괴가 있는 것입니까?"

"아, 그런 건 아니고…. 나 잠깐 나갔다 올 터이니 여기서 기다리고 있거라."

이현은 말이 끝나자 곧바로 일어섰고 봉이는 그를 배웅하고는 평상에 있는 물건들을 정리하기 시작했다. 이현은 멀찍이 떨어져 나와 다시 숲 근처로 들어갔다. 그러자 그곳엔 소하가 이미 도착해 서 있었다.

"나으리, 나으리께서는 제 생명의 은인이십니다. 그에 응당한 대우와 모든 것에 협력해드릴 수 있으나 봉이에게 저에 대한 것들을 말씀하시는 건 아니 됩니다."

침착하면서도 냉정함을 유지하는 그녀의 말에 이현은 한숨을 쉬고는 가만히 자리에 앉았다. 그러자 소하는 기품 있게 손가락을 살짝 까딱였다. 그녀의 움직임에 작은 정자가 생겨났고 간소한 술상이 차려졌다. 근처엔 꽃잎이 날렸으며 그들 곁에 있는 숲은 더욱더 우거져 아무도 볼 수 없는 비밀스러운 공간으로 바뀌었다.

소하는 자세를 잡고 조용히 가야금의 현을 뜯기 시작했고 이윽고 황홀한 음색이 귓가에 울려 퍼졌다.

"낭자는 아직도… 낭자 때문에 봉이의 가족들이 변을 당했다고 생각하십니까?"

소하는 감정 없는 표정으로 말없이 시선을 가야금에 두고 있었지만 파르르 떨리는 새하얀 속눈썹만큼은 숨길 수가 없었다.

"그것이 소하 낭자의 죄가 아니라면, 입증이 된다면 다시 봉이와 남매처럼 지내실 수 있겠습니까?"

이현의 입에서 남매라는 소리가 나오기 무섭게 소하의 눈엔 굵은 물방울이 후두둑 떨어지기 시작했다.

"제가 온 시기와 너무 절묘하게 맞아떨어지지 않습니까. 그때는 제가 안전한 도채비가 되는 시기였습니다. 그 시기에 인간과 가깝게 지내면 그 화가 인간에게 돌아간다는 사실은 나으리도 알지 않습니까."

"하지만 당시 낭자는 낭자 자신이 도채비라는 사실을 몰랐잖습니까. 게다가 순혈 도채비라 그런 것들쯤은 통제할 수 있었을 터. 무조건 자신 때문이라는 죄책감은 넣어두시는 게 어떻습니까?"

"나으리는 아무것도 모르십니다…."

눈물을 닦고는 이현에게 시선을 고정한 소하는 가만히 이현의 쇄골 쪽을 바라보았다. 그러자 이현은 소하를 바라보다 시선을 옮겨 봉이의 집이 있는 쪽을 바라보았다. 그리고 조용히 다시 말을 이어 나갔다.

"이 표식이 봉이에게 있었다면 언제나 봉이의 곁에 있을 수 있었 겠지요."

이현의 말에 소하는 조용히 소매를 들어 올려 한 번 휘둘렀다. 그러자 눈앞에 펼쳐졌던 아름다운 모습들은 모두 사라지고 다시 원래 숲의 모습이 드러났다.

"봉이와는… 더 이상 가까워질 수 없습니다. 그리고, 딱 한 명. 그 한 번의 표식이 생긴 자에게만 제 모든 걸 내어줄 수 있습니다. 그게 나으리입니다. 그럼… 필요할 때 다시 나타나겠습니다."

소하는 그렇게 꽃잎과 함께 사라졌고 그런 그녀를 멀뚱멀뚱 바라보던 이현은 다시 봉이의 집으로 돌아가기 위해 길을 나섰다.

한양에서 추위에 떨며 돌을 맞고 있던 그녀를 구해준 건 잠시 신분을 숨기고 밖으로 나온 이현이었다. 백색증으로 인해 불길하다며 욕을 하는 아낙들과 남성들 그리고 아이들을 피해 그녀를 데리고 궁 뒷길로 들어간 이현은 가만히 옷깃에서 꺼낸 비단 천으로 그녀의 상처를 닦아주었다.

"괜찮습니까? 생채기가 많이 났습니다. 내 의원을 불러줄 터이니 치료를 받는 것이 어떻겠습니까?"

이현의 말에 소하는 고개를 내저으며 괜찮다고 말했고 이현은 버럭 화를 냈다.
"그러다 덧나 병들면 어쩌려고 그러십니까! 제 말대로 하시지요!"
이현의 호통에 소하는 놀라 움찔했고, 얼떨결에 고개를 끄덕였다. 그러자 이현은 망설임 없이 그녀의 손을 잡고 잡아끌며 의원이 있는 곳으로 향했다.
이현의 담당 의원이었던 그는 처음엔 깜짝 놀랐으나 이내 소하의 생채기를 살피며 치료해주었다. 소하는 이현에게 감사함을 전하고는 망설이는 듯 앉아 있었고 그런 그녀를 살피던 이현은 가만히 그녀의 귀에 대고 조용하게 말했다.
"혹시 머물 곳이 없어 그러십니까?"
그의 말에 가만히 고개를 끄덕이는 그녀에게 이현은 빙긋 웃어 보였다.
"그럼 궁에 머물도록 하십시오. 아마 이곳보다는 눈에 띄지 않는 곳이 낭자에게 좋겠지요."
이현은 그녀가 있을 곳을 모색하다 궁 안에 있는 악사들에게 그녀를 맡겼고 그녀는 자연스럽게 가야금을 익히기 시작했다. 그리고 소하가 모두 성장했을 때 세종이 장애를 가진 사람들에게도 공평한 기회를 주는 정책을 펼쳤던 덕분에 그녀는 궁중 악사가 될 수 있었고 그녀의 황홀한 가야금 소리에 이끌린 궁 안의 모든 이들은 그녀의 실력을 인정할 수밖에 없었다.
차가운 눈처럼 얼어붙을 듯한 그녀의 모습이었지만 그녀의 손가락 마디 끝은 그렇지 않았다. 사랑에 빠진 여자와도 같이 섬세하면서도 달콤한 가락에 모두들 반할 수밖에 없었던 것이다.
소하는 가만히 옛일을 생각하며 고개를 내저었다. 그리고 그 순간 무엇인가 이상한 기운이 느껴져 고개를 번뜩 들었다. 봉이의 집에서 취침을 준비하고 있던 이현도 그 기운을 느꼈다. 찌릿하게 느껴지는 기운에 이상함을 느낀 이현은 가만히 상태를 살펴보았고 이내 나갈 채비를 했다. 봉이가 따라나서려 하자 이현은 봉이를 앉혔다.

"혹시 무슨 일이 일어나면 네가 가족들을 지켜야 할 것이 아니냐. 내 무슨 일 있음 당장에 도움을 요청하마. 여기 앉아 있거라."

이현의 말에 봉이는 수긍하며 앉았고 그런 봉이에게 미소를 지어 보인 뒤 이현은 서둘러 그 기운이 느껴지는 곳으로 향했다. 기운이 느껴지는 곳에 도착했을 땐 땔감을 지고 가던 사람이 바닥에 쓰러져 있었고 소하는 그를 안전한 곳에 뉘이며 이상한 기운의 정체인 도채비를 보았다.

"드디어 네가 왔구나. 내 너를 찾아 계속 헤매었다."

"이게 무슨 짓이오?"

"너의 기운이 느껴져 멀리 산에서 내려왔다. 그렇게 사납게 말할 것은 없지 않느냐?"

"도대체 사람들에게 이러는 연유가 무엇이오?"

"그러는 너는 도채비의 몸으로 어째서 인간과 가까이 지내려 하느냐?"

이들의 대화 도중 이현이 곧 도착했고 소하가 아닌 다른 도채비는 이현을 흘겨보았다. 그리고 그에게 손을 뻗어 잡으려는 순간, 무엇인가가 그 손을 튕겨내게 만들었고 도채비는 이를 부득 갈며 말했다.

"각인인가."

이현은 도채비를 보며 상황을 유추하기 시작했다.

"소하 낭자, 저 도채비는 도대체 무엇이오?"

"그것이… 사실… 저의 오라버니입니다."

망설이다 머뭇거리며 말하는 소하를 이현은 가만히 바라보다가 씨익 미소 지었다.

"아, 그래서 그런 것이었군?"

이현은 날카로운 눈빛으로 그에게 빠르게 다가갔고, 각인으로 인해 아무런 손을 쓸 수 없었던 도채비의 목엔 날카로우면서도 빛을 내는 그의 칼날이 서 있었다.

"당신이었군? 봉이의 부모님을 죽인 자가."

이현의 말에 소하는 놀란 눈을 하고 그 둘을 바라보았고 소하의 오라비인 도채비는 당황한 모습이었다.

"무슨 말을 하는 것인지 모르겠군."

"소하 낭자가 외로움에 몸서리치며 홀로 자랄 땐 나 몰라라 버려 뒀던 주제에. 왜? 그녀가 순혈 도채비란 걸 알게 된 순간 욕심이 생겼나?"

그의 말에 도채비의 눈동자가 흔들렸고 소하는 그런 도채비를 보며 자신도 모르게 눈물을 흘렸다. 그러자 갑자기 하늘에서 빗물이 떨어지기 시작했고 폭우가 쏟아지기 시작했다. 그녀의 분노로 인해 달은 붉은색을 띠었고 복잡한 그녀의 심경을 대변하는 듯 세찬 바람이 불었다.

"네깟 게 뭘 안다고 함부로 지껄이는 게야?"

도채비가 도끼눈을 뜨며 이현을 보았고 이현은 칼날을 더욱 기꺼이 그에게 가져다 대며 분노로 가득 찬 눈빛으로 바라보았으나 소하가 둘 사이를 떼어놓았다.

"오라버니. 솔직하게 말해보시오. 정말 오라버니가 그러셨소?"

도채비는 망설이다 결국 고개를 끄덕이며 시인했다.

"하지만 너를 데리고 와서 내가 키우기엔 위험했다. 그래서 인간들 사이에서 클 수 있게 한 것이었고 완전한 도채비가 된다면 그들을 떠나야 하는데 넌 전혀 떠날 기미가 보이지 않아 그 방법밖에 없었다."

"그렇다고 해서! 그 사람들이 무슨 죄가 있다고 그렇게 잔인하게 죽인 거요!"

"내 그 사내놈까지 죽이려다 널 생각해서 그대로 둔 것이다!"

도채비의 말에 소하는 순간적으로 붉은색 눈으로 변했고 팔을 들어 무언가를 손으로 꽉 쥐는 듯한 모습을 보였다. 그러자 도채비가 공중으로 뜨며 괴로워하기 시작했다.

"내가 너희 도채비들 서열 싸움에 말려들기 싫어 도망치듯 떠났다. 왜 나를 잡아가고 싶어 안달인 것이냐? 너희 싸움에 난 전혀 관심 없으니 앞으로 한 번만 더 내 눈에 띄면 모조리 말살시켜버릴 것이야. 두 번 기회는 없다. 여기서 떠나거라."

소하는 으르렁거리며 말했고 도채비는 정말 겁을 먹은 듯한 눈빛으로 고개를 끄덕였다. 그리고 이내 바람과 함께 사라졌고 소하는 털썩 주저앉았다. 소하의 옆에서 검을 다시 집어넣으며 이현이 나지막에게 물었다.

"소하 낭자, 어떻게 한양에 당도하게 된 것인지 물어봐도 되겠습니까?"

"봉이의 어머니가 돌아가시고 나서 봉이의 아버지마저 돌아가시자 어떻게 해야 할지 몰라 막막하고 겁이 났습니다. 봉이의 어머니와 아버지가 돌아가시기 전 저는 몸이 이상함을 느꼈습니다. 사람들과 체온도 다르고 이상한 기운이 몸을 휘감는 느낌에 어찌할 바를 몰랐었지요. 그리고 눈동자의 색깔도 바뀌었습니다."

소하는 자신의 얼굴을 감싸 쥐며 눈물을 닦았다.

"그리고 저로 인해 저주받은 것이라는 생각이 들 때쯤 생각난 것이 예전에 만났던 신비한 여자였습니다. 저에게 했던 말이 기억이 났었는데, '너는 아직 완성되지 않았구나'라고 말한 것이었습니다. 여러 가지 이야기를 했었는데 저는 다시 한 번 그 여자를 만나기 위해 무턱대고 그녀가 살고 있다는 한양으로 급히 떠났습니다. 하지만 한양에서 그녀를 찾기란 쉽지 않았고, 나으리와 만나게 되었지요."

"그 여자라는 것이…."

"그렇습니다. 바로 나으리의 어머니 되시는 분이셨습니다."

소하의 말에 이현은 고개를 절레절레 저었고 소하는 차분하게 깔리는 목소리로 말했다. 그러자 언제 비가 내렸냐는 듯 날이 걷히고 달빛 또한 제 색으로 돌아왔다. 하지만 바람은 여전히 불고 있었다.

"그분은 제게 아들의 이야기를 해주셨습니다."

"제 이야기를 했단 말입니까?"

"예. 아들이 한 명 있는데 조만간 위험한 일에 휩쓸리게 될 것이라고 말했습니다. 제가 앞으로 겪을 일은 물론 모든 것을 다 알고 있는 듯이 말했는데… 한양으로 찾아오게 되면 자색 눈동자를 가진 아이를 찾으라고 말씀하셨습니다."

소하의 말에 이현은 깜짝 놀랐고 가만히 소하를 바라보았다.

"예. 아마 아들 곁에 머무르면서 도움을 주라는 것이었겠죠. 그분은 아마 제가 순혈 도깨비라는 것을 아셨던 듯합니다. 그리고 나으리께서 갈 곳이 없는 절 그냥 보고는 지나치지 못하리라는 것도 아셨겠지요."

이현은 입을 굳게 다물고는 가만히 생각하더니 소하의 두 눈을 가만히 바라보았다.

"그런데 그 이야기를 왜 여태껏 하지 않았습니까?"

"할 필요성을 느끼지 못했습니다. 어차피 때가 되면 말을 할 것이라고 생각했기 때문입니다."

소하는 시선을 아래로 두며 말했고 이현은 한숨을 쉬더니 소하의 머리를 쓰다듬었다.

"혼자 그렇게 담아두지 마시오. 낭자. 앞으로 무슨 이야기든 제게 해주셨으면 합니다. 그렇게 해줄 수 있겠습니까?"

이현의 말에 소하는 가만히 이현을 보다 고개를 끄덕였고 이현은 싱긋 웃어보였다. 평화로운 시간은 잠시 그때 무엇인가 소리를 들었는지 소하가 깜짝 놀랐고 이현을 바라보았다.

"나으리! 봉이에게 무슨 일이 생긴 듯합니다. 서둘러야 합니다!"

소하의 말에 이현은 고개를 끄덕이며 소하와 함께 달리기 시작했다. 소하는 이현의 손을 잡고 달렸고 땅을 접어 뛰듯 서둘러 봉이의 집으로 향했다. 봉이의 집에 도착하자 봉이의 목을 잡고 들어 올리는 도채비가 보였고 소하는 그 모습에 깜짝 놀랐다.

"어… 어서… 도… 망가…. 소… 하…."

봉이는 나오지 않는 목소리를 쥐어짜 소하에게 피하라 말했고 도채비는 그 소리에 비웃었다.

"지금 누가 누구더러 피하라 충고하는 것이냐?"

도채비의 말에 이현은 검을 빼 들곤 도채비를 향해 겨누며 나직하게 말했다.

"지금 당장 봉이를 내려놓거라."

"무슨 소린지 모르겠구나? 이거 어쩌나 난 너와 각인 관계가 아닐 텐데?"

이현은 이를 바득 갈며 검을 겨누고 있었고 땀이 비 오듯 흐르기 시작했다. 소하는 망설이고 있었다. 지금 도채비를 공격했다가 자신의 정체가 들키고 만다. 그리고 지금 도채비의 손에 들려 있는 봉이 또한 다치거나 죽고 말겠지. 하지만 지금 공격하지 않으면 봉이가 죽는다.

"어쩌겠느냐? 이 오라비를 따라가겠느냐?"

소하는 망설이다 그 말을 듣고는 도채비의 목을 공격했다. 그러자 천둥소리처럼 요란한 소리가 나더니 피가 나는 자신의 목을 감싸 쥐는 도채비의 모습이 보였다. 덕분에 봉이가 벗어나 콜록거리며 놀란 눈으로 소하를 바라보았다.

"소하 너….."

"미안하다. 미안하다, 봉이야."

소하는 눈물을 흘리며 말했고 봉이는 도채비와 소하를 번갈아 가며 바라보았다.

"하하하, 어떡하면 좋으냐! 너의 정체를 알아버렸구나! 이제 미련 없이 나와 가겠느냐? 아니면 정말 이자를 죽여야 하겠느냐?"

"무슨 상황인진 모르겠다만 억지로 소하, 너에게 뭔가를 권하고 있는 것은 사실인 듯하구나. 차라리 그냥 날 죽이도록 하라!"

봉이는 도채비에게 소리 지르고 나서 소하를 보며 옅은 미소를 지어 보였다.

"닥쳐라!"

도채비는 다시 봉이의 목을 들어 올렸고 소하는 어찌해야 할 바를 몰라 눈물만 흘리고 있었다. 그때 소하의 눈빛이 바뀌었고 손이 올라갔다. 검지 손가락만 편 채 도채비가 아닌 봉이에게로 향했고 봉이는 무엇인가 타는 듯한 기분이 들었다. 도채비는 깜짝 놀라 봉이를 떨어뜨렸다.

"그럴 리 없다. 각인을 두 명에게 할 수 있다니! 그게 가능하단 말이냐?"

"내가 분명 기회를 줬는데 너는 그것을 무시했다. 두 번은 없다고 내가 말했거늘."

목소리가 바뀐 소하는 도채비를 들어 올려 쥐어짜는 듯한 동작을 취했고 도채비는 용서를 빌었다.

"정말 이 오라비를 죽일 생각이냐? 내가 잘못했다. 난 그저 너와 함께 도채비로서 함께 지내길 바랐을 뿐이다."

"권력을 취하고 싶었던 것이겠지."

소하는 말을 마치자마자 더 힘을 줬고 이내 도채비는 그대로 터지듯 재로 변해 소멸하게 되었다. 소하는 풀썩 주저앉았고 이내 쓰러졌다. 봉이와 이현은 놀라 소하에게 달려갔고 그들이 부르는 소리가 점점 작아지는 것처럼 들려왔다.

[세상의 편견에 기죽지 말고 당당해지라고. 네가 뭐가 아쉬워서? 너 도깨비잖아. 도깨비면 도깨비답게 좀 거만해져도 돼.]

"도…깨비…한테… 거만해지라니…."

중얼거리는 소하를 바라보며 무슨 소리인가 생각하던 이현과 봉이는 다시 하던 일을 마저 했다. 생채기를 치료하던 중 봉이는 자신의 쇄골에 남겨진 문양을 가만히 바라보았다.

"그럼 소하는 자신 때문에 저희 어머니와 아버지가 돌아가셨다고 생각하고 떠난 것이란 말입니까?"

"그렇지. 결과적으로는 자신 때문이 맞으니 아마 자책이 심할 것이다."

"도채비였었구나. 네가 어떤 존재든 난 상관없었는데."

봉이는 가만히 소하를 바라보다 한양으로 올라가 이현과 다시 함께 있게 된 연유를 떠올렸다.

전염병같이 자신의 가족에게만 들이닥친 죽음과 위험에 뭔가 이상함을 깨달은 봉이는 귀신이 보인다던 이현이 생각났고 그에게 조언을 구하고자 무턱대고 한양으로 올라갔다. 한양으로 올라갔을 때 그는 알 수 없는 열병과 사투를 벌이고 있던 때였는데 봉이는 그런 이현의 곁을 지켜주었다.

그리고 귀신과 대화를 하는 이현의 모습을 본 봉이는 자신의 일과 이현이 조금은 연관이 있을지도 모른다는 생각이 확신으로 바뀌었고 그때부터 자처해서 이현의 곁에 머물렀다.

자신의 판단이 옳았다는 생각이 들자 봉이는 미소 지었고 이현은 그를 보며 또 이상한 생각을 하고 있구나 하며 그의 팔에 천을 감아 주었다.

이현은 봉이와 소하를 만나기 전 어머니가 돌아가시자마자 급변을 겪었다. 갑자기 눈동자의 색깔이 먹이 한지에 번지듯 자색으로 변해갔고 늘 미열을 가진 상태였다. 그리고 보이지 않던 것들이 점점 보이게 되었고 그들이 자신에게 말을 거는 것 또한 듣게 되었다. 그리하여 이런 사실이 궁내에 알려지게 되면 이용을 당하거나 무사하지 못할 것 같다는 생각이 들어 궁을 빠져나갈 궁리를 하던 그는 당시 내관의 도움을 받아 잠시 궁을 빠져나왔다.

그때 봉이와 마주치게 되었고 친하게 지내다 봉이의 아버지가 먼저 탐라로 갔고 이후 어머니가 돌아가셨다는 서신을 받은 봉이도 급하게 탐라로 떠났다. 그리고 정확히 일주일 후에 소하와의 만남이 이루어졌다.

그때만 해도 이현은 자신이 돌 맞는 아기 새를 구하는 역할인가 싶었다. 하지만 이 모든 것이 어머니가 예상한 필연으로 이루어진 것이라면? 이현은 소름이 끼쳤다.

"그나저나 나으리, 지금 눈동자 색깔은 갈색입니다요?"

"네가 나에게 찾아왔을 때 그 열병을 마지막으로 더 이상의 열은 없었고 눈동자 색깔 또한 다시 내 눈동자 색으로 돌아갔다."

조용히 말하던 이현의 말이 끝나자마자 가느다란 목소리가 들려왔다.

"그래서 자색 눈동자를 가진 아이를 찾으라고 말했던 거였군요. 설화님."

소하는 몸을 일으키고 앉아 이현을 바라보았다.

"듣고 계셨던 것입니까?"

"네. 본의 아니게 엿듣게 되어 죄송합니다. 설화님께서는 다 알고 계셨던 것이지요. 아. 그리고 제게 하신 말씀이 있었습니다. 제가 나으리와 연이 있을 것이니 나중에 아들에게 직접 말해달라며 제게 부탁하셨습니다. 누구도 나으리에게 모든 것을 설명해주지 않을 것이라며…."

이현은 자세를 바꿔 소하를 바라보았고 소하는 다시 말을 이어가기 시작했다.

"설화님은 자신의 죽음을 알고 있었던 모양입니다. 그러니 그렇게 쓸쓸한 미소를 지으셨던 것이겠죠. 원래 한 대를 거쳐 여자에게만 물림이었으나 언젠가부터 그것과 상관없이 대물림이 되는 능력이 있다 하셨습니다. 바로 지금 나으리처럼 귀신을 보고 듣고 만질 수 있는 능력 말입니다. 설화님께서도 그렇게 궁내에서 비밀리에 왕족에게 해가 되는 귀신을 퇴치하시고 또한 협상도 하시며 지혜롭게 모든 것들을 해결해나가셨다고 합니다. 다만 가문에서 대대로 내려오는 이 능력은 자식이 있다고 한들 바로 대물림이 되는 것이 아니라고 하셨습니다. 자신이 죽으면 그 능력이 자식에게 그대로 넘어간다고 하시더군요. 그래서 그 능력이 온전히 넘어가기까지가 일 년이며 그 일 년 동안 열병을 앓고 완전히 보랏빛으로 눈동자가 물든다 하셨습니다. 그리고 그 후엔 다시 자신의 모습으로 돌아가지만 갖가지 위험이 나으리를 기다리고 있으니 나으리에게 곁에 있어 달라 부탁하셨습니다. 또한 그때쯤이면 제가 도움이 되는 존재로 완성이 될 테니 분명 도움이 될 것이라고 하셨지요."

소하의 말에 가만히 듣고 있던 이현은 갖가지 복잡한 감정에 휩싸였다. 어쩌다 가지게 된 것인지 궁금했던 자신의 능력의 뒷이야기와 여러 가지를 미리 알고 준비를 했던 어머니의 이야기.

조금은 궁금증이 풀려 후련한 마음이 있는 반면, 어머님의 죽음에 어떤 것들이 연관되어 있는지 궁금해졌다. 그리고 자신의 죽음을 알았으면서 왜 피하질 않았을까? 왜 그 죽음을 온전히 받아들이고 이 저주 같은 능력을 자신에게 물려준 것일까. 의문은 꼬리에 꼬리를 물고 이현의 머리를 복잡하게 만들었다. 그때 봉이가 소하를 바라보았고 조심스럽게 입을 열었다.

"소하야. 난 네가 어떤 존재든…."

"되었다."

소하가 말을 끊자 봉이는 바닥을 바라보던 고개를 들어 소하를 바라보았다. 그러자 소하는 빨개진 얼굴로 입을 가리며 시선을 돌렸다.

"네가 하려는 말이 무엇인지 알고 있으니 되었다. 이미 내게 전해졌단 말이다."

"아니, 되지 않았다!"

소하가 놀란 눈으로 봉이를 바라보았고 봉이는 굳은 표정으로 말했다.

"네가 어떤 존재든 난 상관없다. 그리고 네 책임이 아니라는 것쯤은 너도 알고 있을 것이 아니냐. 대략적인 이야기는 들었다. 이미 지나간 일이고 너의 오라비가 단독으로 저지른 일이니 너는 죄책감을 가질 필요가 없단 말이다. 내 말이 무슨 말인지 알아듣겠느냐?"

봉이의 말에 소하는 얼떨결에 알겠다고 대답해버렸고 봉이는 이에 만족한다는 듯 미소 지었다. 이현은 둘이 대화를 할 수 있게 자리를 피해주었고 평상에 앉아 해결한 사건의 서신을 정리했다.
다음 목적지를 어디로 할까 고민하고 있을 때쯤 어둠이 사라지며 붉은빛이 돌기 시작했고 산머리에서 해가 모습을 드러내고 있었다.

※

탐라에서의 일을 뒤로하고 다시 지체 없이 길을 떠나는데, 수심이 가득해 보이는 이현을 보던 봉이가 입을 열었다.
"나으리, 무슨 생각을 하십니까?"
봉이를 바라보며 고요한 미소를 짓는 이현에게 봉이가 다시 말했다.
"비록 제가 출신은 미천하고 아는 것 하나 없는 놈이지만 적어도 말씀해주신다면 생각을 할 순 있습죠. 머리 하나보단 둘이 낫지 않겠습니까?"
봉이의 말에 이현은 들켰다는 듯한 표정을 지어 보이더니 이내 미소 지으며 한결 나아진 듯해 보였다.
"내 매번 봉이 너에게 배우는 것이 많다. 예전에 어머님께서 말씀하신 것이 있었지. 배움에는 출신이며 나이가 없다고 말이다. 배우는 입장과 배움을 행하는 이. 모든 것이 포함된다 하신 말에 꽤나 생각을 많이 했있는데 이를 두고 하는 말이었구나. 늘 고맙다."
이현의 말에 봉이는 얼굴이 조금은 붉어져 빙긋 웃어 보였다.

## 다섯 번째 달조각.
## 그슨대

"뭔 시간이 이렇게 늦었대? 얼른 가야겠구먼."

한 사내가 유난히 을씨년스러운 어둠을 헤치며 발걸음을 재촉했다. 양반댁에서 맡은 일이 끝나 돌아갈까 망설이다 결국 문밖을 벗어났고 그는 얼마 안 가 후회하기 시작했다. 조그마한 등불도 없이 달빛에 의존해 걷기를 한참. 구름이 잠깐 달빛을 가려 적막하고 그 깊이를 알 수 없는 어둠이 깔렸다.

잠시 움찔거리며 발을 멈췄다가 두려움에 주변을 살펴보던 그는 뭔가 이상함을 깨닫고는 천천히 위로 올려다보았다. 그리고 그는 이내 곧 쓰러졌다. 그렇게 날이 밝고 마을엔 큰 소동이 일어났다. 몰려 있는 사람들 중간에는 한 남자가 눈을 동그랗게 뜬 채 겁이 질린 표정으로 죽어 있었다.

다음 목적지에 가기 위해 열심히 걷던 이현과 봉이는 주막에 들러 허기를 채우고 있었다. 그리고 이현은 여태껏 해결한 문서와 해결해야 하는 문서들을 정리하고 있었다.

그때 한숨과 함께 씩씩거리며 한 보부상이 주막 안으로 들어섰다. 그리고 주모를 불렀다. 얼핏 봐도 지치고 화가 난 그는 국밥 한 그릇과 막걸리를 주문했다. 막걸리가 나오기 무섭게 그는 사발에 콸콸 붓더니 목구멍으로 들이켰다.

"뭔 일 있당가? 뭔 술을 그리 벌컥벌컥 마시는 거여. 체하겠소."

주모는 어느새 보부상 옆에 와서 앉아 호기심 가득한 눈빛으로 물었다.

"지금 저 위쪽 고을에 사달이 났수다."

주모는 말 좀 더 해보라는 듯한 표정으로 보부상을 다그쳤다.

"왜? 무슨 일이 났길래 그러시오?"

"지금 며칠 새 사람이 죽어 나가는데, 어제 아침에도 발견됐다니까?"

주모는 두 손으로 입을 틀어막으며 놀랐다.

"누가 콱! 죽인 거요?"

"원인을 모르니 사달이라고 하는 게 아니겠소. 하루이틀도 아니고 저렇게 죽어 나가니, 원. 마을도 흉흉하고 상인들도 꺼리고 있다니까. 나도 겁나서 가질 못하겠소."

보부상은 수염에 묻은 술을 소매로 슥 닦더니 한숨을 푹 쉬었다.

"그래서? 그 사달이 난 고을이 어디요?"

"공주일세. 꽤 큰 팔이를 할 수 있는 곳인데 요즘 어떻게 해야 할지 모르겠소. 허, 차암!"

공주라면 보부상이 저러는 이유도 왠지 이해가 갔다. 꽤나 큰 고을이며 상인들이며 사람들도 많으니 제법 주머니를 두둑이 채울 수 있는 곳이었을 테지.

이현은 가만히 이야기를 듣다가 서신들 중 여러 개를 간추려 읽더니 이내 하나를 골라잡았다. 그리고 천천히 서신을 펼쳐 읽어 내려갔다. 분명 그리 급한 건 아니라고 했는데 무슨 일이 있었길래 이렇게 급박하게 진행된 것일까? 이현은 다 읽은 서신을 왼쪽 소매 안자락에 넣고는 밥을 마저 입 안에 퍼 넣듯 먹고 자리에서 일어났다. 봉이 또한 그를 따라 일어나 주모에게 음식값을 치르고 주막을 벗어났다.

"나으리. 요괴 짓일까요?"

봉이는 조용히 이현에게 속삭이듯 물었고 이현은 앞을 보며 나긋하게 말했다.

"확실한 건 가서 보고 판단해야 할 테지만 지금의 정황이나 느낌으로 봐서는 그런 것 같구나."

원래 가려고 했던 곳을 다음으로 미루고 급하게 공주로 떠나는 이현의 눈동자가 흔들렸다.

'그러고 보니 괴질동자, 그 아이는 어떻게 됐을까? 느낌이 좋지 않은데. 그리고 그 특이한 모습을 하고 있던 자는 어떻게 또 마주친단 말인가.'

이런저런 생각에 심란해하던 것도 잠시 봉이가 두리번거리며 말했다.

"그러고 보니 소하는 또 어디로 갔습니까? 말도 없이 자꾸 사라집니다요."

"어차피 각인이 된 상태니 무슨 일이 있으면 올 것이다. 왜 그러느냐? 소하가 보고 싶은 게냐?"

이현의 말에 봉이는 얼굴이 빨개져 손을 급하게 휘저었다.

"아닙니다요. 나으리! 무슨 소립니까? 그런 거 아닙니다."

봉이의 말에 이현은 큭큭 웃었고 봉이는 입술을 삐죽이며 봇짐끈을 양손으로 잡고 걸었다.

같이 길을 나섰던 소하는 그날 밤 봉이가 잠들자 그 수상했던 자를 알아보기 위해 먼저 길을 나섰다. 그리고 멀리서 미행할 것이며 무슨 일이 있으면 당장 달려오겠다고 이현과 약조했다. 혼자서 그런 위험한 일을 하러 갔다고 봉이에겐 차마 말할 수 없었던 이현은 괜히 봉이에게 짓궂은 장난을 쳤다.

그렇게 이현과 이런저런 이야기를 주고받으며 생각보다 빨리 고을에 도착했다. 그리고 고을에 들어서자 여지껏 지나온 고을들과 다를 바 없는 황량한 기운을 느꼈다. 그리고 그때 이현은 확신했다. 무엇이건 간에 확실히 이건 사람의 짓이 아니라는 걸.

그 보부상이 말했던 죽은 사람에 대해 급하게 알아볼 필요가 있다고 느낀 이현은 우선 시신을 살펴보기 위해 관아로 갔다. 그리고 수령과 인사를 나누고 수령의 허락하에 시신 보관소로 들어갔다. 짚을 걷어내자 경악한 표정으로 죽어 있는 시체를 가만히 살펴보았다. 그는 여기저기 시체를 보며 상흔이 있는지를 살폈으나 찔린 상흔은 고사하고 구타의 흔적 또한 없었다. 하지만 무언가가 이상하게 기분이 나빴던 그는 대기하고 있던 포졸들에게 이것저것 구해달라고 한 뒤 봉이를 옆에 세웠다.

"내 지금 고인의 시신을 검험할 터이니 나를 좀 도와줘야겠다."

봉이는 야무지게 입을 닫고는 고개를 끄덕였다. 이현은 가만히 서서 눈을 감고 작은 묵례를 하며 시신에 대한 예를 갖추었다. 그리고 이내 빠르게 움직이기 시작했다.

일단 은비녀를 시신의 입에 넣고 난 후 봉이와 함께 종이로 시신을 덮고 술지게미를 발랐다. 그리고 초주를 여기저기에 뿌린 후 한참이나 가만히 서서 그 모습을 보고 있었다.

"자, 시간이 어느 정도 흘렀으니 종이를 걷어내 보거라."

이현의 말에 봉이는 시신을 덮고 있던 종이를 걷어냈고 여기저기에 이상한 흔적들이 나타난 것이 보였다. 등에 두 곳 그리고 복부에 한 곳이 푸른 멍으로 물들어 있었다. 봉이는 신기하다는 듯 들여다보았고 이현은 검험에 대한 기록을 했다. 그리고 그전에 뽑아낸 은비녀에는 아무 이상이 없는 것으로 보아 독살은 아니었다. 검험을 끝낸 후 기록한 것을 들고는 수령에게 간 이현은 잠시 이야기하자며 그의 앞에 앉았다.

"저자의 신분이 무엇입니까?"

"양반댁에다 가끔씩 이런저런 일을 도맡아 해주는 사람이었습니다."

"양반은 아니라는 소리군. 평민인 겁니까?"

"평민과 양반 사이의 어중간한 위치나 마찬가지였죠."

"그럼 저자가 마지막으로 들른 양반댁이 어딥니까?"

"왜 그러십니까? 검험 결과가 이상하게 나온 것입니까?"

수령이 깜짝 놀란 표정으로 이현을 바라보자 이현은 아까 기록한 것을 내밀어 수령에게 건넸다. 수령이 검험 기록을 보더니 화들짝 놀라더니 고개를 갸우뚱거렸다.

"이상합니다."

"무엇이 말입니까?"

"그 양반댁은 누가 되었든 어떤 사람에게도 모질게 대하는 법이 없습니다. 모두 심성이 어진 자들뿐인데."

"수령님, 사람은 겉모습만 보고는 모르는 법입니다. 수사 중 절차도 그렇고 필히 알아야겠으니 누구인지 말해주십시오."

이현은 단호한 표정으로 말했고 수령은 조심스럽게 박 대감 댁이라고 말했다. 이현은 검험 결과 분명히 최근에 맞은 상처일 것이라고 확신했다. 그렇지 않고서야 그런 멍이 있을 리가 없지. 멍이 퍼져 있는 모습을 보아하니 분명히 사람을 많이 때려본 자들일 것이다. 눈에 보이지 않는 곳만 집중적으로 때렸으니 누가 상상이라도 하겠는가.

이현은 봉이와 함께 서둘러 박대감의 집으로 갔다. 그러자 한 사내가 급하게 대문 밖을 나서다 이현과 부딪혔는데 이현의 눈을 흘긋 보고는 고개를 숙이고 다시금 급하게 달려갔다. 이현이 고개를 갸우뚱거리고 있는 동안 봉이가 큰 소리로 말했다.

"게 누구 없느냐?"

그러자 종으로 보이는 자가 뛰어나왔고 이현을 맞이했다.

"혹시 약조가 있으십니까?"

"아닙니다. 그냥 박 대감을 만나 뵐 일이 있어 온 거니 안내해주면 됩니다."

이현은 부드러운 미소를 지으며 말했고 종은 이현을 서둘러 박대감의 처소로 안내했다.

"나으리, 저는 저 앞에 있겠습니다."

봉이는 이현 옆에 있다 다시 대문 쪽으로 향했다. 그리고 이어 종은 조용히 외쳤다.

"대감님, 손님이 오셨습니다."

"누구신가?"

"그냥 대감님을 뵐 일이 있다고 합니다."

박 대감은 문을 살포시 열고 밖을 내다보았고 이현을 보자 누구냐는 듯한 표정을 지어 보였다.

"무슨 일로 저를 찾아오셨는지?"

"긴히 드릴 말이 있어 이렇게 염치 불고하고 찾아왔습니다. 들어가도 되겠습니까?"

이현의 말에 박 대감은 가만히 이현을 쳐다보았다. 품행을 보아 하니 일반인은 아닌 것 같다는 직감이 들었다. 그리고 곧 박 대감은 안으로 들어오라며 이현에게 예의 바르게 행동했다. 곧이어 박 대감은 방에 들어서는 이현의 반지를 보더니 살짝 놀란 듯한 표정으로 이현을 상석으로 안내했다.

"무슨 일로 오셨습니까?"

"긴말하지 않겠습니다. 혹시 얼마 전 거리에서 죽은 자가 죽기 전 대감댁의 일을 도와주고 집으로 돌아가는 길이었습니까?"

"하, 말도 마십시오. 그렇지 않아도 소문이 흉흉하니 저도 마음이 편치 않습니다. 제 부탁으로 물건을 하나 저의 지인에게 전해주고 다시 돌아와 일이 끝났다고 인사하고는 수고비를 챙겨 들고 곧장 집으로 가는 길이었다고 들었습니다."

박 대감은 한숨을 쉬며 말했고 이현은 박 대감을 가만히 쳐다보다가 이내 다시 입을 열었다.

"그 지인에게 전한 물건이 무엇입니까?"

"한양에 있는 제 지인에게 붓 몇 자루를 전해주었습니다. 제가 알고 있는 사람이 붓 장인이라 늘 제 지인들이 붓 몇 자루를 부탁해 그걸 들어주고 있었습니다."

박 대감은 자신에게도 있는 붓을 보여주며 말했고 가만히 보니 궐에서도 사용하는 붓이었다. 장인이 만드는 붓은 분명했다. 하지만 자꾸 무언가가 찝찝하게 느껴졌던 이현은 의심을 거두지 않고 일단은 여기서 후퇴하자는 생각을 했다.

"그럼 그냥 길을 나서다 객사를 당한 것이겠군요."

"저는 잘 모르겠습니다. 그저 하룻밤 묵고 가라고 할 걸 후회를 하는 중이었습니다."

박 대감은 후회하는 표정으로 고개를 푹 숙였고 한숨을 쉬었다. 이현은 곧 자리에서 일어났고 박 대감은 그런 이현을 배웅해주었다.

"도적 떼에게 맞아 죽은 것인지 뭔진 모르겠다만 참 안타깝게 죽어 저도 마음이 아픕니다. 그럼 조심해서 가십시오, 나으리."

이현은 순간 멈칫했지만 최대한 티 내지 않으려고 했고 박 대감의 배웅을 뒤로하고 대문을 나섰다. 문밖에 서 있던 봉이는 빠르게 이현의 옆에 붙어 이현의 표정을 훑었다.

"별 수확이 없습니까? 도대체가 아무런 단서가 없으니 어떤 요괴인지도 모르고 참 답답합니다요."

"저자가 범인이다."

"예? 그게 무슨 소립니까?"

"아까 검험, 생각나느냐?"

"그럼요, 나으리."

"분명히 검험을 거친 후 멍 자국이 드러났다. 그 전엔 아무런 상처도 없던 자였는데 어떻게 누구에게 맞았는지 안단 말인가? 게다가 의문의 죽음이라 소문이 자자한데 저렇게 콕 집어서 말하지 않느냐."

이현의 말에 봉이는 손뼉을 소리 나게 치며 이제야 알겠다는 표정을 지어 보였다.

하지만 맞아 죽은 것은 아니다. 표정은 물론이고 맞아서 죽을 정도라면 저것보다 더 큰 상처나 원인이 있어야 하지만 아무런 흔적이 없었다. 그래서 분명 사람의 짓이 아닐 거라고 생각했으나 박 대감과는 밀접한 관계가 있는 일일 것이라 직감했다.

이현은 봉이와 함께 숙소로 돌아가 이런저런 이야기를 하며 어떻게 하면 증거를 잡을까 그리고 어떤 일들이 숨어 있는 것일까 생각했다.

"그러고 보니 붓을 전해준다 하였는데, 그 붓이 자꾸 걸린단 말이지."

이현은 골똘히 생각하며 말했고 봉이는 경상에 놓여 있던 이현의 붓을 들어 만지작거렸다. 그 모습을 지켜보던 이현은 봉이에게 붓을 건네받아 천천히 여기저기를 살펴보다가 뭔가 생각났다는 듯 놀란 표정을 지었다. 붓두껍을 만지작거리다 이내 붓 뒤에 벽에 걸 수 있게끔 달린 고리를 잡아당겨 보았다. 붓 안에 공간을 만들고 그걸 막는 역할로 이 뚜껑 같은 것이 있는 거라면? 그리고 고리는 벽에 거는 용도니 아무도 잡아당길 거라는 생각은 못 할 것이고, 충분히 잡아당기면 빠질 수 있는 구조로 만들어 이 안에 무언가를 숨긴다면?
 조각이 맞춰지듯 하나둘 머릿속에서 정리가 되자 이현은 피식 미소 지어 보였다. 그리고 이현은 봉이를 바라보았다.
 "왜 그러십니까요?"
 "봉이야. 네가 한 가지 해줘야 할 일이 있다."
 "예? 그게 뭡니까?"
 봉이는 뭔가 불안함을 느꼈고 그 예상은 빗나가지 않았다.

 박 대감네 집 앞에 숨어 있던 차에 뭔가 수상한 움직임이 포착되어 따라나섰다. 그리고 얼마나 걸었을까, 횃불을 들고 산 쪽으로 들어가던 무리 중 몇 명이 두리번거리며 경계를 하는 듯 보였고 이현은 봉이의 머리를 눌렀다. 그때 봉이는 깜짝 놀라 나뭇가지를 밟아 버렸고 그들 중 한 명이 그 소리를 들었다. 이현과 봉이는 마른침을 꼴깍 삼키며 상황을 지켜봤고 누군가 다가왔다.
 "게 누구냐?"
 봉이는 이대로는 안 되겠다 싶어 이현을 밀쳐 자세를 더욱 낮게 만들고는 자신이 일어섰다.
 "아이쿠! 죄송합니다요! 제가 이번 일은 처음이라 긴장해서인지 소피가 마려워 옆으로 빠졌다가 가는 길입니다!"
 "거 김 씨 대신해서 온 사람이오?"
 "예! 맞습니다!"
 "빨리 오게! 난 또 깜짝 놀랐지 않은가!"

봉이는 이현에게 고개를 끄덕여 보여주곤 그 사내를 따라 들어갔다. 얼떨결에 내통하게 된 봉이는 어쩌면 이편이 다행일지도 모르겠다는 생각이 들었고 최대한 사람들 비위를 맞추려 노력했다.

예상치 못한 일이 벌어지자 이현은 당황했다. 하지만 이렇게 해서 박 대감에게 어떤 일이 숨어 있는지 알아낸다면야 이루 말할 수 없는 최고의 작전이 아닐까 생각이 들었다. 겨우 그곳에서 빠져나온 이현은 숙소에 앉아 어떻게 하면 박 대감의 집으로 다시 들어갈까 고민했다. 그리고 봉이의 안전 또한 걱정이 되어 이런저런 생각에 잠겨 있었다.

한편 이상한 무리에 끼게 된 봉이는 상황을 지켜보며 눈에 띄지 않게 조용히 무리 속에 섞여 있었다.

"그러고 보니 그 김 씨, 박 대감께 빠진다고 하자마자 죽지 않았나?"

"그러게. 저번에 최 씨도 그러더니. 몇 번째인지 원…."

"거기 무슨 이상한 소리를 하는가! 조용히 하시게!"

두 명이서 속삭이듯 말하는 걸 무리 중 조금 높은 위치의 사람이 들었는지 입단속을 시켰다. 봉이는 자는 척을 하며 숨죽여 그들이 하는 이야기를 들었다.

'입막음을 위해 사람을 죽이는 것인가? 근데 어떻게 죽었는지는 모른다? 박 대감과는 확실히 상관있는 것 같구나. 나으리께 얼른 이 사실을 말씀드려야 하는데.'

봉이는 입이 근질거려 참을 수 없다는 듯 입 주변에 침을 묻히고는 돌아누웠다.

간밤에 본 것은 어떤 밀매의 현장이었다. 물건을 주고받는 것을 자세히 보려 했으나 더 가까이 다가갔다가는 들킬 것만 같아 그냥 멀찌감치 떨어져 보고 있었다. 정말 작은 물건임이 틀림없었는데 가격이 꽤나 나가는 듯해 보였다. 왜나라와 밀거래를 하는 듯했는데 가만히 그들이 하는 대화를 듣고 있었다. 예전에 아버지와 함께 양반댁에서 이런저런 일을 하며 주워들은 왜나라 말이 이럴 때 도움이 될 줄은 몰랐다. 가만히 들어보니 독약에 대한 밀거래였는데 그것은 비상이었다. 그 위험한 독약을 왜 들이는 것인지, 누굴 죽이려고 하는지 봉이는 호기심이 일었다. 하지만 더 깊이 빠져들어 갔다간 일단 목숨이 위험해지겠지. 여기까지만 그치자 싶었던 봉이는 날이 채 다 밝기도 전에 잠시 뒷간에 가는 척 밖으로 빠져나와 급하게 숙소로 잠시 돌아갔다.

두리번거리며 미행이 붙었는지 확인하고 방으로 들어가 깜짝 놀라는 이현에게 조용히 하라는 손짓을 해보였고 작게 이현의 귀에 대고 간밤에 보았던 것과 모두가 잠들기 전 나눴던 대화를 전했다. 그러자 이현도 의심이 확신으로 자리 잡게 되었고 박 대감의 집으로 숨어들어 가 진상을 파헤쳐야겠다는 생각이 들었다.

"그래도 봉아, 네가 갑자기 이렇게 빠져나온 걸 알면 네 목숨 또한 부지 못 할 테니 일단은 그 무리 속에 들어가 있거라. 일이 어느 정도 가닥이 잡히면 널 구하러 가겠다."

봉이는 그러겠노라고 고개를 끄덕이고 서둘러 숙소를 나섰다. 그리고 다시 그들이 잠들어 있는 곳으로 들어가려 하자 누군가가 봉이의 등을 쳤고 봉이는 그대로 쓰러졌다.

이현은 다시 밤을 기다렸고 사람의 왕래가 거의 없어지자 조심스럽게 나와 은밀하게 움직였다. 그리고 박 대감의 집 주변에 숨어 기다리고 있었는데 얼마가 지났을까, 조금 수상한 움직임이 보였다. 그들이 두리번거리며 확인이 끝난 듯 들어가자 이현도 조심스럽게 눈치를 보며 그들의 뒤를 따랐다. 그리고 어떤 창고로 들어갔다 나오는 것을 보고는 조심스럽게 창고 안으로 들어갔다.

창고 안에는 붓과 여러 가지 물건들이 쌓여 있었는데 이현은 조심스럽게 붓 한 자루를 집어 들어 천천히 고리를 잡아당겼다. 그러자 쏙 하고 빠졌고 붓대 안에는 길게 빈 공간이 있었다.

'그럼 그렇지.'

이현은 모든 것이 맞아떨어지자 이걸 어떻게 전하께 알리고 그의 죄를 물어야 할지 고민했다. 그 순간 둔탁한 소리와 함께 통증이 느껴졌고 이현은 무릎을 꿇을 수밖에 없었다. 그대로 이현은 옆으로 꼬꾸라졌고 다수의 인원이 그를 마구 구타하기 시작했다.

"누가 보내서 온 것이냐?"

한 남성이 큰소리로 호통치며 말했고 이현은 입을 더 굳게 다물었다. 그렇게 한참을 맞고 너무 아파 정신이 희미해지려 했지만, 이현은 최대한 정신을 차리려 하며 버텨냈다. 그러자 쇄골이 타는 듯한 기분이 들더니 무슨 치맛자락이 이현의 눈앞에 살랑 나부꼈다. 순간 구타가 멈췄고 이현이 천천히 고개를 들어 보니 거기엔 이게 무슨 일인가 싶은 표정으로 이현을 바라보는 소하가 서 있었다.

"도대체 이게 다 무슨 일입니까?"

"보시다시피 맞고 있습니다."

이현은 신음하며 말했고 소하는 한숨을 쉬었다. 그리고 푸른 눈으로 가만히 무리를 쳐다보았다.

"무… 무엇이냐? 사람이냐? 아님 귀… 귀신이냐?"

"당신네들에겐 내가 무엇인지 뭐가 중요하겠소?"

다시 소하에게 달려드는 무리를 보자마자 소하는 아름다운 춤을 추듯 소매 자락을 휘날리며 바람을 일으켜 남자들을 밀쳐냈다. 그리고 손대지 않고 손짓만으로 그들을 제압해 계속해서 날려 보냈다. 그러자 몇 명은 세게 부딪혀 정신을 잃고 하나는 부리나케 도망을 쳤다. 이현은 몸을 추스르고 일어나며 조용히 말했다.

"역시 소하 낭자입니다."

"조용히 하십시오. 각인이 없었음 어쩔 뻔했습니까. 많이 다치셨습니까?"

"괜찮습니다, 이 정도는."

소하는 천천히 몸을 숙여 이현의 입가에 있는 피를 닦아주었고 픽 웃었다.

"이게 괜찮은 겁니까?"

말이 끝나기 무섭게 소하는 고개를 들어 두리번거렸다.

"나으리, 봉이는 어디 있습니까?"

"봉이는 아까 그들의 무리 속에서 내통하며 함께 있습니다."

"예? 그게 무슨 소리입니까!"

"가면서 설명하겠습니다. 지금 저자들이 이러는 것을 보아 봉이가 안전하지는 않겠군요. 얼른 찾으러 가야겠습니다."

이현의 말에 소하는 이현을 잡고는 서둘러 땅을 접어 달렸다. 그리고 봉이를 찾으러 가는 길 내내 이현은 소하에게 잔소리를 들어야만 했다.

※

 봉이에게 있는 각인의 기운을 느끼며 봉이를 찾아 나선 소하와 이현은 겨우 그가 있는 듯한 장소를 찾아내었고 뭔가 낌새가 이상함을 느꼈다. 소하와 이현은 빠르게 몸을 숨겼고 곧 인기척이 들렸다. 그리고 사내 세 명이서 정신을 잃은 봉이를 둘러업고 가는 것이 보였다.
 한참을 걷다 사람이 아예 드나들지 않는 곳으로 들어섰고 그곳에 봉이를 내려놓았다. 그리고 봉이에게 찬물을 뿌리고 그대로 도망가는 것이 보였다. 봉이는 차가운 물 때문인지 정신이 들었고 곧 머리를 매만지며 자리에 앉았다. 남자들이 보이지 않게 되자 봉이에게 다가가려던 순간 이상한 기척이 느껴졌고 웬 남자가 봉이의 앞에 섰다. 봉이는 고개를 들어 그 남자를 바라보았고 이상한 일이 일어났다.
 점점 커지는 듯한 남자를 계속해서 바라보고 있는 봉이에게 이현이 순식간에 다가가 그의 두 눈을 뒤에서 가렸다. 그리고 작게 봉이의 귓가에 대고 말했다.
 "저자를 쳐다봐선 안 된다. 눈을 꼭 감고 있거라."
 그자는 킬킬 웃으며 점점 커졌고 이윽고 나무보다 더 큰 존재가 되었다. 그리고 그자의 가랑이는 우거진 나무의 그림자와 비슷한 모양새를 띠었다.

[이미 늦었다. 그의 공포를 어느 정도 맛봤으니. 흐흐.]

"그슨대…."

이현은 그를 보지 않으려 노력하며 말했고 그슨대는 흥미롭다는 듯 콧방귀를 뀌었다.

[나를 아는 인간이군. 뭔가 좀 특이한 기운이 느껴지는데. 보통 인간은 아니구나? 뭐 어차피 상관없다. 이리 보냈으면 뭔가 박 대감과 연관이 있는 것이니 난 너희들을 죽일 수밖에 없다.]

"한때는 수호신이었던 존재가 어쩌다 이리 악령이 되어 인간에게 해를 끼친단 말입니까?"

이현의 말에 그슨대는 멈칫하더니 가만히 이현을 바라보았다.

[어차피 인간들이란 지켜줘 봤자 자신들밖에 모르고 다 자기들이 잘난 줄 알지. 지킬 만한 존재가 아닌 것이다. 아무 짓도 하지 않았는데 이유 없이 소멸시켜 버린다고 협박을 하질 않나. 평화롭게 살아가길 바라는 요괴들 또한 없애려 하지. 박 대감 같은 그런 자들.]

그슨대는 빨간 눈으로 으르렁대며 말했고 이현은 박 대감과 그슨대 사이에 모종의 거래가 있음을 직감했다.

"둘 사이에 어떤 일이 있었는지는 모르겠지만, 죄 없는 인간들을 죽이는 건 화풀이로밖에 보이지 않습니다."

[그저 내 눈엔 다 같은 인간들일 뿐이다.]

"무슨 일이 있었던 것입니까?"

[어떤 인간을 알고 있다 하였다. 그 인간은 요괴를 부릴 줄도 알며 도술을 부릴 줄 안다고 들었다. 그리고 이곳의 요괴들을 다 소멸시켜버리겠다고 협박했지. 물론 나도 거기에 포함이 되어 있었고, 그 인간은 조선인이 아니라 들었다. 외부에서 온 자이며 늘 곁엔 여

우가 붙어 있다고 했다. 하지만 그들이 요구하는 것을 들어주면 자기도 요괴들을 가만히 둘 것이라고 했다.]

그스대가 말하는 자가 도대체 누구인지 골똘히 고민하던 이현은, 도대체 어떤 꿍꿍이가 있어 이토록 사람을 해치는 것인지에 대한 의문이 생겼다. 그때 그스대가 다시 으르렁거리기 시작했다.

[그러니 난 너희 둘을 죽여야겠다.]

그리고 이현과 봉이를 잡으려고 그스대가 손을 뻗자 소하가 그 앞을 막아섰다.

[넌 또 무엇이냐?]

"지금 당장 그 손을 치우지 않으면 가만두지 않을 것이다."

그스대는 움찔거리며 가만히 소하를 바라보았고 그녀가 도깨비라는 것을 알아챘다.

[네가 그 말로만 듣던 순혈 도깨비 계집이로군.]

"어느새 여기까지 내 소문이 났단 말인가?"

[요괴들이 다 널 알 것이다. 도깨비가 왜 인간과 함께 다니는가?]

그스대는 알 수 없다는 듯 말했고 소하는 슬슬 바람을 일으키며 픽 웃었다.

"그런 걸 알아서 뭘 하려고? 내가 뭘 하든 그건 내 마음이다."

[인간과 같이 다녀서 좋을 것이 없을 텐데. 이자들을 죽이고 나와 요괴들을 위해 함께할 생각이 없는가?]

"난 두 번 말하지 않는다. 여기서 떠나지 않으면 난 널 소멸시켜 버릴 것이야."

그스대는 콧방귀를 끼며 소하를 비웃었고, 이현은 가지고 온 봇짐에서 뭔가를 꺼내더니 소하에게 던졌다. 그러자 소하가 그것을 받아 들고 그스대에게 흔들어 보였다.

[고작 그것 가지고 날 어떻게 해볼 수 있다는 착각은 하지 마라.]

소하는 한쪽 입꼬리를 올리며 손가락을 딱하고 튕겼다. 그러자 불꽃이 일었고 왼손에 있는 횃불에 불을 붙이고 그스대에게 내밀었다. 자신의 몇 배나 작은 횃불을 보며 그스대가 밟으려고 발을 내밀자 소하가 바람을 위로 보내 불길이 크게 치솟게 만들었다. 그러자 그스대의 발에 불이 붙고 거리가 낮처럼 환하게 비칠 정도로 불이 커지자 조금씩 줄어들더니 사라졌다. 그스대가 사라지자 소하와 이현은 봉이를 살폈고 봉이는 놀랐는지 멍하게 앉아있었다.

"생각보다 봉이는 멀쩡해 보이는 것 같습니다. 오히려 나으리께서 더 많이 다치셨습니다."

소하의 말에 봉이는 퍼뜩 정신을 차리고 이현을 보았다. 얼굴을 어찌 잘 막았으나 뺨과 얼핏 보이는 목 쪽엔 멍이 들어 있었고 입술은 살짝 터져 있는 것이 누가 봐도 '난 방금 맞고 왔소' 하는 얼굴이었다.

"아니, 나으리는 얼굴이 왜 이 모양이십니까?"

"어떤 방법으로 밀거래를 하는지 제대로 알아보러 들어갔다가 들켜서 이렇게 돼버렸다. 그래도 괜찮다. 너무 걱정 말거라."

"어휴, 얼굴이 이래서 어쩌십니까요?"

"그래서. 이렇게 맞아가면서까지 알아내신 것이 있습니까?"

소하는 봉이의 말을 끊어먹고 말했고 봉이는 그런 소하를 흘깃 쳐다보았다.

"일단 붓 위에 달려 있는 고리를 잡아당기면 뚜껑이 부리되어 붓대 안에 무언가를 집어넣을 수 있게 되어 있었다. 그 안에 비상을 동여맨 것을 넣어 거래를 하고 있었는데 이 기밀을 누설할지도 모르는 자는 그스대에게 처리를 맡겼던 것 같다."

소하는 골똘히 생각하며 듣고 있었고 봉이는 머리를 벅벅 긁었다.

"그스대는 그럼 왜 저런 어이없는 짓을 한 겁니까요?"

"하, 아까 뭘 들었어? 박 대감과 뭔가 일이 있었다고 하잖아. 아마 하나둘 작은 요괴들을 없애는 걸 보고 공생을 위한 거래를 했겠지. 그리고 박 대감이 알고 있는 자, 여우를 부리는 자…. 그의 정체를 알아야겠구나."

소하가 말하던 도중 이현의 머리에 무언가 스치는 게 있었다. 박 대감은 어쩌다 왜나라와 거래를 하게 된 것일까? 머릿속에 어지럽게 흩날리던 조각들로 인해 괜히 더 생각만 복잡해졌다.

우선 무슨 일이 일어난 것인지 알게 되었으니 박 대감을 체포해야겠다는 생각이든 이현은 서둘러 박 대감의 집으로 향했다. 그리고 대문을 열고 '이리 오너라' 하고 외치려는 순간, 미처 대청마루를 다 빠져나오지 못한 채 쓰러져 있는 박 대감 그리고 피로 빨갛게 물든 시체들이 즐비하게 널려 있는 것을 보았다.

어느새 해가 조금씩 머리를 들이밀고 올라와 그 처참한 광경을 보란 듯이 비추었다. 시체들의 모습에 봉이는 정신적인 충격을 받았는지 멀찍감치 떨어져서 토악질을 해댔다.

소하와 이현 역시 미간을 찌푸리고는 가만히 서서 그 처참한 광경을 보고 있었다.

여섯 번째
달조각.
태자귀.새타니

"누… 누가 이런 짓을….".

소하는 이내 고개를 천천히 돌리며 말했고 이현 역시 착잡한 심경을 어찌할 수 없어 주먹을 꽉 쥐고 있었다. 수령에게는 어떻게 설명해야 하며 이 일을 어떻게 하면 좋으려나.

자신은 물론 주변 사람들까지 자칫 잘못하단 잃을 수도 있겠구나 하는 생각에 이현은 정신이 아찔했다. 그리고 순간 세종이 머릿속을 스치고 지나갔다.

"일단 수령에게 이 모든 사실을 알려야겠습니다. 그리고 바로 한양으로 올라가지요."

이현은 조금 깔린 목소리로 말했고 소하는 고개를 끄덕였다.

관아로 서둘러 들어가 아직 잠에서 깨지 못한 수령을 깨우고 신속하게 이 일을 알렸다. 박 대감댁의 모든 사람들이 죽어 나갔고 원인은 불명으로 기록하게 했다. 하지만 다시는 이런 일이 일어나지 않을 거라는 확신을 내비쳤고, 고을 백성들이 동요하지 않게끔 이현은 신속하게 시신 처리를 위해 움직이라 명했다.
 가만히 시신들을 바라보던 이현은 시신들의 공통점을 찾았다. 무언가에 물려 찢긴 상처들이 대부분으로, 거래를 했다던 그 왜나라 사람의 짓이라는 확신이 들었고 이현은 서둘러 한양으로 가야겠다는 판단이 들었다. 이렇게 망설임 없이 사람을 해하는 자, 고위 관직을 두려워하지 않는 자라면 세종도 무사하지 못할 것이라는 불길한 예감이 들었다. 이현은 생각이 미처 들기 전에 행동을 취하고 있었다.
 서둘러 길을 떠난 지 얼마나 됐을까. 다시 짙은 어둠이 깔렸다. 잠시 쉬어가자는 생각이 들어 잠시 머물 거처를 잡았고 잠이 오지 않아 뒤척이던 이현은 슬며시 밖으로 나왔다. 한바탕 몰아친 듯한 상황으로 인해 생각을 하다 보니 한적한 곳에 들어서게 되었다.
 손톱을 깎아낸 것과 같은 달이 구름에 걸려 속도 없이 이현을 내려다보고 있었고 이현은 그런 달을 바라보다 기분 좋은 소리를 내며 흐르는 냇물을 바라보았다. 냇물은 조용히 흐르다 조금씩 바람에 몸을 맡겼고 그 때문에 달이 일렁이기 시작했다. 스스스 바람 소리와 함께 나직이 풀벌레가 우는 소리가 들리기 시작했고 이현은 그제야 정신을 차려야겠다는 생각이 들었다.
 그때 무엇인가 이상한 기운이 돌며 이현의 목덜미에 싸늘함이 느껴졌다. 이현은 아무 일도 없다는 듯 조용히 고개를 들다가 순식간에 칼을 뽑아 들어 겨누었다. 칼끝에는 낯설면서도 이상한 행색의 남자가 서 있었다.

"그대가 말로만 듣던 설화의 아들인가?"

어머니의 이름이 나오자 이현은 침착한 와중에 본능적으로 눈썹이 움찔 움직였다. 그는 부채로 살짝 칼끝을 쳐 내렸고 그의 몸을 타고 오르는 뱀 같은 여우들의 모습에 이현은 이상하다는 표정을 지어 보였다.

"하긴. 조선엔 이런 아이들이 없을 테니 그대가 놀랄 만도 하지. 어디 통성명이나 한번 해볼까?"

'이자가 바로 박 대감과 모종의 거래를 했다는 자인가?'

이현은 경계를 낮추지 않으며 그를 주시했고 그는 이현을 보며 웃음을 터뜨렸다.

"왜 그러는 것인가? 행여나 그대를 해칠까 봐 걱정이 되는 것인가?"

"당신은 누구지?"

"나에 대해선 이미 다 알고 있을 터인데?"

"당신에 대해 자세히 알고 싶지는 않다. 그저 많은 사람을 무자비하게 죽이는 악인이라는 것만 알 뿐이지."

"후후. 그건 그대를 불러들이기 위한 아주 약소한 희생이었다."

"약소한 희생? 당신으로 인해 죄 없는 사람이 몇 명이나 죽어 나간 줄 아시오? 당신의 사고방식은 정말 정상이 아닌 것 같군. 꼭 실성한 자 같단 말이오!"

"실성한 자라⋯. 하긴 그럴지도 모를 일이지."

그는 사내에 걸맞지 않게 요염하면서도 비릿한 웃음을 지어 보이더니 이현에게 밀착해왔다. 그리고 부채로 이현의 얼굴 이리저리 돌려가며 살펴보더니 만족한다는 듯한 표정을 지어 보였다.

"이현. 그대의 이름은 알고 있지."
"내 이름은 어떻게 아는 것인가?"
"흐응~ 설화가 죽기 전에 그대의 이름을 말했으니까."
"뭐라고?"
"뭘 그리 놀라 토끼 눈을 뜨는 겐가?"
 곧이어 바스락거리는 소리에 그는 이현에게서 떨어지더니 미간을 찌푸렸고 다시 이현을 보며 살짝 미소 지었다.
"내 이름은 쇼우지. 편하게 쇼우라고 불러도 좋을 것 같군. 그럼 곧 또 만나자고."
 여성의 웃음소리와 비슷한 소리를 흘리며 그는 멀어졌고 이현은 혼란에 빠져 있었다. 갑자기 찾아온 혼란으로 인해 그를 잡지도 추궁하지도 못한 이현은 답답함에 나지막하게 욕설을 내뱉었다. 다음에 또 만나자고 했으니 분명 빠른 시일 내에 마주칠 테지. 그는 입을 꾹 닫았고 발끝을 바라보았다.
 '어머니의 죽음과도 연관이 있는 자인 것 같고.'
 그자를 쫓아가려니 어디로 갔는지 모르겠다만 이런 자라면 자신이 예상한 대로 세종이 무사하지 못할 것만 같은 강한 느낌이 들었다. 어차피 자신에게 흥미가 있는 것 같으니 세종을 이용해 은밀한 만남을 시도하려 할 것이다. 이현은 자신의 감을 믿고 판단했던 대로 빨리 한양으로 가기로 마음먹었다.

 한양에 당도하자 평소와 같은 분주함이 이현과 일행들을 맞이했고 별다를 것 없는 모습에 일단 이현은 안심했다. 하지만 이상하게 자꾸만 싸한 기분이 드는 것이 예사롭지 않은 듯했다. 궁으로 서둘러 들어 가봐야 할 것만 같은데 일단 일행들을 분산시킬 필요가 있었다.

"소하 낭자."

이현의 부름에 소하는 말하지 않아도 안다는 듯 뒤로 슬쩍 빠졌다.

"저는 눈에 띄지 않는 곳에 있을 터이니 필요하시면 불러주십시오."

소하의 말에 이현은 고개를 끄덕였고 봉이와 함께 궐로 향했다. 점점 이현을 옥죄어오듯 궐 안 여기저기에 흔적들이 보였다. 하루아침에 흔적을 남긴 것은 아닌 듯했다. 마치 이현이 궐을 나서기를 기다렸다는 듯 그리고 마치 계획에 있었던 일인 마냥 많은 흔적이 보였고 이현은 보통 일이 아니라는 것을 직감했다.

도대체 무슨 꿍꿍이가 있어서 그런 것일까. 왕이 목적이라면 이처럼 서서히가 아니라 바로 죽였어도 되는 것이었다. 하지만 이현이 눈치채고 이렇게 찾아올 것도 마치 미리 알고 있었다는 듯한 모습이라니. 이현은 부채를 만지작거렸다. 봉이는 곧 그런 이현의 모습을 보고는 입을 뗐다.

"나으리, 저는 요기를 느끼거나 그런 능력은 없지만 나으리를 최대한 도울 것입니다. 그렇게 불안해하지 마십시오. 나으리는 혼자가 아니라는 걸 잘 알고 있지 않습니까."

봉이는 알고 있었다. 이현이 극도의 불안감에 휩싸이면 자신도 모르게 부채를 만진다는 것을 말이다. 이현이 가지고 있는 부채는 어머님이 물려주신 유일한 유품이기도 하지만 집 안에 대대로 전해져 내려오는 가보였다. 그 대라 함은 일반적인 집안처럼 대를 잇는 것이 아니라 이현과 같은 능력이 있는 자가 잇는다는 것이지만. 봉이는 이현이 자신에게 했던 말이 생각났다. 그 부채는 자신의 주인을 찾아가는 기묘한 부채라는 말. 실제로 누군가가 건드리려고 하면 손이 떨어질 듯 아파와 아무나 함부로 만질 수 없다고 했다. 특히나 악한 마음을 가진 자나 요괴는 자칫 잘못하단 팔 한쪽이 떨어져 나갈 수 있는 무서운 힘을 가졌다고도 들었다. 오직 자격이 있는 자만이 부채를 깃털처럼 가볍고도 우아하게 휘두를 수 있는 것이었다.

이현은 봉이의 말에 피식 미소 지으며 괜찮다고 했으나 미세하게 떨리는 손이 보였다. 하긴 그렇겠지. 그렇게 강하다는 어머니도 그자가 죽였을지도 모르고 하물며 자신의 주위 사람을 피도 눈물도 없이 죽이는 자일 텐데 두려울 테지. 봉이는 이현의 등을 토닥였고 이현은 입술을 질끈 깨물었다. 이현은 봉이와 함께 만반의 준비를 위해 처소로 갔다.

오랜 시간 방을 비워서인지 휑함이 느껴졌지만 이내 제 주인을 찾은 듯 온기를 찾아가기 시작했다. 봉이는 짐을 대충 정리하며 이현을 살폈고 이현은 자리에 앉아 골똘히 생각에 잠긴 모습이었다. 곧 소하가 이현의 처소에 들어왔고 이현의 앞에 앉았다.

"어떤 것 같소. 낭자?"

"여기저기 이상한 결계와 함께 빠져나갈 구멍도 만들어놓은 것이 보통이 아닙니다. 요술 또한 부릴 수 있는 자라는 건데, 이런 인간은 처음 보는 터라…. 일단 결계나 그자의 흔적을 지워놓았으나 그자의 꾀가 무엇인지 저는 알 수 없으니 상황을 지켜볼 수밖에 없을 듯합니다."

소하의 말에 이현은 고개를 끄덕였고, 일단 해가 지기를 기다렸다.

해가 지고 사람들의 왕래가 적어지자 이현은 굳은 표정으로 일어섰다. 검은 허리춤에 차고 부채를 만지작거리며 불안한 눈빛으로 걷던 이현은 곧 뒤따라 나오는 봉이에게 나지막하게 말했다.
"넌 따라오지 말거라."
"왜 그러십니까. 나으리?"
"불안한 기분이 들어 그런다. 너는 그냥 여기에 있거라. 그리고 해가 밝을 때까지도 내가 돌아오지 않으면 상선 내관께 은밀히 말해야 한다."
이현의 말에 봉이는 납득할 수 없다는 표정을 짓다가 이현이 단호한 눈빛으로 바라보자 할 수 없이 고개를 끄덕였다. 처소를 나오자 소하가 어디서 나왔는지 재빨리 그의 뒤에 붙어 걸었다. 이현은 이를 알아차리고 조용한 목소리로 말했다.
"아까 기운이 가장 센 곳으로 가보지요."
"그렇지 않아도 그렇게 말씀드릴 요량이었습니다. 응집되어 있는 것처럼 한 곳에서 많은 기가 느껴졌으니 아마 일부러 그렇게 해놓은 것이 아닌가 싶습니다."
"거기서 만나자는 거겠지. 저에게 하고자 하는 말이 있어 그러는 것일 겁니다."
이현의 말에 소하는 고개를 끄덕이며 바삐 걸음을 옮겼다. 요기를 따라 걷던 소하와 이현은 인적이 드문 작은 연못 근처 버드나무 아래에 들어섰고 곧이어 무엇인지 모를 위압감을 느꼈다.
"여기구나."

비교할 수 없는 기에 눌린 소하는 작게 침을 삼키며 긴장하는 모습이었다. 그에 비해 자세를 꼿꼿하게 세우고 버드나무를 바라보는 이현을 보던 소하는 다소곳이 손을 모으고 조용히 심호흡을 하며 다시 마음을 다잡았다.

그때 큭큭 웃는 소리와 함께 버드나무의 갈라진 큰 가지에 앉아 있는 쇼우지가 보였다. 이현은 부채를 접어 한쪽 손바닥에 '탁' 치고는 잡고 쇼우지를 노려보았다.

"우리 재회가 이러길 바란 건 아닌데 말이야."

쇼우지는 요염하게 사뿐히 내려와 미소 지으며 이현에게 천천히 다가갔다. 그러자 소하가 이현의 앞으로 나서려고 했고 이현은 그런 소하를 뒤로 보내며 고개를 끄덕였다.

"네가 그 도깨비 계집년이구나?"

쇼우지는 소하를 노려보며 살짝 앙칼스럽게 말했고 이현은 부채를 펴 쇼우지의 길을 막았다.

"당신과는 아무 상관 없는 아이니 건들 생각 마시오."

"왜 상관이 없어? 이현, 그대와 관계가 있음 나와도 관계가 이어져 있는걸?"

기분 나쁘게 미소 짓는 쇼우지를 미동 없이 바라보는 이현이 소하는 신기할 지경이었다. 쇼우지는 부채를 하나 꺼내 들어 요염하게 이현의 어깨를 쓸다 턱에다 가져다 대고 들어 올렸다.

"당신, 이게 무슨 부채인 줄 알아?"

"관심 없소."

"어머, 그렇게 말하면 내가 서운하지. 다른 이들에겐 그렇게 상냥하면서 왜 나에게만 이토록 차갑게 구는 거지?"

쇼우지의 말에 이현은 피식 웃으며 한숨을 쉬었다.

"생각이란 게 없소?"

쇼우지는 살짝 얼굴이 빨개져 부채를 거두곤 자신의 손바닥에 탁 하고 쳤다. 그러자 앉을 수 있는 자리가 마련되었고 쇼우지는 천천히 걸어가 옆으로 살짝 눕다시피 앉았다. 그리고 곧 부채를 펼쳐 보이며 살짝 흔들어 보였다.

"왜 조선에만 그런 부채가 있다고 생각하는 걸까?"

이현은 쇼우지의 말에 살짝 움찔했고 이내 나지막한 소하의 비명이 들려왔다. 깜짝 놀라 뒤를 돌아보았을 땐 반대편 나무에 팔다리가 모두 얼어 포박된 소하가 보였다. 이현은 당황해 소하와 쇼우지를 번갈아 보았다.

"도대체 왜 이러는 거요?"

"흠, 그냥? 난 네 옆에 있는 것들이 마음에 안 들거든. 마음 같아선 왕도 처리하고 싶었는데, 난 그 정도로 모질지 못해. 그냥 널 불러들이는 정도로만 할랬지."

이현은 쇼우지의 말에 부채를 꺼내 펼쳐 한 번 휘둘렀다. 그러자 쇼우지는 간단하게 부채를 들어 펼치곤 그 바람을 막았다.

"이렇게 나오면 나도 내가 어떻게 할지 장담 못 해. 알잖아? 도발하는 게 좋을 건 없다는 거."

쇼우지가 부채를 들어 까딱거리자 끝이 뾰족한 고드름 같은 얼음송곳이 만들어졌고 빙긋 웃으며 부채를 살짝 휘두르다 자세를 고쳐 바로 앉았다. 그때 작은 얼음송곳이 소하가 있는 곳으로 튀어나가 뺨을 스쳐 피가 흐르는 게 보였다.

이때 이현의 표정이 심상치 않았다. 가만히 보니 이현의 눈동자

색이 변해 있는 것을 느꼈다.

"하하하! 이게 무슨 일이더냐!! 오히려 힘을 키운 꼴이 됐나 본데?"

이현은 쇼우지가 어떤 말을 하든 개의치 않고 성큼성큼 다가가 쇼우지의 목을 턱 하고 잡았다. 쇼우지는 그런 예상치 못한 이현의 반응에 깜짝 놀라 굳어버렸다. 그의 자색 눈동자가 오묘한 차가운 빛을 띠며 숨통을 조여오는 기분이었다.

"난 네가 뭘 하든 관심 없다. 하지만 이 이상 쓸데없는 살생을 저지른다면 그리고 그럴 기미가 보인다면 난 이 자리에서 네 목을 잘라버릴 것이다."

말 하나하나 짚어 말하는 이현의 반응에 쇼우지는 침을 꼴깍 하고 삼켰다. 그는 진심이었다. 하지만 쇼우지는 티 내지 않으려고 살짝 헛기침을 하고는 그의 검을 검지 손가락으로 천천히 쓸었다. 그러자 이현의 허리춤에 있는 검이 웅웅 울리기 시작했다.

"네가 나와 함께 가준다면 이 이상 의미 없는 살생을 그만둘 수도 있는데."

슬며시 미소 짓는 쇼우지의 모습에 소하가 무엇인가를 알아채고 이현에게 다가가려고 발을 떼는 순간, 쇼우지는 이현의 어깨에 양팔을 감고는 그대로 이현과 함께 사라졌다. 그가 있었던 바닥엔 어떠한 알 수 없는 문양이 생겼고 소하가 포박에서 풀려나 주먹을 꽉 쥐었다.

"처음부터 이럴 계획이었군. 뱀 같은 자식."

소하는 이현이 사라졌다는 막막함에 그녀도 모르게 눈물을 흘렸다. 그러자 하늘엔 구름이 잔뜩 끼더니 이내 굵은 장대비가 쏟아지기 시작했다.

이현이 정신을 차려보니 웬 낯선 방 안에 누워 있었다. 머리가 지끈거려 미간을 찌푸리던 이현은 곧 자신의 시선에 닿는 창가에 가만히 앉아 곰방대를 뻐끔거리고 있는 쇼우지를 발견할 수 있었다. 깨어난 이현을 보며 쇼우지는 천천히 그리고 요염하게 다가왔다. 이현의 눈앞에서 싱긋 미소 짓던 쇼우지는 나지막하게 말했다.

"내가 아무런 조치도 없이 그렇게 일을 벌인 줄 알아?"

그리고 이현의 얼굴에다 대고 얕게 후 하고 연기를 뿜어댔다.

"어디 갈 생각하지 말고 거기 앉아 있어. 뭐 물론 움직일 수도 없겠지만."

이현은 곧 자신의 여기저기를 살폈고 부채와 검 모두 빼앗겼다는 사실과 이상한 결계 속에 자신이 들어와 있다는 것을 알게 되었다. 그리고 쇼우지의 근처 여기저기서 요괴가 보였다.

일전에 보았던 뱀 같은 여우 요괴와 얼어붙을 듯이 아름다운 여자 그리고 정체를 모를 요괴들이 그의 주변에서 서성이고 있었다. 한 가지 확실한 건 그것들이 조선에 있는 요괴는 아니라는 것이었다. 한번에 많은 요괴들을 보고 있자니 이럴 수도 있나 하는 생각이 들었다.

그리고 일어나기 전부터 계속해서 이상한 냄새 때문에 어지러워 이현은 주위를 두리번거렸다. 향이 피워져 있었다. 그것도 냄새가 아주 고약한. 취향 한번 독특하다고 생각하던 이현은 이내 소매로 코를 막으며 쇼우지를 바라보았다. 쇼우지는 뭔가 사색에 빠진 듯한 모습으로 밖을 내다보고 있었는데 그 모습이 이상하게도 슬퍼 보였다. 요상한 냄새와 이상하게도 짙게 깔려 있는 적막을 깨고 이현이 먼저 입을 열었다.

"도대체 나는 왜 데리고 온 거지?"

"으음, 가지고 싶으니까?"

"또 그 말이군. 나는 소유물이 아니란 말이오."

이현의 나지막한 외침에 쇼우지는 풋 하고 웃음을 터뜨렸다.

"그래, 사람이 소유물은 아니지. 하지만 넌."

쇼우지는 이현의 턱을 손가락으로 살짝 들어 올리며 미소 지었다.

"나에게 있어서 너는 사람이 아닌 도구니까 소유물이지."

쇼우지의 말에 이현은 눈썹을 움찔했고, 그런 이현을 보며 쇼우지는 후후 웃으며 다시 창가에 걸터앉았다.

"놀라 눈썹을 움찔거리는 모양새가 설화와 똑같구나."

"어머니와는 무슨 관계요?"

"관계라…. 뭐, 밀접한 관계긴 하지. 너는 모르는 숨겨진 관계."

쇼우지는 이현을 비웃듯 입꼬리를 올리곤 곰방대를 탁 하고 쳐서 재를 떨어뜨렸다. 그러곤 옷매무새를 바로잡고는 문을 탁 하고 닫고는 나가버렸다.

이현은 그 모습을 지켜보다 어떻게 해야 할지 몰라 우선은 문양 밖으로 손가락을 살짝 빼보았다. 치직거리며 불꽃이 일었고 따끔거리는 기분에 화들짝 놀랐지만 최대한 참으면서 문양을 지워보려 했다. 힘을 줘 긁었더니 문양이 조금 지워지자 괜찮아짐을 느꼈고 자리에서 서서히 일어나 방을 둘러보기 시작했다. 여기저기 뒤져도 별반 다를 게 없었는데 이런 상황이 너무 어이없어서 헛웃음이 나왔다.

"그렇지. 무기가 될 만한 게 있을 리가 없지. 소하 낭자와 봉이는 괜찮으려나."

이현은 막막함을 느껴 쇼우지가 앉아 있었던 창가로 가 털썩 앉았다.

어이없게 이현이 사라지고 화가 난 소하는 여기저기 살펴보았으나 도저히 이현의 기척이 느껴지지 않았다. 비를 쫄딱 맞고 터덜터덜 이현의 처소로 돌아왔고 그런 소하와 마주친 봉이는 무슨 상황인지 몰라 굳어 있었다.

"나으리 말대로 가만히 있긴 했는데 무슨 일 있었어?"

"쇼우지 그자가 나으리를 데리고 가버렸다."

소하는 아이마냥 엉엉 울기 시작했고 봉이는 그런 소하를 토닥이며 눈물을 닦아주었다.

"일단은 옷부터 갈아입자. 고뿔 걸리겠어."

소하는 봉이의 말에 옷을 갈아입었고 그녀의 훌쩍임에 뒤돌아선 봉이는 마음이 아팠다. 곧이어 소하와 봉이는 마주 앉았다.

"무슨 일이야. 천천히 말해봐."

"바보처럼… 아무것도 하지 못했어. 아무것도…."

소하는 다시 울음을 터뜨리며 봉이에게 아까 있었던 일을 모두 말해주었고 봉이는 입술을 질끈 깨문 채 소하를 토닥이고 있었다. 그리고 소하를 토닥이는 그 손은 미세하게 떨렸다.

"나으리께서 무슨 일이 생기면 상선 내관께 말씀드리라고 하셨는데, 지금 말하러 가야 할까?"

"상선 내관께 알리면 분명히 전하께도 그 사실을 알게 될 것이니 알리지 않고 우리가 알아서 하는 게 좋을 것 같다."

소하의 말에 봉이는 골똘히 생각하다 이내 그게 더 현명할지도 모르겠다는 판단을 했다.

"그럼 이제 어떻게 나으리를 찾는단 말이냐?"

봉이와 소하는 막막하다는 표정으로 천천히 생각했다. 생각해본 적도 없는 상황이었기 때문에 서서히 몸은 물론 머리까지 얼음처럼 굳고 있는 듯했다.

"아! 각인! 각인이 있으면 나으리의 기척을 느낄 수가 있을 것 아니냐."

"아무런 기척도 느껴지지가 않았다. 어떻게 그럴 수가 있는지…."

마지막 희망마저도 사라진 듯한 기분에 소하와 봉이는 자신의 무능함에 탄식했다. 그때 근엄한 목소리가 문밖에서 들려왔다.

이현은 혹시 몰라 창문을 살짝 힘주어 밀어보았다. 그러자 생각보다 힘없이 열리는 터라 살짝 당황했지만 그대로 창문을 뛰어넘었다. 뭔가 물컹한 게 밟히자 이게 뭔가 아래를 본 이현은 적잖이 놀라 펄쩍 뛰었다.

그것은 쇼우지 옆에 있던 여우 요괴 중 하나였다. 감시하라고 붙여둔 것인가. 어쩌다 실수로 밟아 기절한 듯해 보여 이현은 그 요괴를 살짝 들어서 창가에 올려두고는 천천히 발걸음을 옮겼다. 마치 다른 세계에 와 있는 듯 비현실적인 모습에 이현은 두리번거렸다.

녹음이 우거진 나무 하며 푸른 잔디밭 그리고 맑은 연못까지 익숙한 듯하지만 조선에서는 본 적 없는 풍경. 분홍 꽃잎이 휘날리는 연못 근처에는 처음 보는 요괴들이 이현을 흘깃흘깃 쳐다보고 있었다. 확실히 쇼우지 말고는 인간의 모습이 그 어디에도 보이지 않았다.

이곳은 사람이 사는 곳이 아니라는 걸 순간적으로 직감한 이현은 혹시라도 빈틈이 있나 천천히 찾아보기 시작했다. 하지만 아무리 주위를 둘러보고 걸어보아도 나갈 수 있는 곳이 없다는 걸 깨달은 이현은 커다란 나무 밑에 앉아서 가만히 생각했다.

이곳이 어떤 곳이든 중요하지 않았다. 어떻게 여기에서 벗어날까 하는 생각이 머릿속을 가득 채웠다. 쇼우지는 신중한 표정으로 앉아 있는 이현을 요괴들을 통해 지켜보고 있었다.

"그래, 그렇게 나와야지. 더 생각하고 고민해봐."

반쯤 누운 자세로 곰방대를 빼끔 대던 쇼우지는 슬쩍 미소 지으며 이현의 모습에서 눈을 떼지 못했다.

대군이 근엄한 목소리를 내며 문을 열고 들어왔다. 갑자기 들이닥친 대군으로 인해 눈이 동그래진 봉이는 급히 안으로 손을 뻗어 안내했다. 대군은 허허 웃으면서 자리를 잡고 앉았고 가만히 여기저기를 둘러보다 봉이에게 물었다.

"현이는 어디 갔느냐?"

"저, 그것이…."

"제대로 말을 하지 못하는 것 보니 무슨 사달이 나긴 했나 보구나."
"아, 혹시 알고 오신 겁니까?"
"주지 스님과 동시에 불길한 꿈을 꿔 이렇게 서둘러 왔다. 무슨 일인지 모두 말해보거라."

대군의 말에 봉이와 소하는 서로 눈치를 보다 천천히 입을 뗐다.

"사, 사실은…."

봉이와 소하는 그간 있었던 일에 대해 설명했고 침착하게 듣던 대군은 간간히 쉬는 한숨으로 인해 어깨가 들썩였다. 모든 이야기를 들은 대군은 팔짱을 끼고 앉아 골똘히 생각에 잠긴 얼굴이었다.

"설화가 미리 당부한 일들이 생기는구나."
"나으리 어머님께서 당부를 하셨단 말입니까?"

소하가 놀란 눈으로 대군에게 되물었고 대군은 천천히 고개를 끄덕이며 그 특유의 여유 있는 음성으로 말하기 시작했다.

"설화의 집안은 아주 오래전부터 왕가와 함께했었다. 그리고 설화는 그 누구보다도 특별했지. 여태껏 대를 이어온 그 누구보다도 강한 힘과 앞을 내다보는 능력까지 더해져 선왕께서 특히나 더 아꼈었다."

대군은 잠깐 뜸을 들이더니 마음을 다잡은 듯 다시 입을 열었다. 설화가 죽기 몇 주 전 그녀는 대군에게 찾아왔다고 했다. 그리고 한참이나 이야기를 늘어놓더니 대군에게 잘 부탁한다는 말을 했었다.

그녀에게 아들이 있다는 것은 알았으나 한 번도 본 적이 없었는데, 후에 그녀의 아들이 대군에게 많은 도움을 받게 될 거라는 사실 그리고 마음을 닫은 아이가 유일하게 조금씩 의지하는 상대가 대군이 된다는 사실 또한 듣게 되었다. 불가에 머물면서 얻게 되는 많은 지식들을 그와 공유할 것이라는 것 또한 말이다.

그러다 그의 인생에서 여러 번 죽음의 그림자가 드리우는데, 한 번은 어머니인 설화 자신이, 또 한 번은 대군이 손을 잡아끌어 그 어둠을 걷어낼 것이라 했다. 이현의 힘이 완벽하게 깨어날 때까지 이현의 옆엔 주지 스님이 머물렀다. 거의 갇혀 지내다시피 지내온 이현은 답답함에 몸서리쳤고 자신이 왜 갇혀 있어야 하는지 이해조차 할 수 없었다고 했다.

대군이 할 수 있는 일이라고는 이현 모르게 그의 상태를 멀리서나마 살펴보는 것이 다였다. 봉이와 소하는 이현과 마주치게 된 계기를 떠올렸고 대군이 말하고 있는 때가 그때쯤이었구나 하고 깨달았다.

"그리고 그 후로는 별 탈 없이 지나갔지만 다시 문제가 생기는 것 같은 예감이 들어 내 이렇게 찾아왔는데 이미 일이 벌어진 후라니…."

진지하면서도 난감한 듯한 표정을 짓고 있는 대군과 그의 말을 집중해서 듣던 봉이와 소하 또한 덩달아 긴장한 표정이 역력했다.

"설화가 어떻게 죽었는지 그 아이는 모르고 있으니…."

대군의 말에 봉이와 소하는 자세를 고쳐 앉았다. 그러자 조심스럽게 대군이 입을 뗐다.

"설화는 현이를 지키다 죽었다."

"나으리를 지키다가 돌아가셨다고요?"

소하는 놀란 눈으로 대군을 바라보았고 대군은 지난날을 회상하며 나직이 말했다. 설화는 이현을 잉태한 순간부터 그와 자신에 대한 미래를 보기 시작했다. 앞으로 자신에게 다가올 일들과 자신의 아이에게 다가올 일들까지 모두. 설화는 어떻게든 자식을 낳는 것을 피하고 싶었으나 이미 잉태해버렸고 다행히 딸이 아닌 아들이라는 사실에 안도했다. 하지만 딸이 아닌 아들이라는 이유로 이현이 훨씬 많은 역경을 헤쳐 나가야 하는 운명을 지니게 되어버렸다는 것 또한 알게 되었다. 설화는 사랑으로 이현을 품었다. 그리고 그를 출산했을 때 설화는 조금씩 이현의 홀로서기를 준비했다. 대군에게는 물론 세종에게도 설화는 잘 설명하고 그를 부탁했다.

이현이 어느 정도 컸을 땐 세종에게 나중을 위한 검술을 알려달라고 부탁했고 대군과 주지 스님에겐 자신이 가지고 있던 문서들을 건네며 때가 되면 이현에게 전해주라며 모든 것들을 맡겼다. 알게 모르게 모든 것이 설화가 준비했던 대로 흘러갔다.

이현의 주위에 머물게 될 봉이와 소하 역시 설화가 계획해둔 사람들이었다. 대군의 말에 봉이와 소하는 살짝 소름이 끼치는 듯 몸을 살짝 부들거렸다.

"그럼 지금 이렇게 나으리께서 납치가 됐다는 사실도 알고 계셨습니까?"

소하의 말에 대군이 고개를 끄덕였다.

"하지만 그 이상은 나도 듣지 못해 어떻게 될지 모르겠구나. 아마 현이가 알아서 해야 하는 문제겠지…."

대군은 천천히 말을 줄였고 봉이는 불안한 듯 손에서 식은땀이 나기 시작했다. 그러자 소하가 봉이의 손을 살짝 잡아주었다.

"걱정하지 말거라. 나으리가 누구더냐. 오랜 시간 나으리 곁에 있던 네가 더 잘 알 것이다."

소하의 말에 봉이는 고개를 끄덕이며 소하의 손을 힘주어 꽉 잡았다.

한편 알 수 없는 공간에 갇히게 된 이현은 이상하게도 힘이 자꾸만 빠지는 듯한 기분을 느꼈다. 지금 머물러 있는 이 공간이 자꾸 힘을 앗아가는 것 같다는 판단이 든 이현은 여기서 최대한 빨리 벗어나야겠다는 생각을 했다.

그리고 그 공간의 끝자락쯤을 계속해서 맴돌던 이현은 다시 고민하며 근처에서 흘깃거리며 이현을 쳐다보던 요괴들과 눈이 마주쳤다. 그러자 몇 마리의 요괴는 이현의 눈을 피했으나 구석에서 이현에게 눈을 떼지 않고 있던 요괴를 발견했다. 이현은 천천히 그 요괴에게 다가갔다.

그런데 그 요괴는 이상하게 이현을 피하지 않고 가만히 계속 그 자세로 앉아 있었다. 이현은 손을 뻗어 요괴를 만져보았다. 그러자 요괴는 흠칫 놀라며 눈을 깜빡였고 그 순간 그 공간이 유리에 금이 가듯 쨍그랑 하고 부서졌다. 마침내 공간에서 벗어난 이현은 천천히 눈을 떴다. 그리고 그의 앞에 있던 쇼우지와 눈이 마주쳤다. 쇼우지는 천천히 박수를 치며 이현을 바라보면서 그의 주위를 천천히 맴돌았다.

"생각보다 눈치가 빠른 자라 다행이야."
"도대체 뭘 하자는 건지 알 수가 없군."
"내가 그대를 가지겠다고 말했잖아."
"그 얼토당토않은 헛소리 그만두라고 말했소."
"헛소리가 아니라 진짜야."
쇼우지는 웃으며 이현의 귓가에 나지막이 속삭였다.

"네가 가진 힘 모두 다 내가 먹어버릴 거거든."

이현은 미동도 않고 있다가 쇼우지의 말에 콧방귀를 뀌었다.

"포부 한번 그럴싸하군."

"그 여유가 언제까지 갈 수 있는지 볼까나?"

쇼우지는 빙긋 미소 지으며 말했다.

"그리고 과연 네가 내 말을 듣고도 온전한 정신을 유지할 수 있을까?"

쇼우지의 말에 이현은 천천히 고개를 돌려 경멸스럽다는 듯 쇼우지를 바라보았다. 그러자 쇼우지는 기분 나쁜 미소를 지었고 자신의 부채를 이현의 뺨에 대고 천천히 쓸어내리며 말했다.

"이현, 새타니를 들어보았는가?"

"새타니?"

이현은 빠르게 생각했다. 분명히 가지고 있던 서책엔 없는 내용이었다. 잘 모르겠다는 표정을 들켰는지 쇼우지는 그럴 줄 알았다는 듯한 미소를 지었다. 그리고 기분 나쁘게 미소 지으며 이현의 귓가에 속삭였다.

"어린아이의 원귀를 그렇게 부른다지. 어린아이를 죽여 신력을 올리기 위한 용도로 쓰는 거야. 금지된 술법 중 하나이니 모를 만도 하군."

순간 이현은 잘못 들었나 하는 표정으로 쇼우지를 바라보았다.

"어린아이의 원귀?"

"어린아이를 데리고 와 햇빛이 닿지 않는 곳에 가두는 것이다. 그리고 며칠이나 굶긴 후 먹을 것을 갖다 놓아 그것을 먹기 위해 내미는 아이의 손을 잘라 그 넋을 손에 봉인하는 거야. 그리고 시체를

48조각으로 잘라 태운 다음, 자른 손은 궤짝에 넣어 99일을 지나게 하면 그 아이의 영혼을 조종할 수 있는 거지. 위험을 감수하지 않아도 강력하게 신력을 올릴 수 있는 좋은 방법이야."

이현은 경악하며 뒤로 물러섰다. 그리고 쇼우지를 역겹다는 듯이 바라보았다.

"어떻게 그런 생각을…. 당신이 정상적이지 못하다는 건 알았지만 이렇게까지 야만인인지 몰랐소."

"어차피 세상은 약육강식인 법이야. 힘이 약하면 살아남지 못한다고. 그래서 그 힘을 찾아 가질 줄 아는 이가 힘을 가지는 건 당연한 법이지. 안 그래?"

"닥치시오. 그렇다고 해서 당신에게 그 누구의 생명을 빼앗을 권리는 없소."

"큭큭, 정말 흔하고 올바른 답변만을 하는군. 자, 그럼 이건 어떨까?"

쇼우지는 이현을 도발하는 것이 재밌다는 듯이 말했고 곧이어 이 말도 덧붙였다.

"그 새타니로 인해 설화가 죽은 것이라면?"

그 말에 이현의 두 눈이 동그랗게 커졌고 쇼우지를 경멸스럽다는 듯한 눈빛으로 바라보았다.

대군은 가만히 소매를 잡고 수염을 쓸다 조심스럽게 입을 열었다.
"설화는 현이를 지키기 위해 희생했다. 자신이 어떻게 될지 알았으면 그 상황을 피할 수도 있었겠지만, 설화는 온전히 자신의 운명을 맞이했다. 현이는 기억을 못 하겠지만 끔찍한 일을 겪었다. 납치를 당한 적이 있었지."

대군의 말에 봉이와 소하는 깜짝 놀라 대답을 하지도 못하고 두 눈만 깜빡였다.

"제대로 마시거나 먹지를 못해서 앙상해져 있는 현이를 설화가 겨우 데리고 돌아왔었는데, 내가 그런 설화를 발견하고 이현을 받아들였다. 후에 설화는 아무런 말 없이 한동안 현이의 곁에 누워 머리를 쓰다듬어 주었다. 그런데 뭔가 이상했었지. 이 세상 사람이 아닌 것만 같았어. 그리고 날이 밝기 전에 사라졌다. 나중에 의식을 찾은 현이는 아무것도 기억하지 못했다. 그 후부터 그녀의 부탁대로 나는 주지 스님 곁에 현이를 머물게 했지."

대군은 기억을 꺼내어 회상하며 천천히 고개를 끄덕였다. 그리고 조심스럽게 품에서 뭔가를 꺼냈는데 가만히 보니 그것은 팔찌였다. 오묘한 빛을 띠고 있으며 보는 각도마다 색이 변하는 특이한 물건이었다. 그리고 일순간 소하의 눈빛이 달라졌다. 대군의 손을 덥석 잡아 목걸이를 취하려는 소하의 행동에 대감과 봉이는 깜짝 놀랐고 둘은 그런 소하를 막아섰다.

"소하야! 왜 이러는 거야!"

"봉이야. 혹시 소하 낭자가… 사람이 아니더냐?"

"예…, 그렇습니다…."

대군은 팔찌를 다시 품에 넣고 손을 들어 맹렬한 기세로 소하를 제압했고 소하에게 호통쳤다.

"네 이놈! 정신 차리거라!"

소하는 대군의 호랑이 같은 호통에 퍼뜩 정신을 차렸는지 동공이 다시 돌아왔고 그녀는 자신을 제어하며 빠르게 자세를 고쳐 앉고는 고개를 조아렸다.

"대군마마, 제가 실례를 범했습니다. 죄송합니다."

"네가 일반적인 인간이 아닌 것은 알았다만 요괴 종류 중 하나일 줄은 몰랐구나. 넌 무엇이냐?"

"아, 그것이…."

봉이가 난감해하며 소하의 손을 잡아주려 했으나 소하는 봉이를 보고는 고개를 한 번 저었다. 그리고 다시 고개를 숙이며 입을 뗐다.

"저는 도깨비입니다."

"아, 역시 그렇군…."

대군은 소하를 바라보다 봉이를 지긋이 바라보았다. 그러자 봉이는 땀을 뻘뻘 흘리며 어딜 보고 있어야 할지 몰라 눈알만 이리저리 굴려댔다.

"뭘 그리 긴장하느냐? 난 그렇게 꽉 막힌 인간이 아니다. 혹여, 소하 낭자를 퇴치라도 할까 봐 그러느냐?"

정곡을 찔러 말하는 대군의 모습에 봉이는 깜짝 놀랐다가도 이내 안심을 했다. 이현이 늘 말했다. 대군은 유일하게 믿을 수 있는 분이라고 그러니 안심해도 좋다고 말이다. 봉이는 긴장을 풀고 조심스럽게 대군을 바라보았다. 사람 좋게 히히 웃으며 소하에게 괜찮냐며 소하의 등을 팡팡 치고 있는 모습에 괜시리 웃음이 새어 나왔다.

"인간이라면 영이 트이고 좋지 않은 마음을 품은 자에겐 그 무엇보다도 달콤한 유혹이 될 것이며, 요괴라면 맑은 연못에 먹 한 방울이 퍼져 흐려지듯 이 팔찌에 집착을 하게 된다. 내가 여태껏 보아온 소하 낭자는 마음이 어진 자이니 분명 전자는 아닐 터. 그래서 후자라고 생각하게 된 것이다. 도깨비라니, 어쩐지 가야금을 뜯는 솜씨가 보통이 아니다 했더니."

대군의 말에 봉이는 끄덕이다가 가만히 대군을 바라보았다.

"늘 사찰에만 계신 분이 소하가 가야금을 뜯는 모습은 언제 보셨는지…."

"흠흠! 뭐, 나… 나라고 사찰에만 머무는 건 아니니 말이다."

살짝 당황해 헛기침을 하는 대군의 모습에 봉이와 소하는 풉 하고 웃음이 터져 나왔다.

"그나저나 대군마마. 그 팔찌는 무슨 팔찌이길래 이토록 마음이 흔들리는 것입니까?"

"왕가 대대로 내려오는 가보다. 물론 사용할 수 있는 자는 단 한 명뿐이지만 말이다. 그 한 명이 설화였다."

"그러함은?"

"그렇다. 지금은 그 힘을 물려받은 이현만이 쓸 수 있는 물건이지. 이 신보는 여러 가지로 나누어져 있는데 이 팔찌, 귀걸이, 목걸이, 거울 그리고 현이가 가지고 있는 부채 이렇게 다섯 개다. 팔찌는 설화가 가지고 있었기에 내가 맡아둔 것이지만 귀걸이와 목걸이, 거울은 어디에 있는지 모른다."

"그럼 그 신보를 모두 한데 모은다면 어떻게 됩니까?"

"막강한 힘을 지니게 되어 세상 제일이 될 테지. 물론 모든 요괴를 자신의 발밑에 둘 수도 있고 말이야."

대군의 말에 갑자기 봉이의 진지한 모습은 없어지고 웃음을 참느라 얼굴이 빨개져 있었다.

"봉이는 왜 그러느냐?"

"아, 아니옵니다."

봉이는 말을 더듬으며 간신히 말했고 그의 머릿속엔 모든 장신구를 착용한 이현의 모습이 그려져 있었다.

이현은 겨우 터져 나오는 분노를 삼키며 천천히 쇼우지에게 물었다.

"그 새타니로 인해 어머니가 돌아가셨다는 말은 무엇이오?"

"말 그대로야. 새타니와 연관되어 목숨을 잃었다 이거지."

이현의 머릿속엔 생각하기 싫은 최악의 상황이 펼쳐져 있었다.

"새타니를 지키기 위해 어머니께서 목숨을 던졌고 그 목숨을 냉큼 집어삼켰다 이 말이오?"

"역시 우린 참 대화가 잘 돼, 그렇지?"

쇼우지는 다시 한번 비린 미소를 지으며 천천히 이현의 주위를 빙글빙글 돌았다.

"그 새타니가 될 뻔한 아이가 이현 그대였지."

이현은 부글거리는 속과 분노로 인해 점차 자신을 통제할 수 없는 지경에 이름을 느꼈다.

"도대체 왜 그렇게까지 한 거요?"

"의외로 침착하네. 이런 질문도 못 할 거라 생각했는데."

쇼우지는 조금 흥미가 떨어졌다는 듯 말했고 천천히 이현에게 멀어져 앉고는 턱을 괴었다. 그리고 부채로 동글동글하게 얼음을 빚었다.

"왜긴, 설화가 내 모든 걸 가져갔으니까 그렇지."

이현은 쇼우지의 말에 어이가 없다는 듯 한심하게 그를 바라보았다.

"분명히 노력 없는 대가를 바란 것이겠지. 당신이라면 그럴 만하니까."

이현의 말에 쇼우지는 발끈해 조약돌 같은 얼음을 순식간에 뾰족하게 만들어 이현에게 날렸다. 그러자 이현의 뺨엔 피가 송골송골 맺혀 떨어졌다.

"하, 빗맞았네. 나답지 않게 흥분해버렸나 봐. 역시 대단해, 이현."

천천히 박수를 치며 말하는 쇼우지의 말을 무시하며 이현은 소매로 피를 닦고는 경멸스럽다는 듯이 바라보았다.

"내가 어떤 삶을 살았는지도 모르면서 섣불리 말하는 건 옳지 않아. 이현 그대는 그런 선입견을 가지는 사람이 아니잖아?"

"상대가 누구냐에 따라 다르지."

쇼우지는 이현의 말에 큭큭 웃었다.

"역시 마음에 들어. 저 옹골찬 고집, 강경한 말투. 하지만 얼굴은 딱히 마음에 들진 않는군."

이현은 대꾸조차 할 필요 없다는 듯 쇼우지를 무시하고 있었다. 하지만 쇼우지는 이현이 무시해도 꿋꿋하게 말했다.

"설화에게 아들이 있다는 사실을 알게 되었고 내 마지막 힘을 그 아이로 채워야겠다는 결심을 하게 되었다. 새타니로 만들기엔 나이가 조금 많지만 그래도 욕심나는 힘이었지. 생각보다 의외로 쉽게 납치해 며칠을 굶기고 먹을 것을 갈망하는 그 두 손을 자르려는 순간, 설화 그것에게 공격을 받게 되었어. 조금만 더 하면 되는 거였는데."

억울하다는 듯한 표정으로 손톱을 물어뜯는 쇼우지의 말에 이현은 아무 말도 하지 못한 채 머릿속으로 역겹다는 말만 거듭 반복했다.

"설화는 너 다음으로 제거하려 했지만, 그래도 순서가 바뀌었을 뿐 그녀를 없앴으니까 그걸로 된 거 아니겠어?"

비열하게 웃는 쇼우지에게 이현이 순식간에 달려들어 그의 목을 졸랐다.

"자식을 지키기 위한 어미를 사정없이 죽이고 아무것도 모르는 아이들의 목숨을 앗아간 놈이 뭐가 좋다고 그리 실실 웃고 있느냐?"

쇼우지는 괴로워하긴커녕 피식 웃으며 펑! 하고 연기를 내며 사라졌다. 그리고 그 자리에는 사람 형태의 종이가 떨어져 있었고 이현의 뒤에서 큭큭큭 소리가 났다.

"내가 한 번 당하지 두 번 당하겠느냐?"

사뿐사뿐 걸어오는 그의 모습에 금방이라도 토악질이 쏟아져 나올 것 같았지만 이현은 간신히 참으며 마음을 다잡았다. 쇼우지가 무슨 말을 하든지 말든지 일단은 이곳에서 벗어나야 했다. 천천히 이현이 여기저기를 걸어 다니니 쇼우지는 자신의 얼굴에 부채로 바람을 일으키며 그 모습을 바라보았다. 이현이 무엇을 하는지 뭐든 다 재밌어 보인다는 듯 말이다. 무엇인가 이질적인 느낌이 든 곳에 망부석처럼 자리를 지키고 있는 요괴를 발견했다.

곧 이현이 멈추었고 앞을 막아선 요괴를 천천히 바라보았다. 요괴는 차가운 표정으로 가만히 서서 자리를 내어주지 않았다.

"이 안에 내 물건이 있는데. 잠깐만 나와 주겠소?"

이현은 살짝 미소 지으며 정중하게 말했고 그런 이현을 바라보던 요괴는 살짝 나와 주었다. 미닫이문을 살짝 열어보니 부채와 검 등 그의 물건들이 있었고 이현은 그 물건들을 모두 꺼내어 챙겼다. 물건은 모두 찾았으나 어떻게 여기서 벗어날지가 관건이었다. 골똘히 생각하는 이현을 보는 쇼우지는 자신도 모르게 침을 꼴깍 삼켰다. 아무에게나 절대 자리를 내주지 않는 요괴가 이현의 말에 순순히 자리를 내주었다.

쇼우지는 이현이 조금은 두려운 와중에 배알이 뒤틀리기 시작했다. 자신은 그토록 힘들게 힘을 얻었는데 이현과 설화는 자연스럽게 전해 내려오는 힘을 받아 그리 강하니 말이다.

"내가 이래서… 설화와 네가 미웠다…."

나지막하게 중얼거리며 쇼우지는 자신의 부채를 꽉 쥐었다.

"헌데 대군마마."

"말해보아라."

대군은 봉이를 보며 고개를 끄덕였고 봉이는 다급한 마음을 숨길 수 없다는 듯 말했다.

"어떻게 하면 나으리를 구할 수 있습니까? 설화님께서 말씀해 주신 게 없으십니까?"

대군은 골똘히 생각하다가 없다는 듯 고개를 내저었고 모두 한숨을 쉬었다. 그리고 곧이어 소하가 가만히 생각에 잠겼다.

"혹시 대군마마."

"어! 그래! 무슨 묘책이라도 있느냐?"

"혹시 나으리가 사라진 곳에 가면 알 수 있지 않겠습니까? 행여나 주지 스님을 모셔 오실 수 있으신지요. 주지 스님이라면 나으리가 그곳에서 어떻게 사라진 것인지 알아내거나 혹은 그자의 뒤를 추적할 수도 있지 않겠습니까."

"옳거니! 내 지금 당장 주지 스님을 모셔오겠다. 소하가 먼저 가 있고 봉이는 나와 함께 가자."

대군과 봉이는 서둘러 주지 스님이 있는 곳으로 향했고 소하는 이현이 사라진 곳으로 향했다. 소하는 먼저 이현이 사라진 곳에 가서 여기저기 살펴보며 수상한 곳을 살펴보았다. 이현이 사라졌을 당시엔 침착하지 못했던 탓에 우왕좌왕했지만, 분명히 흔적이 남아 있을 것이다. 그리고 그가 있는 곳으로 갈 어떤 매개체가 있는 것이 분명했다.

소하가 한참 이리저리 살펴보고 있을 때 대군과 주지 스님 그리고 봉이가 급하게 도착했다. 주지 스님은 천천히 염주를 쥐고서 천천히 그곳을 둘러보기 시작했고 대군은 흠칫 놀랐다. 대군의 모습에 소하가 살며시 다가가 나직이 물었다.

"혹시 아시는 것이라도 있으십니까?"

"그게, 이곳은…."

대군은 심호흡을 하고는 천천히 입을 뗐다.

"설화에게서 현이를 건네받은 장소가 여기라네."

대군의 말에 소하와 봉이는 흠칫하고 놀랐고 마침 주지 스님이 그들을 불렀다.

"이곳입니다."

주지 스님은 의심이 되는 곳을 안내했고 그곳은 쇼우지가 기대어 있었던 나무가 있는 자리였다. 소하는 순간 억울한 마음과 함께 분노가 치밀어 올랐다.

'내가 그자보다 더 힘이 있었다면 단숨에 알아챘을 텐데. 그리고 나으리가 납치되는 일도 일어나지 않았겠지.'

"소하 낭자 탓이 아니니 너무 맘 쓰지 말게."

소하의 표정을 읽은 대군이 그녀의 마음을 안다는 듯 말했다.

"하지만…."

"갑작스럽게 일어난 일이 아니었느냐. 그 누구도 눈치채지 못하게 그들이 철저했으니 벌어진 일이다."

순간 대군의 말이 끝나기도 전에 소하가 흠칫하더니 '윽' 하고 단말마를 내뱉으며 몸을 숙였다. 놀란 봉이는 소하의 옆으로 가 소하를 부축했다.

["저리 나오시오. 당신도 날리고 깨버리기 전에."

"어딜 가려고? 절대 여기서 나갈 수가 없을 것이다."

"지금은 당신을 제거할 적시적기가 아니니 다음으로 미루겠소."]

소하의 귀에 계속해서 이현의 목소리와 쇼우지의 목소리가 들렸다. 계속해서 심장을 옥죄는 듯한 두근거림이 느껴져 소하는 몸을 제대로 세울 수가 없었다.

그때 쨍그랑 하고 무언가가 크게 부서지는 듯한 소리가 들리더니, 나무가 쫘악 하고 갈라졌다. 그리고 그곳에서 자색 눈빛을 가진 자가 천천히 걸어 나왔다. 이현이었다. 소하와 봉이 그리고 대군은 깜짝 놀라 이현에게 다가갔고 이현은 차가운 눈빛으로 부채를 휘두르며 다시 그가 있던 땅에 발을 들였다.

쇼우지는 가만히 서서 그 모습을 지켜만 보고 있었다. 그리고 할 수 없다는 표정을 짓더니 씨익 미소 짓고는 천천히 걸어 나가는 이현의 등 뒤에 대고 말했다.

"하긴. 기회는 얼마든지 있으니까. 이봐, 이현. 내 얼굴 좀 봐. 나 누구 좀 닮지 않았어?"

"당신 얼굴 꼴도 보기 싫고 머릿속에 담기도 싫소."

이현은 뒤도 돌아보지 않고 차갑게 말을 내뱉었으나 쇼우지가 웃으며 말했다.

"서운하네. 가만히 보면 엄청 닮았을 텐데, 설화랑!"

이현은 그의 말에 잠시 멈칫하다가 가만히 고개를 돌려 쇼우지를 쳐다보았다.

"닥치시오."

이현은 그 어떤 때보다 냉정하고 살얼음이 돋을 만큼 차갑게 말을 내뱉었다. 하지만 쇼우지는 이현의 말을 무시한 채 자신의 말을 이어 나갔다.

"닮았을 거야. 그도 그럴게, 난 설화랑 이란성 쌍생아니까 말이야."

이현은 두 눈이 동그래졌고 쇼우지는 그 모습을 즐기는 듯해 보였다. 그리고 이현이 미처 반문할 시간도 주지 않고 쇼우지는 깔깔거리며 어둠 속으로 사라졌다. 곧이어 나무가 천막이 가려지듯 다시 원래대로 돌아왔고 쇼우지의 말에 충격을 받은 이현은 그 자리에 굳어 있었다.

빠르게 먹구름이 흘러가고 있었고 그 사이로 해가 고개를 들

어 빛을 내리쬐었다. 하늘은 점차 맑아졌지만 이현의 마음에
그 먹구름이 모두 이동하는 듯 그의 낯빛 또한 점점 어두워져
만 갔다.

## 일곱 번째 달조각. 구미호

"난 설화랑 이란성 쌍생아니까 말이야."

쇼우지의 말이 귀에 박혀 떠나질 않아 계속 멍하게 서 있는 이현을 소하와 봉이가 잡고 흔들었다.

"나으리! 나으리! 괜찮으십니까?"

소하는 이현의 이곳저곳을 살피며 그의 안위를 걱정했고 봉이 또한 그 모습을 지켜보며 상황을 살폈다. 이내 대군과 주지 스님이 이현에게 다가왔고 이현은 대군을 바라보았다.

"대군마마, 이게 무슨 일입니까. 저자와 어머니가… 이란성 쌍생아라뇨. 대군께선 알고 계셨습니까?"

이현은 눈이 조금은 촉촉해진 상태로 대군에게 물었고 대군은 고개를 저었다.

"나도 지금에서야 안 사실이다."

이현은 곧 주지 스님을 바라보았고 주지 스님은 염주를 손에 꼭 쥐고서는 '나무아미타불 관세음보살'을 천천히 중얼거렸다. 그리곤 이현에게 함께 처소로 돌아가자며 넌지시 말했다.

이현은 입술을 앙다문 채 그를 따라나섰다. 이현의 처소에 들어서 자리를 잡고 앉자 스님은 굳게 다물어 있던 입을 열었다. 그의 흰 눈썹이 세월을 말해주듯 위로 솟았고 설화가 태어나기 전으로 거슬러 올라갔다.

여느 집과는 다르게 딸을 간절하게 바라는 집이 있었다. 몇 대째 왕의 옆에서 그와 이 나라를 수호하며 은밀한 임무를 수행하는 가문이었다. 유난히도 부른 배에 뼈만 앙상히 남은 산모는 산파의 도움을 받아 그 마지막 힘을 쥐어짜 내고 있었다. 그리고 혹시 몰라 와 있던 당시 주지 스님과 조금은 젊은 지금의 주지 스님이 하늘의 상태를 보며 이상한 기운을 느끼고 있었다.

"스님, 무슨 일 있으십니까? 안색이 좋지 않습니다."

방금까지 안절부절못하던 산모의 남편은 스님의 옆에 서서 조용히 그의 표정을 살폈다.

"대감, 부인께서 회임 중 어떠셨습니까? 혹시 이상한 일이 있었습니까?"

곰곰이 생각하던 대감은 고개를 젓다가 한 가지가 기억났다는 듯 말했다.

"만삭일 때 갑자기 헉 하면서 옆구리에 통증을 느꼈고 숨을 쉬기 힘들어졌다는 말을 들었습니다. 뼈에 이상이 생긴 것이 아닌가 하는 말을 들었죠. 처음엔 걱정되어 조심하라며 뼈에 좋은 것을 구해다 부인께 먹이곤 했습니다. 그리고 괜찮다고 걱정하지 말라길래 나중엔 좋게 생각하기로 하고 고놈 참 튼튼한 녀석이구나 하면서 마음을 바꿔 먹었었습니다. 혹시 문제가 있는 것입니까?"

대감의 말을 듣더니 점점 낯빛이 어두워진 주지 스님은 "나무아미타불 관세음보살"을 중얼거리며 다시 하늘을 바라보았다. 그리고 곧 조용하게 말했다.

"나라를 밝은 빛으로 인도할 활짝 핀 꽃 한 송이와 그와는 반대로 나라를 얼어붙게 만들 가시 꽃 하나."

주지 스님의 말에 점점 낯빛이 어두워지던 대감의 모습을 뒤로 하고 우렁찬 아이의 울음소리가 들려왔다. 하지만 울음소리는 하나가 아닌 둘이었다. 산파가 허겁지겁 나와서는 주지 스님과 산모의 남편에게 말했다.

"저… 아이가 둘입니다요. 여자아이 하나와 남자아이 하나. 이렇게 쌍생아인데…."

주지 스님은 일 났다는 표정을 지으며 대감을 바라보았다. 그러자 가만히 생각하던 산모의 남편은 굳게 다물고 있던 입을 열어 말했다.

"주지 스님. 무언가 잘못된 것이지요? 남자아이가 태어나는 경우는 없었는데 말입니다. 어떻게 하면 되겠습니까."

"흠, 아이가 일곱 살이 될 때까지 계속해서 지켜봐야 합니다. 하지만 문제가 계속 발생하고 예언 대로 감당할 수 없게 된다면…."

주지 스님은 차마 입을 떼기 힘들었는지 뜸을 들였다. 그리고 다시 조심스럽게 말했다.

"남자아이와 여자아이를 떨어뜨려 놔야 합니다. 남자아이를 최대한 이 조선 땅에서 멀리 보내십시오. 혹여 일이 잘못되어 그 둘이 만나게 된다면 여자아이는 죽음을 맞이하게 되고 남자아이로 인해 조선이 위험해질 것입니다."

대감은 얼굴이 새파랗게 질렸고 어떻게 해야 할지 깊은 고민에 빠졌다. 열 달은 채우지 못했지만 배 속에 소중하게 품고 있다가 태어난 소중한 아이들이 아닌가. 그 생때같은 자식을 떨어뜨려 놓는 것도 모자라 하나는 이 조선 땅에서 멀리 떨어뜨려 놓으라니…. 그때 산파가 다시 급하게 말했다.

"마님께서 위험하십니다. 출혈이 너무 커서…."

산파의 말에 대감은 서둘러 방 안으로 들어갔다. 방 안엔 사랑스러워 보이는 아이들이 산모의 옆에 누워 있었고 피비린내가 그의 코끝에 맴돌았다. 그리고 산모의 눈은 점점 빛을 잃어만 갔다. 바람 앞의 촛불과도 같은 그녀에게 대감은 주지 스님과 나눈 말을 했다. 그러자 산모의 땀으로 범벅된 얼굴을 타고 눈물이 흘렀다.

"그래도… 어떻게… 아이를 먼 곳으로 보낸단 말입니까."

"조선 땅이 이 아이로 인해 위험해진다면 그것은 정말 큰일이 아닌가. 자네가 어떤 마음인지는 알지만 키우는 정은 무시하지 못한다오. 그러니 아무것도 모를 때 일찍이 보냅시다."

"둘 다 똑같은 자식입니다. 대감… 부탁드립니다…. 만에 하나… 제가 잘못되어 대감과 아이들 곁에 있을 수가 없다면… 젖도 제대로 못 물려보고 가는 것이 한이 됩니다. 그러니… 하다못해 일곱 살까지만…이라도… 키워주셨으면 합니다."

눈물로 사정하는 산모의 모습에 마음이 약해진 대감은 어쩔 수 없이 고개를 끄덕였고 그렇게 대감의 대답을 확인한 산모는 안심이라는 듯 옅은 미소를 지은 채 숨을 거뒀다.

그러자 심상치 않던 하늘이 심하게 요동쳤고 바람이 세상 모든 빛을 앗아갈 정도로 불었으며 붉은 달빛이 이 집을 비추는 듯했다. 그렇게 산모의 뜻대로 아이들은 일곱 살이 되는 해까지 함께할 수 있었다. 설화와 화아는 의가 좋은 듯해 보였지만 어딘지 모르게 좋지 못한 기운을 내고 있었다. 설화는 마치 기묘한 힘을 받기 위해 태어난 듯 어렸을 때부터 신비한 힘을 가지고 있었지만, 화아는 그러질 못했다.

그러다 보니 자연스럽게 집안의 어르신들은 물론 임금까지도 설화를 불러들여 이런저런 조언을 듣기도 했었다. 화아는 많은 이들의 사랑을 받는 듯한 설화가 점점 더 미워졌다. 무엇보다 자신에게 차갑게 대하는 아버지가 원망스러웠다. 이유를 알 수 없었던 어린 화아는 원망이 점점 삐뚤어져만 갔고 아이답지 않게 냉정하면서도 이성적으로 변해갔다.

어느 날부터인가 이상하게 집 안 마당이 더러워지기 시작했다. 그래서 항상 청소를 맡아 하던 몸종이 참다못해 대감에게 억울함을 호소했다. 알고 보니 마을에 들개 한 마리가 내려와 먹을 것이 있겠다 싶은 집 안을 뒤지거나 쥐 혹은 새를 잡아 마당을 엉망으로 만든다는 것이었다.

대감은 허허 웃으며 당분간은 조금 힘들겠지만 그래도 어쩌겠냐며 사냥을 하는 것은 어쩔 수 없으니 청소를 조금 더 하고 대신 그 들개를 위한 밥을 그릇에 담아 마당에 두라고 일렀다. 몸종들은 대감의 현명함에 고개를 끄덕이며 감탄했다. 설화도 그 들개를 만나게 되면 넌지시 말을 건네거나 교감을 하듯 미소 지으며 들개를 쓰다듬기도 했었다.

그러던 어느 날 밤, 무엇인가 짐승이 큰 소리를 내고 개를 잡는듯한 소리가 나 모든 몸종과 대감이 뛰쳐나오는 일이 있었다. 마당을 보니 화아가 우두커니 서 있었고 그의 앞엔 들개가 피투성이인 모습으로 쓰러져 있었다. 몸종들은 경악을 하며 입을 틀어막고 있거나 몇몇은 구석으로 가 구역질을 하기도 했다.

"이게 무슨 일이더냐?"

대감의 말에 화아가 뒤로 돌아 대감을 바라보았다. 초점이 없는 듯한 눈빛과 피를 뒤집어쓴 모습에 대감은 직감했다. 화아가 들개를 죽인 것이구나.

"도대체 이게 무슨 짓이더냐!"

"마당을 엉망으로 만들지 않습니까. 몸종들도 자신의 일이 더 늘어난 것에 대해 불만인 듯했습니다."

화아는 냉정하면서도 나직하게 말했다. 그 말에 몸종 몇 명은 움찔거렸다. 대감은 머리를 손으로 짚으며 한숨을 쉬었다.

"그렇다고 해서 이런 일을 벌이면 어떡하느냐? 너는 생명의 소중함을 왜 생각하지 않는 것이냐!"

"생명 말입니까? 해를 가하는 것이 존중받을 필요가 무엇이 있겠습니까?"

아무렇지 않게 말하던 화아가 이내 슬쩍 미소 지으며 말했다.

"그리고 아버님, 이제 그런 문제도 없을 것입니다. 이것 보십시오. 아예 움직일 수가 없게 되지 않았습니까?"

대감은 화아의 그런 모습에 소름이 끼쳤다. 이런 일을 반복하게 된다면 분명히 스님이 말씀하셨던 사달이 날 것만 같았다.

대감은 이제 때가 왔다는 생각이 들었고 스님의 말대로 신속하게 화아를 떠나보낼 준비를 했다. 그리고 그를 왜나라에 보내기로 결정했고 출항할 날이 정해졌다.

그날은 화아가 딱 일곱 번째로 맞는 생일날이었다.

왜나라로 건너가 맡겨진 그는 한 신사로 가게 되었다. 하지만 그의 심상찮음을 눈치챈 스님은 당시 유명한 음양사에게 그를 보냈다. 화아는 점점 성장해 삐뚤어진 욕망을 채우며 잔뜩 웅크린 채 먹이를 기다리는 호랑이처럼 기회를 보며 지냈다.

어떻게 하든 자신은 당시 최고의 음양사를 이길 수 없다는 걸 알았고 자신의 신력과 힘을 키우기 위해 금기된 술법과 그 힘까지 넘보게 되었다.

몰래 태자귀와 새타니의 힘을 흡수하며 얼마 되지 않던 자신의 신력에 보탬을 가하고 애초에 봉인된 그의 힘을 사악한 힘으로 눈뜨게 만들어 드디어 그가 원하는 힘까지 이끌어냈다.

한편 그런 낌새를 눈치챈 음양사들이 그를 제지해 무력하게 만들려고 했으나 이미 때는 늦어버린 뒤였고, 당시 최고의 음양사는 물론 자신에게 대항하는 음양사까지 모조리 죽여버렸다.

그렇게 막강해진 화아는 자신이 처음에 맡겨졌었던 신사로 갔다. 마침 정좌를 하고 그가 올 것을 알고 있었다는 듯 주지 스님은 촛불에 의지한 채 불경을 외고 있었다. 곧 문이 큰 소리를 내며 얼음이 깨지듯 부서지고 살기를 띤 그가 들어왔다.

"화아, 많이 변했구나."

"화아? 하하하. 그 녀석은 이미 죽은 지 오래야. 내 이름은 쇼우지다. 너도나도 할 것 없이 가차 없게도 어린아이를 버린 것들이 친근한 척 그 이름을 부르지 말란 말이다. 역겨우니까…."

쇼우지는 사나운 눈빛을 가진 채 슬쩍 미소 지었고 한기가 느껴졌다. 스님은 조용히 눈을 감았다.

"그래. 이유야 어찌 되었든 내 죄다. 너를 데리고 있기엔 절대로 감당할 수 없는 무언가를 느꼈지. 나로서는 어쩔 수 없는 선택이었어. 너를 지키고 우리를 지킬 수 있는 방법은 그것뿐이었다."

"으응, 그래서 그렇게 어린아이를 버렸다? 너나 아버지라는 작자나 다 똑같아. 마지막으로 할 말이 있나?"

"나는 너를…."

스님의 말이 끝나기도 전에 불빛이 일렁이며 몸과 머리가 분리되는 실루엣이 보이더니 촤악! 하고 창호문이 붉게 물들였다.

그는 아무런 표정도 없이 살기만 가진 채 뚫린 문으로 나와, 부채를 품 안에 넣고는 헝클어진 머리를 다시금 정돈하여 묶었다. 무언가 차가운 것이 그의 코끝과 속눈썹에 떨어졌다. 가만히 손을 내밀어 시리듯 차가운 하얀 것을 받아냈다. 그리고 조용히 식신을 불러내어 그곳을 벗어났다.

조선으로 넘어간 그는 제일 먼저 가족을 찾았다. 당시 집에는 그의 아버지와 몸종들만 있었고 설화는 보이지 않았다. 어차피 잘됐다고 생각한 그는 차가운 바람과 얼음을 일으키며 문을 부수고는 집 안으로 들어섰다. 그리고 눈엔 살기를 가득 품고 입꼬리만 올려 웃으며 안채로 들어갔다.

대감은 가만히 앉아서 이게 무슨 일인가 하고 그를 바라보았다.

"누구길래 이렇게 무례한 것이냐!"

호통을 치는 대감을 그는 하찮다는 듯 눈을 내리깔고 바라보았다. 그리고 천천히 대감에게 다가가 그의 앞에 쪼그리고 앉아 눈높이를 맞춰주었다.

"그렇겠지. 내가 누군지도 모르겠지. 너한테는 내가 그 정도밖에 안 됐으니까."

그는 드디어 복수를 할 수 있다는 쾌감에 몸서리쳤다. 그리고 대감을 보며 천천히 일어서서 미소를 거두고는 부채를 겨눴다. 대감은 그 부채를 보고는 단박에 그를 알아보았다.

"화아? 화아인 게냐?"

"아, 얼굴을 보고는 기억하지 못하고 이걸 보곤 기억하네?"

쇼우지는 부채를 흔들어 보이며 말했고 벽에 살짝 기대어 부채에 시선을 고정한 채 만지작거리며 대감에게 물었다.

"자, 다른 나라로 보낼 만큼 내가 미웠나? 왜 날 버린 거지?"

쇼우지의 말에 대감은 눈물을 흘리며 말했다.

"역시 아무것도 모를 때 널 보냈어야 했는데. 이렇게 마음속에 독을 품은 줄 알았다면, 네 어머니의 유언을 무시했을 텐데."

사죄의 말이 아닌, 더 일찍 버리지 못한 것에 대한 후회의 말이 대감의 입에서 나오자 분노가 들끓었다. 그는 입술을 질끈 깨물고 아까와는 차원이 다른 살기를 띠며 한 손으로 대감의 목을 잡아 조였다.

"이유를 설명해보라고 내가 아량을 베풀었더니… 기껏 한다는 소리가 더 일찍 버리지 못해 후회한다라?"

쇼우지의 말에 컥컥거리던 대감은 곧 두둑 소리와 함께 힘없이 풀썩 쓰러졌다.

그는 성취감과 만족감, 하지만 조금은 허무하면서도 불쾌한 느낌에 짜증이 난다는 표정을 지었다.

그 순간 등이 타는 듯한 통증을 느껴졌고 휙 하고 뒤를 돌아보았다. 그러자 익숙한 얼굴의 여자가 서서는 자신에게 불을 겨누고 있었다.

"당장 손을 놓지 않으면 지금 이 자리에서 너를 죽여버릴 것이다."

기품 있고 당당한 그녀의 눈빛에 쇼우지는 피식 웃고는 손을 털면서 일어섰다. 그리고 천천히 설화의 이곳저곳을 살피더니 밖으로 나갔다. 설화는 천천히 그를 따라 나가며 경계했다.

"넌 누구길래 아버지께 해를 가하려고 하는 것이냐?"

"하하하!"

쇼우지는 허리를 굽히고 배를 감싸 안으며 웃겨 죽겠다는 듯 미친 듯이 웃었다. 한참을 그렇게 웃는 그를 보며 눈썹을 움찔거리는 설화. 곧이어 쇼우지는 웃음을 그치며 얼음을 만들어 그녀에게 보냈다. 그러자 그 얼음이 그녀의 뺨에 스쳐 피가 몽글몽글 맺혔다.

"너도 날 기억하지 못하는구나."

"난 너처럼 요상한 차림새의 남자를 만난 적이 없다."

설화의 말에 쇼우지는 잠깐 머리카락을 들어 올려 상투를 트듯 모양새를 만들었고 부채를 꺼내 들었다. 그러자 설화는 그를 단박에 알아보았다.

"화…아?"
"이렇게까지 해야 나를 알아보는구나. 그리고 지긋지긋하네. 이놈의 부채로 사람을 알아본다는 건."
설화는 그의 말에 천천히 자신의 품에서 부채를 꺼내 들었고 그를 보았다. 그리고 반가운 얼굴도 잠시 왜 아버지에게 그러고 있었는지 의문이 들었다. 설화는 그를 빤히 쳐다보며 물었다.
"오랜만에 집에 와서는 왜 아버지께 해를 가한 것이냐?"
"하?! 모르는 것이냐?"
"무엇을?"
"하긴. 옹주마마처럼 자란 넌 아무것도 모르겠지. 나처럼 버림받을 존재가 아니었으니까!"
"버림을 받아?"
"그것도 조선에서 버림받은 게 아닌, 다른 나라로 버림받고 어떻게 살아왔는지 넌 아무것도 모르겠지."
혼란스러워하는 설화의 표정을 읽은 쇼우지는 김이 샌다는 듯 부채를 탁 하고 접어 품에 넣었다.
"그래. 태어날 때부터 비범한 힘을 가져 증오나 원망 따위 그리고 고생도 모르고 컸겠지. 잘 들어라. 난 널 죽일 것이야."
"뭐?"
"널 죽일 기리고. 그리고 그 미친 예언을 했던 스님이라는 놈도 죽일 거야."
쇼우지는 가만히 대감이 있던 곳을 보다가 하늘을 쳐다보았다.
"단지 순서만 달라질 뿐이지. 이 조선이라는 땅을 없애버릴 것이다. 내 손에 넣어 송두리째 흔들어버릴 거란 말이지."

쇼우지의 말에 설화는 픽 웃더니 곧 크게 웃기 시작했다.
"무슨 말도 안 되는 소리를 하는 거야?"
쇼우지는 자신을 비웃는 듯한 설화의 모습에 다시금 증오심이 끓어올라 그녀의 앞에 얼음덩어리를 떨어뜨렸다. 그러자 쾅 하는 굉음과 함께 바위만 한 얼음덩어리가 우뚝 박혔다.
"두 번은 없어. 내가 선처를 베푸는 건."
자신의 경고에 잠잠하자 조금은 성취감이 들었는지 쇼우지가 자세를 바로잡고는 섰다. 그러자 풋 하는 소리와 함께 얼음이 조금씩 녹아 물이 되어 쇼우지의 얼굴에 튀었다.
"내 말은 네가 무슨 수로 그렇게 하느냔 말이지. 내가 있는데."
설화는 번쩍이는 눈으로 말하며 부채의 바람을 이용해 물로 그를 휘감았다.
그녀의 힘에 쇼우지는 아차! 했다. 아무리 남매라도 가문에선 역대인 존재라는 걸 잊은 것이었다. 쇼우지는 약간 긴장한 눈으로 설화를 바라보았고 그때 방에서 어떤 남자아이가 나오는 게 보였다.
"엄…마?"
눈을 비비면서 나오는 남자아이의 말에 설화는 흠칫 놀라 부채를 거두고는 뒤를 돌아보았다. 쇼우지는 옳다커니 하는 생각에 순간적으로 튀어 올라 그 남자아이를 안고는 사라졌다. 그리고 그 자리엔 이현을 부르며 울부짖는 설화가 있었다.

아버지의 죽음과 동시에 아들이 사라지다니 예상은 했지만 두 눈 뜨고 당할 줄 몰랐던 설화는 그를 찾아 나섰다. 그리고 그가 있는 곳이 어디인지 알게 되었을 때는 이미 보름이 지난 후였다. 쇼우지를 찾아간 설화는 비장한 표정으로 그에게 말했다.
"현이를 돌려줘."
"여기까지 온 것만으로도 대단하네. 그래. 데리고 갈 수 있음 데리고 가봐."
쇼우지와 설화는 일생일대의 마지막일지도 모르는 남매간의 전투를 벌였다. 물론 설화의 힘이 더 우세해 조금만 더 하면 설화가 이길 수 있는 순간이었다.
그런데 그 순간 설화의 목소리에 뒤주 하나가 들썩이다 넘어졌고 그곳엔 이현이 죽어가는 모습으로 쓰러져 있었다. 설화는 이현의 모습에 흔들리고 말았다.
물론 쇼우지는 그 순간을 놓치지 않았고 설화와 이현이 있는 쪽을 공격했다. 그렇게 설화는 온몸으로 공격을 받아냈고 피를 토하며 이현을 안아 들었다. 설화는 알고 있었다. 자신은 여기서 목숨을 잃을 것이라는 걸. 하지만 그것이 자식을 지키다 맞는 죽음이라면 기꺼이 받아들일 준비가 되어 있었다.
설화는 최대한 자신의 힘을 짜내어 미리 손을 봐둔 궐내로 이동했다. 그러다 쓰러졌고 혼백이 되어 이현을 대군에게 건넸다. 그렇게 그녀는 목숨을 잃고 미리 계획해둔 순서대로 일을 진행하기 시작했다.

첫 번째로는 자신의 혼백을 그렇게 머물게 하여 이현의 옆을 지키는 것이었다. 그리고 밤새 이현의 머리칼을 쓰다듬으며 기억을 없앴다. 다음 날 그녀는 완전히 떠났고 이현은 그 보름이 넘는 동안 있었던 일에 대한 기억을 완전히 잃었다.

스님과 대군의 말을 모두 듣고 난 이현은 자기도 모르게 울음을 터뜨렸다. 어머니의 사랑을 끝까지 받았고 어머니의 목숨 대신 살아난 사람이 자신이라고 생각하니 가슴이 아려왔다.
무엇인가 해소되어 시원한 것 같기도 하면서 복수심이 들끓는 것 같았다. 그런 이현의 표정을 간파한 스님이 한마디했다.
"복수는 또 다른 복수를 낳는다는 것을 알지 않습니까? 그것보다는 그자를 막는 것이 맞겠지요. 복수를 하지 않겠다 약조해주십시오."
스님의 말에 퍼뜩 정신을 차린 이현은 고개를 끄덕였다.
"약조하겠습니다, 스님. 제가 생각이 짧았습니다."
대군은 이현을 보며 잔잔한 미소를 지었고 이내 생각에 잠겼다. 앞으로 더 험난한 길이 되겠다는 생각에 이현이 걱정되었던 것이다.
"그럼 전하께 이런 일이 있었다 말씀을 드려야겠구나. 가자꾸나."
대군과 이현은 스님께 고개 숙여 인사하곤 세종의 처소로 향했다.

세종의 처소로 간 이현과 대군은 그간 있었던 일을 모두 말했고 곧이어 세종의 표정이 굳어졌다.

"그래서 앞으로 어떻게 하겠느냐?"

"달리 방도가 있겠습니까. 대단한 힘을 가지신 어머니도 그렇게 당하셨습니다. 아직 햇병아리인 제가 그를 이길 수 없다는 것쯤은 전하께서도 잘 아시지 않습니까."

이현의 말에 세종은 헛기침을 하며 수염을 쓸어내렸다.

"형님, 아무리 아우라지만 이럴 때 한 번씩 별로지 않습니까?"

"허허. 그것이 현이의 성격인 걸 어찌하겠습니까."

대놓고 흉을 보는 세종을 잠시 흘깃 바라보던 이현은 대군에게 다시 고마움을 표했다.

"감사합니다."

"솔직히 내가 한 건 아무것도 없지 않느냐. 네가 알아서 다 했지."

대군은 허허 웃으며 이현을 토닥였고 이현은 고개를 가로저었다.

"소하 낭자와 봉이가 동요하지 않게 잘 타일러주시고 주지 스님과 함께 제가 있는 곳도 알아내시지 않으셨습니까."

이현과 대군이 서로 웃으며 대화를 하는 모습을 보고 심통이 난 세종은 가만히 발로 이현을 퍽 하고 찼다.

"전하! 왜 이러시는 겁니까?"

"짜증 난다 너. 언제 형님이랑 이렇게 친해진 게야? 아니, 막 나만 쏙 빼놓고 우애를 다지면 쓰나? 너한텐 고기 하사 안 할 것이다. 고얀 놈."

얼굴이 붉으락푸르락한 세종을 뒤로하고 대군이 넌지시 이현을 불렀다.

그리고는 품에서 무언가를 꺼내어 이현에게 내밀었다.

"이것이⋯ 무엇입니까?"

"네가 찾아야 할 신보들 중 하나다."

"저… 혹여 착용하고 있어야 합니까?"

"그게 안전하긴 하지만, 화려해서 눈에 띌 수도 있는 데다 요괴나 악인을 끌어들일 수도 있는 힘을 가진 터라…. 신보함에 넣어 다녀야 할 것이다. 신보함은 왕가 내의 절에 모셔져 있으니 가지고 가면 될 것이다."

"다행입니다."

이현은 그 힘과는 다른 의미로도 다행이라고 생각하며 안도의 숨을 내쉬었다.

"그런데 어디로 가야 신보들을 모두 찾을 수 있습니까?"

"그건 이걸 참고하면 된다."

대군은 작은 책자도 이현에게 건넸다.

"원래 신보들은 왕가 내에 있는 절에 모셔져 있었다. 허나 요괴들이나 궐내에 나쁜 마음을 먹는 자들이 속출하자 뿔뿔이 흩어지게 되었지. 신보를 가진 자는 한 나라를 망칠 수도, 살릴 수도 있는 힘을 가지고 있다. 그리하여 신보를 지키는 자들이 있고 그들은 특별한 힘을 가지고 있다. 그들을 설득하는 건 너의 몫이겠지. 여간해선 안 될 것이다. 내가 도울 수 있는 것이 없구나. 소문으로는 전하의 어명도 듣지 않는 고집불통이라는 말을 들었는데…."

이현은 고개를 끄덕이며 잠깐 생각에 잠겼고 이내 자신이 가지고 있는 부채를 만지작거렸다.

"이 부채는 우리 가문의 것이었나 봅니다."

"그렇다. 원래는 부채가 하나였으나 그 힘이 나뉘어 두 개가 되었다. 하나는 바람의 힘을 부리는 부채, 하나는 얼음을 부리는 부채로 말이다. 설화의 아버지, 그러니까 너의 외조부가 화아를 왜나라로 보낼 때 그 부채를 함께 보냈다. 아무래도 자식이니 미안함이 앞서서 그랬던 거겠지. 그러지 말았어야 했는데 말이다."

대군은 고개를 살짝 떨구곤 한숨을 쉬었다. 이현은 가만히 생각하다가 반짝이는 눈빛으로 대군을 바라보았다.

"내일 당장 떠나겠습니다."

이현의 말에 세종이 갑자기 불쑥 끼어들었다.

"아니, 납치되었다 빠져나온 지 얼마나 됐다고 당장 떠나겠다는 것이냐? 몸을 추스르고 가는 것이 맞다. 그렇지 않습니까, 형님?"

"후…. 그래, 전하 말씀이 맞다. 하루만이라도 어의의 진찰도 받고 쉬었다 가는 것이 어떻겠느냐?"

"쇼우지 그자가 신보를 노리고 있을지도 모르는데 이렇게 지체할 시간이 어디 있겠습니까? 마음 같아선 지금 당장 떠나고 싶지만 내일로 참는 것입니다."

"걱정을 해줘도 저러니 원. 진짜 한 번씩 그런 너의 성격이 답답하거늘…."

세종은 투덜거렸고 대군은 그 모습을 보곤 픽 웃었다. 그리고 이현의 어깨를 토닥였다.

"그래서 지금부터 준비할 것이냐?"

"우선 함께 신보함을 가지러 가는 것이 좋겠습니다."

"나도?"

"전하께서는 잠자리에 드실 시간입니다."

이현의 말에 세종은 아련한 눈빛으로 대군을 보았고, 대군은 그런 세종의 시선을 피했다.

"하, 이런 젠장. 썩 꺼지거라."

중얼거리며 잠자리에 들려는 세종을 뒤로하고 웃음이 터진 대군과 이해하지 못하겠다는 표정의 이현은 서둘러 나왔다.

대군과 함께 궐내의 사당으로 간 이현은 조심스럽게 입구 앞에 서서 가만히 문을 바라보았다. 뭔가 이상하면서도 신비한 힘이 느껴지는 듯했다. 그러다가 갑자기 심장이 요동치는 기분이 들었다. 이현의 표정을 살피던 대군은 슬쩍 미소지었다.

"확실히 네가 후손은 후손인가보구나."

대군의 말에 무슨 말인지 몰라 멀뚱멀뚱 사당과 대군을 번갈아 보던 이현은 한순간 무언가가 자신의 몸을 휘어감는 듯한 느낌에 깜짝 놀랐다. 마치 전에 검을 받았을 때 느낀 기운과 다른 듯 비슷했다.

그러다 갑자기 사당의 문이 활짝 열렸고, 따뜻하면서도 밝은 빛이 맴도는 뭔가가 보였다. 이현은 이끌리듯 다가가 그것을 바라보았다. 굉장히 화려하면서도 섬세한 세공이 된 보함이었다.

"괴… 굉장히 화려합니다."

"음, 그런가? 내 눈엔 그저 곧 부서지기 일보 직전인 상자밖에 보이질 않는데."

이현은 그 말에 놀라 대군을 바라보았다. 믿을 수 없다는 눈빛을 한 이현을 보며 대군이 허허 웃었다.

"역시 내 눈에는 허름한 함으로, 후손에겐 화려한 함으로 보이는구나. 아마도 자신의 존재를 지키기 위함이겠지."

대군은 이현의 어깨를 잡고 힘을 북돋아 주듯 토닥였다. 그리고 곧이어 고개를 살짝 숙이며 말했다.

"이 일을 할 수 있는 자는 너뿐이다. 백성들을… 조선을 잘 부탁한다."

이현은 화들짝 놀라며 대군의 고개를 들게 했다.

"대군마마! 이러지 마십시오."

당황한 이현의 모습에 미소 짓던 대군은 곧 머물던 절로 떠났다. 이현은 대군을 보내고 함을 품에 넣고는 지친 듯한 걸음으로 처소에 들어섰다. 방에는 소하와 봉이가 이현을 기다리고 있었다.

"그러니까 신보들을 찾으러 떠나야 한단 말입니까?"

"그렇지. 곧 날이 밝으면 출발할 것이다."

"아니, 이렇게 갑자기 말입니까? 몸은 괜찮으신 겁니까?"

"괜찮으니 걱정하지 말거라."

이현은 부드럽게 미소 지으며 말했고 봉이는 그 모습에 걱정이 되어 불안한 표정이 역력했다. 그런 봉이의 반응에 소하는 할 수 없다는 듯 가만히 이현을 살폈다.

그리고 이내 안심하며 툭 던지듯 말했다.

"걱정 마. 나으리는 멀쩡하시니까."

소하는 곧 필요한 물품들을 하나둘 챙기기 시작했고, 봉이는 혼자 안달이 나 이현의 소매를 걷어보기도 하고 여기저기를 살펴보았다.

"정말 괜찮으신 거 맞습니까?"

"그렇다니까. 몇 번이나 말해야 하느냐."

봉이의 모습에 웃음이 터져 이현이 말했고 소하는 한숨을 내쉬며 고개를 저었다.

"매번 안절부절. 너 그러는 거 과잉보호라는 걸 모르느냐?"

"과잉보호라니!"

"과잉보호지. 누가 보면 네가 보호자라도 되는 것 같단 말이다."

소하는 짐을 모두 챙긴 듯 일어나더니 심드렁하게 문을 밀어 열었다. 그리고 나직하게 이현에게 살짝 미소 짓더니 말했다.

"나으리, 그럼 먼저 채비를 하겠습니다."

소하의 말에 이현은 고개를 끄덕였다. 봉이는 부들거리며 이현과 소하를 번갈아 보았다.

"어째 저보다 소하가 나으리를 더 잘 아는 듯합니다?"

"아무래도 보통 사람이 보는 것과는 다른 것을 보는 것이겠지. 왜 이리 신경을 쓰느냐. 괜찮다니까."

이현은 갓을 고쳐 매며 일어서서는 봉이를 내려다보았다.

"그래서. 가지 않을 것이냐?"

"갑니다. 갑니다요!"

봉이는 틱틱거리며 방문을 나섰다. 그 모습에 이현은 봉이가 귀엽다는 듯 풋 하고 웃음이 터져 나왔다.

겨우 길을 떠났고 이현은 대군이 준 책자를 살펴보았다. 조금 험준하고 구석진 곳에 위치한 고을에 목걸이가 있다고 하니 그걸 찾아갈 요량이었다.

그리고 며칠을 걸었을까, 어느 길을 가나 산길이라 다들 꽤나 지쳐 있었다. 그렇게 포기하고 싶을 정도로 힘들었던 것도 잠시, 고을의 초입부로 보이는 곳이 나왔고 드디어 다 왔다는 생각에 조금은 안심하며 들어섰다. 뭔가 정적이 흐르는 조용한 곳이었다. 보통 북적일 수도 있는 시간대였는데도 불구하고 사람들은 모두 조심조심 발걸음을 옮기고 있었다.

"사람이 없는 것 같습니다."

봉이는 어리둥절해하며 말했고 이현은 사람들을 물끄러미 바라보았다.

"아무래도 위치가 이렇다 보니 왕래하는 사람들이 적어 그런 것일 수도 있다. 얼른 가보자꾸나."

봉이는 침을 꼴깍 삼키며 이현을 따라 걸었고 이현은 그런 봉이를 보곤 살짝 미소 지었다. 그리고 소하 또한 그런 봉이를 보며 웃으며 말했다.

"왜? 무서워서 그러느냐?"

"그런 게 아니다! 그냥…."

"그냥?"

"뭔가 불안해서 그렇다."

봉이는 눈치를 보며 걸었고 소하는 봉이의 말에 신경 쓰며 좀 더 앞서 걸었다.

'저래 봬도 꽤나 감 좋은 아이이니 조금은 염두에 둬야겠구나.'

소하는 속으로 생각하며 천천히 고을을 살펴보기 시작했다. 고을은 기본적인 생활을 하는 것 같았는데 그렇다고 또 풍족한 모습도 아니었다. 그리고 어째서인지 고을 사람들은 무엇인가에 쫓기는 듯한 모습으로 같은 곳을 향해 가고 있었다.

이현은 소리를 낮춰 속삭이듯 말했다.

"봉이와 함께 둘러보고 오겠습니다. 낭자께선 고을의 동태와 수상한 점이 없는지 살펴봐 주시길 바랍니다."

"예, 알겠습니다."

소하는 소리 없이 사라졌고 이현과 봉이는 천천히 그리고 자연스럽게 그들에게 녹아들었다. 모두 정해놓은 듯 어떤 집으로 들어가는 모습에 그들에게서 벗어나 숨어서 지켜보았다.

곧 웬 얼굴을 가린 여자가 그들의 앞에 있었고 사람들과 함께 방 안으로 들어가는 모습이 보였다. 지금 있는 곳에서는 방에서 어떤 일을 하는지 무슨 대화를 하는지 또한 알 수가 없었기에 어떻게 해야 하나 고민이었다. 그래서 계획을 세우려던 것도 잠시, 그때 방에서 여자들만 나와 분주히 움직이는 모습이 보였다. 몇몇은 부엌으로 가 준비되어 있던 재료들로 음식을 하고 또 몇몇은 대청소를 하는 듯한 모습이었다. 장독대도 윤이 나게 닦고 비질을 하는 것 또한 오랫동안 그래왔다는 듯 자신의 구역을 나누어 체계적으로 움직이는 것을 보아 습관적인 행동인 듯했다.

이현은 도대체 이게 무슨 일인지 알 수가 없었다. 하지만 한 가지 확실하다는 감은 들었다. 이것은 요괴의 짓이거나 신보의 힘일 것이라는 걸 말이다. 이현은 조금 더 욕심이 났다. 여기서 조금만 더 관찰하고 캐내면 생각보다 쉽게 일을 처리할 수 있을 것만 같았기 때문이다. 이현은 봉이와 함께 안채가 있는 쪽으로 가 훌쩍 담을 넘었다.

"아니, 나으리! 어쩌려고 그러십니까? 보는 눈이 많습니다!"

봉이는 낮은 목소리로 채근했고 이현은 주위를 경계했다.

"조심하는 것도 좋다만 그런 걸 일일이 다 신경 쓰다간 어떻게 될지 모른다. 그래서 어떻게 하겠느냐. 따라오겠느냐, 거기 있겠느냐?"

이현의 말에 봉이는 두리번거리다 눈을 질끈 감고는 담을 넘어갔다.

"아, 진짜 나으리 때문에 심장이 남아나질 않겠습니다요."

봉이의 말에 이현은 웃으며 자세를 낮춰 이동하기 시작했다.

특별히 이상한 물건이라던가 낌새는 느껴지지 않았으나 수상한 곳이 있었다. 많은 사람들이 그렇게 분주히 움직이는데도 유난히 인적이 드문 곳이 있었다. 그곳에 분명 무언가가 있겠지. 이현은 옳다구나 하고 망설임 없이 그곳으로 향했다.

봉이가 잠시 한눈을 판 사이 이현은 빠르게 움직였다. 봉이는 당황해 이현을 부르려고 했으나 그럴 새도 없이 이현은 방 안으로 들어가 버렸다. 그리고 곧이어 그 방 쪽을 지나가던 한 남성을 보곤 봉이는 급하게 숨었다. 남성은 낌새를 느꼈는지 이현이 들어간 방의 문 앞으로 다가갔다.

'아, 나으리…. 정말 미치겠네.'

"게 누구냐?"

이현은 깜짝 놀라 입을 막고 문 옆 벽에 몸을 숨겼고 문 앞으로 다가오는 발소리를 들었다. 그리고 그자가 문고리를 잡는 순간 이현은 숨이 멎는 듯했다.

"무슨 일이더냐?"

"아! 누가 이쪽으로 들어가는 걸 보았습니다."

"그곳은 금기의 구역이 아니더냐?"

"예, 그래서 살펴보려고 했습니다."

"흠, 확실히 보았느냐?"

"예! 누군가가 들어가는 것을 분명히 봤습니다."

"그럼 자객일 수도 있으니 위험하다. 사람을 불러오너라."

그 소리에 이현은 깜짝 놀라 숨을 곳을 찾다가 병풍 뒤로 숨었다. 방이 꽤나 넓어 아직 모든 것을 살펴보지 못했는데 그 전에 걸려서 죽게 생긴 것이다.

곧이어 여러 사람의 발소리와 함께 문이 벌컥 열렸고 우르르 들어서는 발소리가 들렸다. 여기저기 살펴보며 혹시나 낯선 자가 있는지 찾는 듯했고, 이현은 긴장감에 식은땀을 흘리고 있었다. 그리고 이내 자신이 숨은 병풍으로 누군가가 다가오는 인기척이 느껴지자 이현의 심장은 미친 듯이 요동쳤다. 이대로 끝인 것인가 하는 생각이 들 때쯤, 누군가가 작게 자신의 귀에 대고 속삭였다.

[위험합니다. 나으리]

사람을 홀리는 듯한 목소리와 함께 어지러운 느낌이 들었고 어딘가로 빨려 들어가는 것 같았다. 이런 느낌을 한번 느낀 적이 있었다. 쇼우지에게 끌려갔을 때 그 느낌이었다. 이현이 미처 파악하기도 전에 땅에 발이 닿는 것이 느껴졌다. 그는 혼란스러운 마음을 진정시키기 위해 눈을 가만히 감고 있었다. 정신을 차리기 위해 집중하다가 천천히 눈을 떠보니 웬 방 안에 들어와 있었다. 몇 번 이런 경험을 겪고 나니 기분이 썩 좋지 않은 이현이었다.

그때 사라락 치맛자락이 끌리는 소리와 함께 이현의 뒤엔 한 여자의 숨소리가 들려왔다. 이현은 흠칫하며 뒤를 보려 했으나 어느새 바로 뒤에 다가온 그녀는 이현의 얼굴에 손을 가져다 대어 고개를 돌리지 못하게 했다.

"나으리, 잘 지내셨습니까?"

"나를 어떻게 아는 것이오?"

"기억이… 나질 않으십니까? 제 목소리….”
"글쎄… 잘 모르겠습니다만….”
"그렇게 말씀하시면 소녀… 서운하옵니다.”
 굉장히 요염하면서 애간장이 살살 녹는 목소리로 말하는 투가 이현은 굉장히 낯설었다. 여자한테 관심이 없어서 그런 건지 모르겠지만 이상하게 간질간질한 게 기분이 썩 좋진 않았다.
"낭자, 미안합니다만, 이렇게 머무를 새가 없습니다.”
"시간을 오래 빼앗진 않습니다. 잠시만 시간을 내주시지요.”
 그녀는 이현의 고개를 휙 돌려 자신을 쳐다보게 만들었다. 요염하면서도 너무나도 아름다운 여자가 자신을 보며 미소 짓고 있었다. 하지만 아무리 봐도 그녀가 누군지 알 수 없었다.
"미안하지만 정말 누군지 모르겠소.”
"괜찮습니다. 그때는 제가 지금과는 다른 모습이었으니까요.”
 이현의 표정에 그녀는 빙긋 웃으며 천천히 입을 뗐다.
"소녀, 방울. 이현 나으리께 인사드립니다.”
 방울이라는 말에 이현은 깜짝 놀랐다. 예전에 숲에 들어갔다가 거의 죽어가던 여우를 한 마리 구해준 적이 있었다. 그 여우를 소중하게 안아 데리고 와 아픈 곳을 살피고 회복되는 동안 이현이 몰래 숨겨두고 보살펴주었다. 그리고 '방울'이라는 이름을 붙여 불러주곤 했다.
"방울? 그게 무슨 소리더냐?”
 이현의 말에 그녀는 피식 웃더니 한 번 획 돌고는 여우의 모습으로 둔갑했다. 그 모습에 깜짝 놀란 이현이 뒷걸음질치다 삐끗할 뻔했다. 여우는 웃으며 다시 아름다운 여자의 모습으로 변했다.

"이제 기억이 나십니까?"

"방울이 네가 어떻게 여기에?"

"그때 나으리 덕분에 무사히 제 뜻을 이룰 수가 있었습니다."

"그러고 보니 털 색깔이 조금 바뀌었는데?"

"아, 보통 구미호의 털 색깔이라고 하면 어떤 색깔이 생각나십니까?"

"갈색이나 흰색이나 그렇겠지. 그때의 너는 연한 갈색빛에 가까운 색이었지만 말이다."

그녀는 후훗 하고 웃더니 사뿐사뿐 걸어가 이현의 소매를 잡아 천천히 펴주었다.

"저는 그와는 다른 색이지요. 황금빛입니다."

"황금빛? 그런 구미호도 있는가?"

"구미호도 다 같은 구미호가 아닙니다. 급이 다르지요."

여자는 빙긋 웃어 보이더니 다시 요염하게 몸을 돌리고 걸어가다 자리에 앉았다.

"그보다도, 나으리께서 무엇을 찾으신다 들었습니다."

"누가 그런 소릴 하던가?"

"다 아는 방법이 있지요. 소문은 생각보다 은밀하고 빠른 법이니까요."

그녀의 손짓에 이현은 자리를 잡고 앉았다.

"그래, 네가 아는 것이 어디까지더냐?"

"글쎄요, 저라고 모든 것을 다 알진 못합니다."

"나랑 지금 놀이를 해보자는 것이냐?"

"당치도 않습니다, 나으리. 제가 감히 나으리께 어떻게 대적할 수 있겠습니까."

"솔직히 말해서 난 너를 완전히 믿지 못한다. 그건 알고 있겠지?"

"아무래도 그렇겠지요. 아직 제가 어떤 존재인지 확실하게 아시진 못하니까 말입니다."

굉장히 현명한 방법으로 서로 주고받는 대화에 이현은 꽤나 흥미로웠다. 그녀가 보통이 아니라는 건 이미 조금은 알고 있었지만 이 정도일 줄은 몰랐던 것이다. 아름다운 미소와 보통내기가 아닌 화법에 이현은 졌다는 듯 미소 지었다.

"나 참, 순수함이라곤 이제 찾아볼 수가 없군."

"감사합니다. 그 말은 저를 아이가 아닌 성인으로 보신다는 말씀이시군요."

이현은 혀를 내두르며 부채를 살짝 꺼내어 들었다. 그러자 그녀는 살짝 움찔거리다가 빛나는 눈빛으로 이현을 바라보았다.

"신보를 찾고 계십니까?"

"그건 또 어떻게 아는 것이냐?"

"그 물건을 들어 보이시면 알 만하지 않겠습니까. 그것이 어떤 부채인지 알고 있으니까요. 저는 나으리께서 아시는 것보다 오랜 세월을 살아왔습니다. 물론 그들의 다툼과 방안들에 대해선 멀리서 지켜보는 방관자였지만 말입니다."

그녀는 작은 도자기 주전자를 들어 조심스럽게 차를 따르고는 향을 음미하며 조금씩 마셨다. 이현에게도 차를 따라주었다.

"어쩐지 이곳에서도 신보의 기운이 느껴진다고 했더니 확실하군요."

그녀의 말에 이현은 미소를 거두고 차갑게 말했다.

"신보의 기운은 왜 따라온 것이냐?"

"천제께서 명하신 것이 있어 따라갔지요."

너무나도 순순히 대답하는 그녀의 반응에 조금은 당황한 이현이 다시 차를 마시며 흘깃 바라보았다.

"천제?"

"하늘을 다스리고 계시는 분이십니다. 지금 저는 그분 밑에 있고 모든 상황을 알고 있습니다."

"그렇담 지금 내 상황도 알고 있겠구나."

"그렇습니다. 조선이 어지러워질 수도 있다는 불안함에 상황을 지켜보라시며 저를 보내셨지요. 게다가 나으리에 대한 제 사정도 알고 계십니다. 그만큼 나으리는 중요한 분이시니까요. 아, 그래도 걱정하지 마십시오. 있는 듯 없는 듯 지켜보기만 할 것입니다."

"천제께서?"

"그렇습니다. 그러니…."

여자는 찻잔을 내려놓고 방긋 미소 지으며 빨간 입술로 말했다.

"싫으셔도 제가 좀 지켜봐야겠습니다."

"흠, 이건 뭐… 내겐 처음부터 선택권이 없는 거나 마찬가지가 아니더냐."

이현은 한숨을 쉬며 생각했다. 하늘의 왕이든 조선의 왕이든 명령만 하고 원하는 대로 움직이길 바랄 뿐이며, 정작 일을 처리하는 자의 의지 따윈 묵살하다니.

"그리고 제 이름은 은월입니다."

"그렇구나. 방울이가 좀 더 친숙한데 말이지."

이현의 말에 그녀는 눈웃음으로 일관하며 차를 마셨다.

갑자기 문이 급하게 드르륵 열리며 소하와 봉이가 들어왔다. 다급해 보이는 소하와 봉이의 모습과 여유로운 은월의 모습이 대조되어 보였다. 눈을 감고 천천히 차를 음미하던 은월은 다시 살짝 눈웃음 지어 보였고 그 모습에 이현은 픽 하고 웃음이 터졌다.

"지금 웃음이 나오십니까?"

소하는 어이가 없어 이현을 보며 말했고 이현은 헛기침을 했다.

"나으리가 잘못되시는 줄 알고 제가 진짜…."

봉이는 울먹거리다가 털썩 주저앉으며 말했다. 그런 봉이를 보자 살짝 웃음이 새어 나오려고 했지만 쏘아보는 소하의 눈빛에 이현은 퍼뜩 정신을 차리고 봉이를 토닥였다.

"인사하거라. 여기는 오래전부터 알고 지낸 은월 낭자다."

"처음 뵙겠습니다, 훌쩍."

진정이 되지 않았는지 봉이는 훌쩍이며 말했고 소하는 가만히 은월을 바라보다가 고개를 숙여 인사했다.

"천호…께서는 어찌 이곳에 계시는지요?"

"천호? 여우?"

봉이는 화들짝 놀라 두 눈이 동그래졌고 은월은 찻잔을 내려놓고는 살짝 미소 지었다.

"도깨비시군요, 소하님?"

은월의 말에 소하는 고개를 끄덕였고 서로 인사를 마친 듯해 이현이 이어 말했다.

"은월 낭자 또한 오늘부터 함께 신보를 찾아 나설 것입니다."

"정확히는 감시자 같은 역할이랄까요?"

이현과 은월의 말에 조금은 놀란 소하는 어쩔 수 없다는 듯 고개를 끄덕였다. 우아하게 차를 마시고 있는 은월은 기품이 넘쳐흐르는 모습이었다. 티끌 하나 없는 깨끗하고도 흰 피부, 눈앞 쪽은 뾰족하나 눈꼬리는 살짝 올라가 매력이 있었으며 점막 부분은 약간 불그스름했다. 도톰한 입술도 붉은빛에 매력적이었고 양 볼엔 복숭아빛이 돌고 있었다. 그리고 반짝 빛나는 눈빛. 봉이는 한참이나 멍하게 은월을 바라보았다.

"은월을 뚫어지게 보는구나. 왜 그렇게 보느냐?"

이현은 봉이에게 물었고 봉이는 아무것도 아니라며 얼굴을 붉히곤 고개를 푹 숙였다.

"아마 반한 것이겠지요."

소하는 이현에게 넌지시 말했고 봉이는 그 말에 버럭했다.

"아, 아니다! 그렇지 않아!"

"왜 이렇게 버럭하느냐? 당연한 거야. 그게 능력인 걸 어떡해."

소하는 차 한 잔을 따라 마시며 심드렁하게 말했고 이현은 품 하고 참았던 웃음이 터졌다.

"그래서 목걸이를 지닌 자를 찾았습니까?"

"여기에 한 양반집이 있는데 그 집이 수상해 살펴보다가 여기에 오게 되었다. 아까 내가 있던 그 집 말이다. 이 고을의 사람들이 모두 그 집을 떠받드는 듯하다. 확실한 건 찾지 못했으나 웬 여자가 있는데 정체를 알 수가 없었다."

이현의 말에 은월이 살짝 미소 지었다.

"당연히 그곳이 목걸이가 있는 집이겠지요. 딱 봐도 답이 나오지 않습니까? 나으리는 아직 그런 기운을 느끼는 힘이 많이 부족하신가 봅니다."

괜히 빈정거리는 듯한 은월의 말에 소하가 움찔했고 차가운 눈빛으로 은월을 바라보았다.

"아무리 신과 대등한 위치라고 하셔도 그런 말씀은 좀 무례하신 듯싶습니다."

"어머~ 제가 왜 나으리께 무례하게 행동하겠습니까? 안 그렇습니까, 나으리?"

은월은 특유의 눈웃음으로 이현에게 말했고 이현은 멀뚱멀뚱 쳐다보다 다시 은월의 말을 곱씹어보곤 눈썹을 살짝 움찔거렸다. 그러자 그때 봉이가 냉큼 말했다.

"별것도 아닌 말에 뭘 그리 민감하게 구는 거야?"

그 말에 소하는 뭔가 툭 끊긴 느낌과 짜증 나는 기분이 들었고 봉이를 한심하다는 듯이 보았다.

"너에겐 애초에 기대도 하지 않는다. 이 둔한 것아."

소하의 반응에 봉이는 억울하다는 눈빛으로 이현을 바라보았으나 아무 일도 없었다.

"그리하여, 이제는 어떻게 하실 겁니까?"

골똘히 고민하는 이현에게 은월은 다시 차를 따르며 물었다. 뾰족한 수가 없어 보이자 은월이 미소 지으며 나긋하게 말했다.

"정면 돌파를 하시지요."

"정면 돌파라니?"

"대놓고 찾아가시는 것 말곤 방법이 없습니다. 어쩔 수 없지 않습니까? 그것이 사람인지 아닌지는 제가 보면 알 테고, 여기 소하 낭자도 있는데 무엇이 걱정이십니까?"

은월의 말에 이현은 납득했고 소하 또한 고개를 끄덕였다.

"그래도 무턱대고 가는 것보단 계획을 세우고 가는 것이 낫겠지요?"

저녁이 되어 고을 사람들이 거의 다 빠지자 계획을 실행하기로 했다. 소하의 끄덕임에 봉이가 몸종을 불렀다.
"이리 오너라!"
정적이 흐르다가 나오라는 몸종은 나오질 않고 갑자기 문이 삐그덕 하는 소리를 내며 열렸다. 저절로 열리는 문에 모두들 조금 당황했지만 은월은 피식 미소 지었다.
"이것이 같잖은 술수를 쓰는구나. 감히 어느 안전이라고."
눈빛이 바뀌며 앞서가려는 은월의 손목을 이현이 덥석 잡아 돌렸다. 그리고 깜짝 놀라는 은월을 보며 고개를 저었다.
"신보를 지키고 있는 자라면 최대한 심기를 건드려선 안 된다. 일단 들어가서 설득부터 해보자꾸나."
이현의 말에 은월은 천천히 고개를 끄덕였고 이현이 그녀를 스쳐 지나 앞서 걸었다. 그러자 은월은 괜히 얼굴이 붉어져 헛기침을 했다. 바람이 불자 은은하면서도 달콤한 향기가 그들을 안내하는 듯했다.
천천히 경계하며 향기가 이끄는 곳으로 갔더니 밝았을 때 이현이 들어갔던 그 방이었다. 방 앞으로 가니 천천히 문이 열렸고 이현이 들어서자 쾅! 하고 문이 닫혔다. 이현은 깜짝 놀라 뒤를 바라보았고 봉이가 문을 열어보려 했지만 열리지 않았다. 소하와 은월은 이것

봐라 하는 표정으로 문을 바라보고 있었고 곧이어 소하가 외쳤다.

"나으리, 괜찮으십니까?"

"전 괜찮으니 걱정하지 마십시오. 일단 대화를 해봐야 할 것 같습니다."

이현은 마음을 가다듬고 천천히 걸음을 뗐다. 조심스럽게 방 안을 둘러보니 처음 봤을 때보단 많은 것들이 보였다. 뭔가 신비로운 기운이 느껴지는 것 같으면서도 동시에 싸늘함이 감돌았다. 그리고 계속해서 은은하면서도 달콤한 꽃향기 같은 것이 맴돌고 있었으나 왠지 악취를 감추기 위한 느낌이었다.

침소로 보이는 곳 앞엔 간단히 다과를 주고받을 수 있는 상이 있었다. 왠지 거기에 앉으라고 하는 것 같아서 이현은 자리를 잡고 앉았다. 허리를 꼿꼿하게 펴고 기품 있는 모습으로 자리에 앉아 있는 이현의 그림자가 촛불에 의해 일렁이고 있었다.

곧이어 바람이 살짝 부는 것 같더니 향기가 진해졌고 촛불이 꺼질 듯 어둠이 깔렸다가 밝아지자 누군가가 이현의 앞에 앉아 있었다. 얼굴을 검은 천으로 가리고 있는 여성이었고 이현은 긴장이 됐지만 최대한 내색하지 않으려고 노력했다.

"그대는 왜 자꾸 주위를 얼쩡거리는 것인가? 그것도 여러 번."

"찾고 있는 물건이 있기 때문입니다."

"무엇을?"

검은 천 때문에 표정을 읽을 수가 없어 어떻게 판단하고 대화를 해야할지 이현은 난감했다.

"전하의 명을 받아 찾아온 것입니다. 불쑥 숨어들어 온 일은 죄송하나 사전 조사가 필요했기 때문이니 이해해주시길 바랍니다."

이현은 통부와 함께 반지를 보였다. 그러자 여자는 물끄러미 그것들을 바라보는 듯했다.

"범상치 않은 힘을 지니고 계신 듯한데, 단도직입적으로 묻겠습니다. 신보를 지키고 계신 분이십니까?"

"신보?"

"여기에 신보 중 목걸이가 있다고 하여 찾아왔습니다. 전하께서 모두 찾아오라 명하셨지요."

여성의 미적지근한 반응에 이현은 가만히 그녀를 관찰하기 시작했다.

'이자가 분명히 신보를 지키는 자 같긴 한데 증거가 없단 말이지. 그렇지 않다면 이 비범한 힘은 무엇이란 말이냐.'

"신보라니 저는 모르는 것입니다. 그런 게 있는 것인지도 몰랐고 말입니다. 그냥 여기서 떠나주십시오."

"그럼 정체가 무엇입니까? 신보를 지키는 자가 아닌데 어떻게 이런 비범한 힘을 가지고 계시는 겁니까?"

이현의 말에 여성은 아무 말도 하지 못하고 가만히 앉아 있었다. 그리고 침묵이 그들을 삼킬 듯 깊어질 때 촛불이 격하게 일렁이기 시작했다. 무엇인가 심상치 않음을 느낀 이현은 천천히 검에다 손을 가져다 대었다. 곧이어 물건들이 하나둘씩 떨어지는 것이 보이자 이현은 벌떡 일어나 칼을 뽑고 천천히 겨누었다.

"정체가 무엇이더냐."

여자는 천천히 일어나더니 순식간에 이현의 눈앞에 섰다. 생각지도 못한 일에 이현은 깜짝 놀라 방어 태세를 갖추고는 천을 들추어 떨어뜨렸다. 그러자 새하얀 피부에 핏빛이 감도는 붉은 눈을 가진 아주 아름다운 여자가 서 있었다. 여자는 눈을 부릅뜨고 순식간에 이현의 목에 손을 가져다 대어 천천히 조르기 시작했다. 조금은 흐릿해진 이현의 눈엔 하얀 짐승의 꼬리들이 보였다.

"그냥 모르는 척 떠났으면 좋았을 것을. 이렇게 일을 복잡하게 만드는구나."

그때 문이 벌컥 열리고 은월이 들어섰다.

"하, 내가 웬만해선 나서지 않으려고 했는데."

은월을 본 여자는 깜짝 놀라며 그 자리에서 굳었다.

"다…당신은?"

"구미호라면 날 알고 있을 테지? 하, 도대체 몇이나 죽인 게냐?"

은월은 기가 찬다는 듯 주위를 가만히 둘러보았다. 그리고 다시 지긋이 여자를 쳐다보았다.

"그리 쉽게 사람을 들인 것도 애초에 살려 보낼 생각이 없어서였구나?"

은월의 말에 여자는 움찔거리더니 적대심이 가득한 표정으로 서 있었다.

"애초에 상관없지 않습니까? 언제부터 인간의 일에 관심을 가지셨다고요?"

"물론 인간의 일엔 관심도 없고 아무 상관도 없다. 하지만…."

은월은 요염하면서도 오싹한 미소를 지었다.

"그게 내가 찍은 인간이라고 한다면 이야기가 달라지겠지."

은월의 말에 이현과 봉이는 순간 소름이 돋는 걸 느꼈다. 그리고 잠깐 이현이 은월과 눈이 마주치자 은월이 살짝 눈웃음을 지었다. 이현은 머리가 쭈뼛쭈뼛 서는 걸 느꼈고 천천히 봉이와 소하가 있는 곳으로 뒷걸음질쳤다.
"어째서 여기에 계신 겁니까?"
"내가 어디에 있든지 너와는 아무 상관 없지 않느냐? 자, 일이 어쩌다 이 지경이 된 것인지 네가 설명할 것이냐? 아니면 내가 알아봐야 하는 것이냐?"

은월의 말에 가만히 바라보기만 하던 여성은 부들거리더니 순간적으로 이현에게 다가가 배에 손톱을 박아넣었다. 너무 순식간에 있었던 일이라 깜짝 놀란 소하가 달려와 구미호의 팔을 쳐 뎅강 잘라버렸다.

이현은 피를 흘리며 무릎을 꿇었고, 소하가 그런 이현을 안아 자신의 무릎을 베고 눕게 했다. 봉이도 깜짝 놀라 이현에게 다가왔고 은월은 자신이 있는데도 그런 일이 벌어져 분노했다. 가만히 이현을 바라보다 천천히 고개를 들어 빛이 서린 눈동자로 여자를 바라보았다.

"이게 지금 무슨 짓이더냐?"
"어차피 천호님께서 오신 것이면 전 여기서 끝이지 않습니까?"
"지금의 너는 보통의 네가 아니지 않느냐."

슬쩍 입꼬리를 올리며 말하는 은월의 말에 여자는 흠칫 놀랐다.
"무엇을 알고 계시는 겁니까?"
"지금 네가 가지고 있는 그 목걸이. 그것 말이다."

여자는 깜짝 놀라며 자신의 목을 손으로 감쌌고 은월은 천천히 그녀에게 다가갔다. 그리고 그녀의 손을 힘으로 떼어내곤 천천히 목걸이를 떠오르게 만들었다. 은월은 그 물건을 손에 넣고는 그녀에게 나지막하게 말했다.

"너같이 불손한 자가 가져선 안 되는 물건이다."
"저도 받은 것입니다. 애초에 주인이 없는 물건이란 말입니다."
"주인이 없다니?"
"이 집의 양반이 죽어가며 저에게 건넨 물건이었습니다."

그녀가 이 고을에 흘러들어 왔을 때 한 양반을 만났다. 어차피 그녀에겐 목적이 있어 이 양반을 이용하려고 접근한 것이었고 당연하게도 그는 여우에게 홀려 그녀를 사랑하게 된 것이었다. 양반은 무엇 때문인지 가문에 홀로 남아 있는 사람이었고 그를 이용하기에는 굉장히 쉬웠다.

그러던 어느 날, 그는 병에 걸려버렸다. 알 수 없는 병에 걸려 죽어가던 그가 사랑하게 된 여자인 구미호에게 건넨 물건이 그것이었다. 그녀는 그 목걸이를 목에 걸자마자 심상치 않은 물건임을 직감했다.

그렇게 자신의 야망에 조금 더 가까워지자 그녀는 목걸이의 힘으로 사람을 홀려 종교처럼 믿게 만들었다. 그리고 장사꾼이나 이방인들을 끌어들여 간과 피를 취해 힘을 키워 그녀의 계획대로 산신령이 되려고 했다. 고을을 더욱더 고립시키기 위해 길도 험준하게 만들어 쉽게 찾아올 수 없는 곳으로 만들었고 밤에 길을 지나다니는 나그네나 장사꾼들을 목걸이의 힘으로 계속해서 끌어들였다. 고을 사람들은 모두 홀려 있고 외지인들은 그렇게 그녀의 손에 죽어나가니 이 일이 알려질 수가 없었던 것이었다.

은월은 그녀에게 모든 이야기를 듣고는 가만히 바라보다 어떻게 해야 할지 고민했다. 인간들을 죽이고 이현을 공격한 그녀를 살려둘 순 없었다. 그렇다고 해서 쉽게 살생을 할 수 없었던 은월이 천제께 그녀의 일을 맡겨야 하나 고민하던 그때, 어떻게 해야 할지 눈치를 보던 그녀가 피를 흘리며 도망쳤다. 은월은 어쩌면 이 편이 더 나을지도 모르겠다는 생각에 한숨을 쉬고는 굳이 그녀를 따라나서지 않고 이현에게 돌아갔다.

생각보다 깊이 복부를 찔린 이현이 땀을 흘리며 앓고 있었다. 은월은 미간을 잔뜩 찌푸리며 박혀 있는 손톱을 하나둘 빼내었다. 소하의 치맛자락은 이현의 피로 물들어 붉어졌고, 창백해진 이현은 고통에 몸서리치다 정신을 잃고 말았다.

가쁜 숨을 몰아쉬며 숲으로 숨어들어 간 그녀는 고통에 신음했다. 잘려 나간 팔을 보며 연신 눈물을 흘리던 그때, 그녀에게 다가오는 그림자가 있었다. 신기하게도 천천히 그녀의 팔이 조금씩 돋아나기 시작했다.

무슨 상황인지 몰라 앞을 보니 특이한 복장의 남자가 미소 지으며 서 있었다. 달빛을 받아 얼굴이 완전히 드러나자 아름다운 외모를 지닌 남자였다.

"많이 다쳐 내가 술수를 좀 써보았다."

"가… 감사합니다."

"보아하니 너도 버림받은 존재구나. 그 누구도 너의 고통을 모르지. 나도 너와 비슷한 경험이 있다. 복수를 꿈꾸느냐?"

남자의 말에 그녀는 한 치의 망설임도 없이 천천히 고개를 끄덕였다.

"이름이 무엇이냐?"

"저는 이름이라고 할 것이 딱히 없습니다."

"그렇다면 내가 지어줘도 되겠느냐? 아름다우면서도 하얀 털빛을 가졌으니 백희가 어떻겠느냐?"

그의 제안에 구미호는 고개를 끄덕이며 살짝 미소 지었다. 그리고 그는 그녀의 손을 잡고 일으켜주었고 천천히 잡아끌었다.

"자, 이제 어떻게 하겠느냐. 나와 함께 가겠느냐?"

"예. 따라나서겠습니다."

그는 만족한다는 듯 입가에 미소가 번졌고 부채를 들어 탁 하고 소리 나게 접어 손으로 잡았다. 곧이어 붉은 달빛이 땅에 닿았고 사락거리는 소리와 함께 그들은 이내 그곳에서 사라졌다.

## 여덟 번째 달조각.
## 영노(비비)

출혈이 너무 심해 점점 차가워지고 창백해지는 이현의 모습에 봉이는 안절부절못했다.

"의원을 불러와야 하느냐? 어떻게 하면 좋지?"

"걱정하지 말거라. 가만히 좀 있어. 정신 사납다."

늘 냉정하고 차갑던 소하가 흐르는 땀을 닦으며 긴장한 표정으로 이현의 체온을 올려주기 위해 품고 있었고 은월은 가만히 이현을 바라보며 앉아 있었다. 이현은 알 수 없는 말을 계속해서 내뱉었다.

"아, 어머니… 저…는…."

"아무래도 나으리께 독이 퍼지고 있는 것 같습니다. 환각에 계속 빠져 계신 것 같으니…."

은월은 사달이 났다는 표정으로 이현의 상태를 살펴보았다.

"그럼 어떻게 해야 한단 말입니까?"

소하는 걱정스러운 표정으로 이현을 바라보고 있었고 순간 이들의 말을 들은 봉이가 울기 시작했다.

"엉엉, 안 됩니다! 엉엉, 독이 퍼졌다니! 그럼 나으리께서… 엉엉, 살 수가 없단 말입니까? 안 됩니다아! 엉엉."

"누가 살지 못한다고 했습니까? 진정 좀 하시지요."

은월은 차갑게 말하고는 이현의 상태를 살펴보았다. 낯빛, 손끝과 복부의 상처는 물론 그의 모든 곳을 살펴보기 시작했다.

"이번엔 제가 나으리를 구해드려야 할 때군요."

은월은 천천히 이현의 배에 손을 가져다 댔고 따뜻하면서도 밝은 빛이 뿜어져 나오는 게 보였다. 미간을 찌푸리며 고통스러워하던 이현이 조금씩 안정되어갔다.

그 모습에 소하는 안도의 숨을 내쉬며 이현의 손을 잡아주었다. 그리고 미친 듯이 뿜어져 나오던 피가 천천히 멎었고 핏기 없던 이현의 얼굴에 혈색이 돌기 시작했다. 가빴던 호흡이 조금씩 진정되자 은월은 천천히 손을 뗐다.

봉이는 신기하다는 듯이 그 모습을 쳐다보며 안도의 한숨을 뱉어냈고 이현에게서 눈을 떼지 못했다. 곧 구미호의 잘려 나간 팔이 재가 되어 흩어졌다. 그리고 곧 이현의 속눈썹이 파르르 떨리며 눈을 떴다.

"아…."

"괜찮으십니까?"

"으엉엉, 나으리! 엉엉."

봉이는 눈물을 흘리며 이현에게 안겼고 이현은 아직 살짝 느껴지는 고통에 얼굴을 찌푸리며 그런 봉이를 슬쩍 밀어냈다.

"난 괜찮으니 걱정 말거라…. 은월이 네가 날 살려준 것이냐?"
은월은 고개를 끄덕이며 흘러내린 머리카락을 귀 뒤로 넘겼다.
"이걸로 서로의 목숨을 살려준 셈 치는 겁니다."
"그래. 고맙구나."
이현의 미소에 은월은 복숭아빛 뺨을 하곤 이현을 흘깃 보았다. 잠깐 초점을 잃은 눈으로 멍하니 앞을 보던 이현은 자신의 배를 살짝 쓰다듬었다. 은월은 뭔가 이상함을 느꼈지만 그냥 기분 탓일 거라 여기며 그에게서 시선을 거두었다.
"자, 신보를 찾으러 다니시는 걸 봤으니 천제님의 명을 받을 때 다시 오겠습니다."
은월의 말에 이현은 다시 한 번 고마움을 전했고 은월은 픽 웃더니 쏜살같이 사라졌다.

자신만의 공간에서 살짝 옆으로 비틀어 누워 곰방대를 뻐끔거리던 쇼우지는 앞으로 어떻게 해야 할지 계획을 세우고 있었다.
흥미로우면서도 구미가 당기는 이현. 지금 당장 온전히 그의 힘을 모두 흡수할 수 있지만, 그러면 너무 재미가 없다고 느낀 그였다. 무엇보다 이현의 옆에 붙어 있는 도깨비가 여간 신경 쓰이는 것이 아니었다.
"순혈 도깨비라. 나 참 별걸 다 붙이고 다니는구나, 조카님."
비릿한 미소를 지으며 곰방대를 뻐끔거리던 그는 천천히 일어나 앉아 벌어진 앞섶을 여몄다. 그러다 왼쪽 가슴에 있던 흉터에 슬쩍 눈이 갔다. 뭔가 시리면서도 아린 느낌이 회오리치듯 지나갔다. 쇼우지는 오른손으로 그런 가슴을 진정시키기 위해 손을 가져다 댔다. 그는 어쩌다 이렇게까지 됐는지 수백 번도 더 생각했다. 그리고 그럴 때마다 도달했던 답은 한 가지뿐이었다.

'내가 선택받은 자로 태어나지 못해서다. 애초에 나도 설화처럼 태어났더라면 반쪽짜리 힘이라도 사랑을 받고 컸을 테지. 조선 땅에 남아 불행함이라는 건 모르고 설화와 함께 우애 좋은 자매로 잘 컸을 게야.'

아무것도 모를 당시 쇼우지는 자신도 모르게 여성의 흉내를 내며 현실을 부정하기도 했다. 여성이 갖추는 기품이나 그들만의 요염한 자태까지도 여성들의 어깨너머로 보며 따라 했다. 하지만 그것도 어디까지나 자신의 염원이었을 뿐, 현실로 돌아오면 냉정한 진실만이 그를 어지럽혔다.

'고작 일곱 살짜리가 무엇을 안단 말인가.'

그는 고개를 절레절레 흔들며 옛 회상을 걷어냈다. 그러다 현실로 돌아와 이현이 갑자기 왜 길을 떠난 것일까 의문을 가졌다. 쇼우지는 곰방대를 탁! 하고 내려치며 재를 떨어뜨리고선 나직이 백희를 불렀다. 백희는 사뿐거리는 걸음으로 쇼우지 앞에 와 섰다.

"게 앉거라."

상냥한 목소리로 말하는 쇼우지의 앞에 백희는 조용히 자리를 잡고 앉았다.

"팔은 괜찮으냐?"

"예, 아무런 문제 없이 애초에 저의 팔처럼 괜찮습니다."

백희는 손을 쥐었다 펴며 말했고 쇼우지는 미소 짓다가 조용히 중얼거렸다. 그러자 여우 요괴들이 스르륵 다가와 술상을 준비하기 시작했다. 그리고 곧 사라락거리는 소리와 함께 순간적으로 주위가 아름다운 꽃밭으로 변했다. 분홍빛으로 가득한 눈발이 흩날리자 쇼우지와 백희의 머리칼이 함께 요동쳤다.

술을 마시며 백희와 함께 이런저런 이야기를 하다가 도대체 무슨 일이 있었던 것인지 물어보았다. 그러자 백희는 천천히 나지막한 음성으로 있었던 일들을 말했고 쇼우지는 가만히 생각하며 품 안에 있던 종이 뭉치들을 손끝으로 쓰다듬듯 만졌다.

"신보를 찾는다고?"

"그렇습니다."

"흐음."

쇼우지가 골똘히 생각하며 술잔에 술을 붓고는 홀짝였고, 그 모습을 가만히 지켜보던 백희는 이내 조심스럽게 입을 열었다.

"제가 신보와 함께 지내던 시간이 있어 그 기운을 느낄 수가 있는데 혹여 이게 도움이 되실는지요?"

"기운을 느낄 수가 있다고?"

쇼우지는 술잔을 서둘러 내려놓곤 금방 백희에게 다가와 손을 마주 잡으며 묘한 미소를 흘렸다.

"그럴 수만 있다면야 환영이지."

백희는 도움이 될 수 있다는 사실에 기뻤고 또한 그의 미소에 얼굴이 붉어졌다. 그런 백희의 모습에 쇼우지는 계속해서 미소를 지어 보였다.

'그렇다면 어떻게 해서 이현을 끌어들이고 힘을 얻을지가 관건이겠군.'

혼자서라면 힘들었을 테지만 이게 웬 떡이냐 싶었던 쇼우지는 신보에 관한 걸 알아봐야겠다고 생각했다.

상처가 모두 낫지 않았으나 계속해서 길을 떠나겠다고 고집을 부리는 이현으로 인해 모두 불편한 마음으로 길을 나섰다.
"저, 정말 괜찮습니다."
미소를 지어 보이며 아무렇지 않다는 듯 말하는 이현을 보며 소하는 한숨을 쉬었다. 분명히 또 무리해서 괜찮다고 말하는 거겠지. 어렸을 때부터 늘 책임감이 강하고 남들에게 피해를 끼치려 하지 않았던 그를 소하와 봉이는 너무나도 잘 알고 있었다.
"그렇게 서두르시는 이유가 무엇입니까요?"
봉이는 투덜거리며 말했고 이현은 깊게 생각에 잠긴 모습으로 걷고 있었다. 그 모습에 소하는 눈치를 챘다.
'쇼우지, 그자 때문이겠지.'
이현과 같은 핏줄을 지닌 유일한 자. 신보들은 이현의 가문만이 사용할 수 있으니 본인뿐만 아니라 쇼우지도 이용할 수 있다는 말이 되겠지. 그러니 마음이 급해질 수밖에 없는 것이었다.
행여나 자신의 실수로 인해 쇼우지의 손에 신보가 들어가게 된다면, 세상이 어지러워지고 조선은 정말 멸망해버리고 말 것이다. 또한 그뿐이랴. 다른 나라에도 손을 뻗어 야망을 취하려 할 것이라는 것쯤은 불 보듯 뻔했다. 한시라도 빨리 찾아 헤매지 않고 조금이라도 나태함에 빠졌다간, 상상만 해도 끔찍한 사태가 벌어지겠지.

분명히 쇼우지가 이 사실을 알고 이현의 일행에게 미행을 붙이거나 은밀히 따라올 것이라고 생각했는데 생각보다 잠잠한 것에 소하는 알 수 없는 불안함과 찝찝함을 느꼈다.

밤이 되어 잠시 잠을 청하면 이현은 괜찮은 듯 보였으나 이따금씩 악몽을 꾸는 듯했다. 쉬이 잠을 이루지 못했고 곧이어 악몽을 꾸는 듯 끙끙거리거나 조용히 잠꼬대를 하는 것을 들을 수가 있었다. 소하는 천천히 일어나 이현의 안색을 살폈다.
 천호의 치유를 받았다면 문제가 없을 것인데 어째서 환각 증세의 부작용이 남아 있는지 알 수가 없었다. 생각보다 깊은 곳을 찔렸단 말인가. 미처 손을 쓸 새 없이 그만큼 독이 퍼져버렸단 말인가. 뭔가 생각에 빠진 소하는 어떻게 해야 할까 가만히 그를 바라보고만 있었다.
 봉이는 이 상황을 아는지 모르는지 세상 편하게 코를 드르렁 골며 곯아떨어져 있었다. 소하는 그런 봉이를 보며 약간의 한숨을 쉬다가 혹시 모를 상황을 대비해 경계를 늦추지 않았다. 그렇게 고생하며 도착한 곳은 경남의 김해였다.
 무엇인가 을씨년스러운 분위기가 이들을 삼키는 듯한 느낌으로 인해 조금은 불안했지만 필히 발을 들여야 하는 곳이었다. 고을로 들어가자마자 지금까지 갔던 다른 곳들과 다를 것 없이 느낀 점이 하나 있었다. 이 고을의 양반들은 이상하게 지레 겁을 먹고 눈치를 살피며 다니고 있다는 것이었다.
 하나같이 자신들의 존재를 숨기길 원하는 듯했고 누군가가 자신을 쳐다보기라도 하면 움찔거리는 것이 뭔가 이상했다. 어떻게 죄다 활기가 없는 고을뿐인지 이제는 놀랍지도 않은 봉이였다. 꽤나 허기가 져 주막에 들리길 원했지만 이현은 그런 봉이의 마음을 아는지 모르는지 수령을 만나러 발걸음을 재촉했다. 하지만 관아는 비어 있었다.

정사를 어떻게 돌보는진 모르겠지만 꽤나 조용한 고을이니 딱히 문제가 될 건 없어 보였다. 이현은 할 수 없다는 듯 사람들에게 필요한 정보를 모아야겠다고 생각했다.

"아무래도 경계하지 않도록 조용히 다가가는 게 급선무일 것 같습니다."

생각보다 많은 외지인들이 들어오는 곳이었으며 보통은 함께 어울려 살면 티가 나지 않기 마련인데 이 고을은 외지인과 현지인들이 극명하게 갈라지는 모습이었다. 장사치나 고을에 파견된 외부 관리인들이 대부분이었는데 심지어 그들도 서로를 경계하며 불안한 눈빛으로 다녔다.

일단은 사람들의 동태를 살피는 게 우선이라 판단한 그들은 사람들이 많이 모이는 저잣거리에 들어서 주막으로 들어갔다. 드디어 밥다운 밥을 먹을 수 있다는 생각에 봉이의 눈빛이 번뜩였다.

"세상 참 편하게 사는 것 같아 좋아 보이는구나."

국밥을 양쪽 볼에 잔뜩 욱여넣고 씹고 있는 봉이를 쳐다보며 소하가 말했고 봉이는 피식 웃으며 깍두기를 들어 씹었다.

"어차피 인생 복잡하게 생각하면서 살면 나만 손해지 않느냐? 되는 대로 나는 오늘을 즐기고 현실에 만족하며 살란다. 모시고 싶은 사람 곁에서 좋은 사람들과 함께이니 걱정할 게 무엇이 있겠느냐? 게다가 나으리라면 난 무조건 신뢰하니까 말이다."

봉이의 말에 소하가 골똘히 생각에 빠졌다. 봉이의 말이 아주 틀린 건 아니었지만 그래도 본인은 그의 말처럼 할 수가 없다는 생각이 들었다. 그리고 이편이 더 봉이답다고 생각이 들어 괜스레 미소가 나왔다.

"그나저나 어디서부터 손을 대야 할지 막막하군요."
"일단 상인들을 위주로 대화를 해봐야 할 테지."

이현의 말에 봉이는 그릇을 마시듯 비우고는 벌떡 일어났다.

"그런 건 또 저 아니겠습니까?"

봉이는 당당하게 허리춤에 양손을 가져가 대고는 웃으며 말했고 곧이어 상인들과 이야기를 나눴는데, 대화가 쉽게 이루어지지 않았는지 상인은 손사래까지 치는 모습이었다. 결국엔 봉이가 쫓겨나 터덜터덜 이현에게 다가오고 있었다.

"큰소리치더니?"
"보통 이렇게 대화하면 다 되곤 했는데, 뭐가 이렇게 비밀이 많은지 원!"

봉이는 투덜거리며 자리에 앉아 술을 시켜 벌컥벌컥 마셨다.

"이런 상황에서 술이라니 잘하는 짓이다."
"아니, 요즘 왜 이렇게 날 못 잡아먹어 안달인 것이냐?"

쏘아보는 봉이의 시선을 피해 소하는 가만히 지나가는 사람들을 바라보며 상황과 분위기를 읽으려 노력했다. 이현은 답답했는지 자리를 털고 일어나 상인에게로 향했다.

"말씀 좀 물어보려 합니다."
"예? 무슨 일이십니까?"

상인은 이현의 눈빛을 살피더니 조금은 경계하는 눈치로 대답했고, 이현은 부드러운 표정을 지으며 다시 입을 뗐다.

"여기 수령은 안 계십니까?"

"아, 원님 말씀입니까요? 원님께서는 이 시간엔 안 계십니다요."

"보통은 언제 찾아가면 뵐 수 있습니까?"

"보통은 의뢰할 일이 있으면 미리 전해드리고 오면 되는데 처리는 금방금방 해주십니다요. 다른 고을 원님과는 다르게 저녁이나 밤에 정무를 보시는 것 같은데. 그건 왜 물어보십니까?"

"저기 위 고을에서 원님을 뵈러 왔는데 계시질 않길래 물어보는 것입니다."

"아, 그러십니까? 뭐 곧 해가 지니 관아로 가보는 게 나을 거요."

약간은 퉁명스럽게 말하는 상인의 말에 이현은 뭔가 낌새를 느꼈다. 상인들의 표정이나 말투를 보아 이것은 적대감이 확실했다. 그런데 이상하게 상인들이나 서민들끼리는 별문제가 없어 보였는데 양반 같은 사람에게 적대감을 느끼는 것 같아 보였다. 필요한 정보는 모두 취했으니 날이 완전히 질 때까지 고을을 돌아다니며 신보를 지니고 있을 만한 자를 찾아보기로 했다. 무조건 양반이 가지고 있을 거라는 보장은 없으니 샅샅이 뒤져봐야 할 것 같다는 판단이 섰고, 각자 따로 고을을 살펴보기로 했다.

"자, 소하 낭자는 숲속이라든가 저희가 보기 힘든 곳을 살펴주십시오. 봉이는 서민들이 살고 있는 곳을 살펴보면 될 것 같다. 나는 양반가들을 살펴보겠다."

각자 맡은 곳으로 흩어져 상황을 살펴보기로 했다.

이현은 양반가를 돌아보다가 뭔가 이상함을 느꼈다. 빈집이 있거나 혹은 사람이 있다고 하더라도 뭔가 조용했고 기척이라는 것이 잘 느껴지지 않았기 때문이다. 한양에는 그토록 양반들이 넘쳐 나는데 어찌 이현이 가는 곳만은 양반이 없는 것일까 의문이 들었다. 그리고 순간적으로 스친 생각은 이러했다. 상인들의 반응으로 보나 양반들의 행동으로 보나 그들 서로 갈등이 있다는 것을 말이다. 양반들이 대충 어떻게 사는지 알았으니 서민들의 삶은 어떤지 궁금했다.

어느새 날은 저물었다. 이현은 신보의 기척이 느껴지지 않는다는 판단이 섰다. 행여나 놓친 것이 있을세라 멀리서 바라보면 어느 정도 기운이 느껴질지도 모른다는 생각이 들었다. 적어도 요괴의 기척이라던가 아직은 미세하지만 조금이나마 신보의 기운이라는 걸 느낄 수가 있으니 말이다. 그나저나 수령은 어떻게 해야 만나볼 수 있단 말인가? 이런저런 의문을 품은 채 이현은 고을이 훤히 내다보이는 산으로 올라갔다. 스산한 분위기의 기분 나쁜 밤이었다.
 계속해서 차가우면서도 소름 돋는 바람이 불어와 이현은 썩 기분이 좋지 않았다. 으슬으슬 추워져 자신의 팔을 감싸 안고는 꼿꼿한 자세로 넓고 평평한 바위에 앉아 고을의 풍경을 살펴보고 있었다. 멀리서 바라보면 이토록 평화로워 보이건만. 그때 향기로움이 코끝을 스쳤고 소하가 온 걸 눈치챈 이현이 웃었다.
 "나으리는 바로 아시는군요."
 그리고 바로 기분 나쁜 바람이 소하의 머리칼을 흩트려 놓았고 소하의 눈이 번쩍 빛이 났다.

'살아 있었구나. 죽지 않았어.'

소하는 더욱 긴장했다.

"무슨 일이 있는 것입니까?"

"그것이, 저번에 봤던 구미호 말입니다."

"아, 저를 해치려 했던 그자 말입니까?"

"그렇습니다. 지금 근처에 있는 것 같은데."

소하는 계속해서 느껴지는 그 기척에 다시 신경을 곤두세웠다. 고을에서 일어나는 일들과 죽은 줄 알았던 구미호의 기척 그리고 엄청난 요기와 불길한 기운이 계속해서 느껴지는 것에 자꾸 소름이 돋았다. 고을 자체에는 문제가 없는 것 같아 더욱 혼란스럽기만 했다.

그때였다.

[비비. 비비.]

선명하게 울리는 새소리 같은 소리가 들려왔다. 그리고 고을의 안개를 헤치며 무언가가 스르륵 미끄러지듯 다니는 것이 보였고 이현은 순간적으로 튀어 올라 달려서 내려갔다. 최대한 달려 그것을 쫓으려 했지만 인간이 요괴를 따라잡을 수는 없는 터, 좀처럼 속도가 나질 않아 답답해하고 있을 때 소하가 미소 지으며 이현을 감싸 안고는 땅을 접어 달렸다.

그리고 곧이어 그것의 앞을 막아섰고 다행히 멈출 수가 있었다. 조금씩 안개가 걷히자 그것을 자세히 볼 수 있었는데 모습이 굉장히 특이했다. 뿔을 가진 머리는 용의 모습을 하고 있는데 그 길이가 짧았으며 몸통엔 발이 없었다. 용인 것 같으면서도 이무기인 것 같은 모습. 도대체가 알 수 없는 모습에 이현의 표정이 일그러졌다.

"무엇이오?"

갑자기 어린 목소리가 들렸고 곧 폴짝 뛰어내리는 소리가 들려왔다. 흐릿한 형태가 또렷하게 보이자 그것은 웬 아이였다. 머리카락을 올린 것도 아니고 내린 것도 아닌 반 머리, 곱상하게 생긴 성별을 알 수 없는 모습. 양반인지 서민인지 알 수 없는 옷차림이었는데 활동성이 좋아 보였다. 허리춤엔 호리병과 깃털로 엮은 허리띠를 찼는데, 그 모양이 특이했다.

"당신의 정체가 무엇입니까?"

"당신이 알 바 있소? 내가 무엇이든 누구든 말이오."

이현은 방법이 틀렸다는 것을 깨달았고 다시 자세를 고쳐 서서는 정중하게 인사를 하며 예의 있게 말했다.

"저는 이현이라고 합니다. 신보를 찾아 여기까지 오게 되었지요."

아이는 그 말에 피식 미소 지으며 짝다리를 짚고는 턱을 치켜들어 이현을 바라보았다.

"신보를 찾는다라… 왜 찾아다니는 것이오?"

이현은 아이의 모습과 질문에 신중하게 생각했다. 여기서 대답을 어떻게 하는지가 관건이겠지.

"조선을 지키기 위함입니다."

"조선을 지킨다라… 당신이 뭐길래?"

어이가 없다는 듯 웃는 아이의 모습에 소하가 발끈했다.

"예를 갖추시오."

"도깨비는 빠져."

소하는 그 말에 순간적으로 화가 치밀어 올라 몸이 앞으로 기울었다. 그런 소하를 이현이 제지했다. 그리고 소하에게는 눈길조차 주지 않고 말하는 아이의 당돌함에 느낌이 왔다.

"당신이 신보의 수호자시군요."

"참, 빨리도 알아맞히네."

아이는 피식 미소 지으며 다시 그 요괴의 등에 타올랐고, 요괴에게 뭔가 속삭이더니 빠르게 그곳을 벗어나려 했다. 이현은 소하와 함께 빠르게 아이를 따라나섰다. 어떻게든 설득을 해야만 했다.

아이는 이대로는 안 되겠다고 생각했는지 조용히 한 손을 내려 땅을 쓰다듬듯 어루만지는 행동을 했다. 그러자 땅이 이상한 모양으로 솟아올랐고 이현과 소하의 시선을 가로막았다. 쿠구궁 하는 거대한 굉음이 들리자 뭔가 이상함을 느꼈다.

"이게 무엇인가?"

"나으리, 저자를 설득시키는 건 일단 나중으로 미루시고 제가 한번 살펴보고 오겠습니다."

소하는 이현에게 나긋하게 말한 후 발을 굴러 튀어 올랐다. 하지만 그런 그녀를 가로막듯 땅이 뾰족한 벽처럼 솟아올랐고 나무 울타리도 함께 타고 올라가 소하의 몸을 잡아 내렸다. 소하는 힘없이 바닥으로 내려오게 되었고 소하의 발이 땅에 닿자 지면과 함께 나무 울타리도 다시금 내려왔다. 얼핏 보이는 것으로 판단하건대 그것은 미궁 같았다. 소하는 다시 이현이 있는 곳으로 돌아왔다.

"무슨 일입니까?"

"땅과 나무가 가로막아 앞으로 나아가질 못하게 되었습니다. 아무래도 미궁 같습니다."

"미궁?"

"길이 어지럽게 갈라져 빠져나가기 어려워진 길 말입니다."

"저자의 능력은 땅을 마음대로 움직이는 것이군요."

"그런 것 같습니다."

이현은 어떻게 해야 할지 골똘히 생각하다가 자리에 자세를 잡고 앉아 가만히 기운을 느껴보았다. 어떻게 할지 이런저런 복잡한 생각들이 오갔지만 답은 쉽사리 떠오르지 않았다.

멀리서 이현의 모습을 지켜보던 쇼우지는 골똘히 무언가를 생각하는 듯한 표정이었다. 그리고 그 모습에 백희가 나지막한 목소리로 물었다.

"이제 어떻게 하시겠습니까?"

백희의 말에 쇼우지는 미소를 지었다.

"굳이 나설 필요는 없겠지. 신보는 저들이 찾으면 가로채면 되는 것이다. 모든 신보는 이 손에 들어올 것이니 걱정할 필요가 없다. 우리는 그저 구경만 하면 될 테니까."

쇼우지는 기분이 좋다는 듯 웃으며 부채를 살랑살랑 부쳤고 백희는 그런 쇼우지의 말에 고개를 끄덕이며 옆을 지켰다.

이현은 그 자리에 앉아 생각에 잠겨 있었고 소하도 어떻게 해야 하나 망설였다. 그때 이현이 벌떡 일어나 부채로 바람을 일으키기 시작했다.

"나으리, 뭐 하시는 겁니까?"

"이렇게 하다 보면 바람이 느껴집니다. 길이 뚫려 있으면 그곳으로 바람이 빠져나가겠지요."

이현은 도포 자락을 나부끼며 사뿐사뿐 걷기 시작했고 소하도 그를 따라 걸었다.

얼마나 걸었을까. 끝이 보이지 않는 미궁을 벗어날 수 있었다. 이현과 소하가 미궁에서 빠져나오자 그 앞엔 아까 본 요괴에게 기대어 앉은 소년이 있었다. 그리고 소년은 피식 웃으며 이현을 바라보았다.

"거길 빠져나오다니, 당신도 보통 인간은 아니군? 하긴…."

소년은 손에 힘을 줘 땅을 짚고는 자리에서 일어났다.

"도깨비와 다닐 때부터 보통 인간이 아니라는 건 알았지만."

그리곤 천천히 이현에게 다가와 여기저기를 살펴보며 이현 주위를 빙빙 돌았다.

"행색을 보아하니… 양반…. 흠, 그저 그런 양반이었음 비야 놈이 가만있진 않았을 테고."

그렇게 빙글 돌다가 한 시점에서 소년은 멈추고 자신의 발밑 땅을 높여 이현의 눈높이에 맞춰 섰다.

"당신, 왕족이군?"

그 말에 이현은 아무런 표정 변화 없이 소년을 바라보았다.

"흐음~ 왕족도 보통 왕족이 아닌 것 같은 기분이 드는데? 이름이 무엇인가?"

소하는 소년의 무례한 모습에 표정이 좋지 않았다. 그런 소하의 모습을 본 소년은 픽 웃으며 빙글 돌아서서 다시 지면으로 내려갔다.

"이현입니다."

이현의 말에 소년은 대답을 해줄 줄은 몰랐는지 조금 놀란 표정으로 뒤를 돌아보았다.

"이현이라?"

"그렇습니다. 그럼 당신의 이름을 물어봐도 되겠습니까?"

이현의 기품 넘치고 예의 바른 모습에 소년은 조금 경계심을 풀었는지 헛기침을 하며 천천히 이현에게 다가와 손을 내밀었다.

"내 이름은 정소진일세."

이현은 미소를 지으며 흔쾌히 그 손을 잡고 흔들어 악수했다. 그리고 그런 모습에 요괴는 눈을 커다랗게 뜨며 소년을 바라보았고 푸른빛을 띤 비늘이 파르르 떨리는 게 보였다.

"녀석, 뭐 그리도 놀랄 일이라고 이런 모습에 그렇게 화들짝 놀라는가?"

소년은 요괴의 이마를 콩! 하고 치며 투정을 부리듯 말했고 얼굴을 살짝 붉혔다. 그리고 다시 요괴에게 기댔고 가만히 이현을 올려다보았다.

"거 앉으시오. 고개를 들어 보려니 퍽 아프오만."

이현은 자리를 잡고 앉아 요괴와 소년을 바라보았다.

"이 녀석은 영노라는 요괴인데, 영노답지 않게 착하고 순해 빠져서 내가 데리고 다닌다오. 그리고 사실 나도 양반은 별로 좋아하지 않거든."

영노는 비비 소리를 내며 소년의 얼굴에 자신의 얼굴을 비볐다. 크기 차이는 엄청나나 서로 지극히 믿는 우애 깊은 형제 같았다.

"여튼 신보는 왜 찾아 나선 것이오?"

"전하의 어명을 받아 나섰습니다. 조선이 위험에 빠질 수도 있어서 그러합니다."

이현은 그동안에 있었던 일을 설명했고 가만히 듣던 소진은 고개를 끄덕이며 사뭇 진지한 표정을 지었다. 그리고 미소 지으며 조용히 이현에게 말했다.

"지금은 이렇다 할 확답을 내려줄 수가 없소. 내일 다시 이야기를 해보도록 하지. 아! 그리고 이 녀석의 정체가 사람들에게 알려지면 곤란하니 비밀로 해주시오."

양반을 잡아먹는다고 알려진 요괴라 행여나 나쁜 마음을 먹은 양반이 영노를 해칠까 소진은 걱정이 되었다. 그래서 사람들이 모두 잠든 늦은 밤에 영노를 만났다고 했다. 이현은 그런 소진에게 알겠노라 약속하고 다음 만남을 기약했다.

숙소로 돌아온 이현 일행은 피곤에 지쳐 금방 잠이 들었다. 물론 고을을 계속해서 돌아보며 많이 지친 봉이가 먼저 들어와 잠들었다.

다음 날이 되어 뭔가 소란스러움에 눈을 떴다. 이현은 일어나 나갈 채비를 한 후 밖에 나와보니 주막에서 난리가 났다.

"무슨 일입니까?"

이현의 말에 주모는 급히 이현에게 다가가 조용히 말했다.

"아! 외지에서 온 자가 한 낭자의 몸을 만져 한바탕 난리가 났습죠. 근데 자신이 어딜 봐서 그런 사람 같냐며, 자신은 양반이라고 큰 소리를 탕탕 치면서 저 소란이지 않겠습니까?"

주모의 말에 이현이 소란의 현장으로 갔다.

"아니! 증거가 있소? 나 같은 양반이 뭐가 아쉬워 당신 같은 여자를 몰래 만진단 말이오?"

"이런 파렴치한 좀 보소? 저 여자가 가만히 참고만 있었는데 여기저기 이렇게! 이렇게! 만지지 않았소? 신분이 무슨 상관이오?"

여자는 억울해 죽겠다는 듯 옆에서 눈물만 흘리고 있었고 주변에 있던 상인들이 여자를 감싸고 편을 들어주었다. 이 고을에 처음 왔을 때도 느꼈지만 확실히 이 고을 사람들은 양반을 싫어하는 것 같았다. 모두 표정에서 약간의 살기를 띠고 있는 게 여기서 조금만 더 지체하거나 심해지면 그 양반이라는 자는 몰매를 맞아 당장이라도 죽을 것만 같은 분위기였다.

"양반이라고 하셨소?"

"그렇소만? 당신은 또 무엇이오?"

이현의 모습에 양반이라고 하던 자는 화가 난 표정으로 이현을 훑어보다가 화들짝 놀라 고개를 숙였다. 그 모습에 상인들은 저자가 뭐길래 저러나 하는 눈빛으로 이현을 바라보았다.

"일단은 무슨 일인지 상황을 알아보려고 합니다. 낭자, 괜찮으십니까?"

이현의 부드러운 미소와 손길에 눈물을 흘리던 여자는 울음을 그치며 고개를 끄덕였다.

"혹여 떠올리기 싫거나 말하기 싫으면 하지 않으셔도 됩니다. 하지만 잘잘못을 따지기 위해선 힘들어도 말씀하셔야 합니다. 제가 실례 되는 질문을 할 수도 있고. 그래도 되겠습니까?"

예의 바른 이현의 질문에 여자는 고개를 끄덕이며 눈가를 닦았고 근처에 있던 여자 상인들은 얼굴이 붉어졌다.

"뭐, 나으리가 얼마나 높으신 줄은 모르겠지만 여기 아가씨가 그렇다고 한다면 그런 거지. 그리고 수령님께서 알아서 해주실 터이니… 자, 우린 일 봅시다들!"

한 상인이 투덜거리듯 말하자 모여 있던 사람들은 흩어졌다. 여자 그리고 그 양반이라고 우겨대던 남자를 데리고 이현은 관아로 향했다.

"이 고을에서 일어난 일이니 수령을 만나 뵙는 게 당연하겠지요?"

"근데 나으리."

"왜 그러느냐."

봉이의 부름에 이현이 봉이를 바라보았다.

"여기 수령님은 오전이나 낮엔 계시지 않는다 하질 않으셨습니까?"

"안 계시면 할 수 없이 양해를 구하고 기다리는 수밖에 더 있겠느냐? 그냥 넘어가선 안 될 일을. 그리고 어차피 한번 뵈어야 했다."

이현은 미소 지으며 말했고 그 말에 봉이는 납득을 한다는 듯 고개를 끄덕이고 그를 따라나섰다. 관아로 들어서자 포졸들이 그들을 보았고 이현은 무슨 일로 왔는지 설명했다. 그러자 그들을 들여보내고 다시 문을 막았다.

"수령 계십니까?"

수령이 있는 방문 앞에서 이현이 조금 소리높여 말했고 뜻밖에도 목소리가 들려왔다.

"안에 있으니 들이오시오."

이현은 잠깐 사람들을 밖에 세워두고 방금까지 있었던 일을 대충 설명하기 위해 수령의 방으로 들어갔다. 조심스럽게 인사를 하며 들어가서는 문을 닫고는 수령의 앞에 앉았다. 그러자 돌아 앉아 있던 수령이 앞으로 돌아 이현을 바라보았다.

"두 번째 만남이오. 밤사이 강녕하셨소?"

"아!"

정소진이 수령의 옷을 입고 빙긋 웃고 있었다. 가만히 생각해보니 최연소 수령이 몇 있다 들었었는데 그중에 한 명이구나 싶었다. 하지만 얼핏 봐도 열두 살 정도로 밖에 보이지가 않는데 의외였다.

"왜 그러오? 너무 뜻밖이라 그러오?"

수령은 미소를 지으며 말했고 이현은 그동안 상인들이 말했던 것들이 어떤 것들이었는지 깨닫자 웃음이 나왔다.

"그래서 밤에만 업무를 보셨던 것입니까?"

"솔직히 말해서 정무만 잘 보면 되는 것이지, 이렇게 어린 모습을 보여 선입견을 가지게 만들 필요는 없지 않겠소? 인간이란 건 생각에 갇히는 동물 아니오?"

수령의 말에 이현은 인정을 하며 졌다는 듯 고개를 끄덕였다.

"그런데 무슨 일로 오셨소?"

"아, 그것이…."

이현은 아까 있었던 소란에 대해 설명했고 수령은 얼어붙은 표정으로 잠시 심호흡을 하더니 자리에서 일어섰다.

"내가 제일 싫어하는 게 뭔지 아시오?"

"무엇입니까?"

"약한 아녀자나 아이들, 노인들 이런 사회적인 약자들을 감투 좀 썼다 하는 놈들, 그 사회적 지위를 이용해 괴롭히는 자들을 제일 싫어하오. 아주 혐오할 만큼 몸서리를 치지."

그의 말에 이현은 이자가 왜 최연소로 벼슬에 올랐는지 가늠이 갔다. 그리고 세종이 사람 하난 잘 뽑았다는 생각에 뭔가 자랑스러운 기분이 들었다.

소진은 천으로 가려진 자리에 앉아 가만히 어두운 천 너머로 여자와 남자를 보았다.

"도대체 무슨 일인지 누가 말해보겠소?"

울리는 듯한 소진의 목소리에 양반이라고 하는 자가 고개를 갸우뚱거렸다.

"수령님이십니까?"

"그렇소만. 문제 있소?"

"목소리가 너무 어린 듯하여 물어봤습니다만."

"지금 죄를 고하는 자리에서 나이를 운운하는 것이오?"

소진의 말에 다시 고개를 조아리고 부들부들 떨고 있는 양반의 옆엔 울음을 그치고 심호흡을 하고 있는 여자가 앉아 있었다.

"자, 무슨 일이 일어났는지 말해줄 수 있겠는가?"

"예. 사또. 그러니까 아까 두 식경\* 전에 있었던 일입니다. 저잣거리에 살 것이 있어 들른 차였습니다. 그런데, 그런데 저자가…."

여자는 말을 잇지 못하고 다시 눈물을 터뜨렸고 그런 모습에 봉이가 안쓰러워하며 다가가 천을 건넸다. 그리고 그런 모습에 소하가 봉이를 툭 하고 쳤다.

"어디서부터인지는 모르겠으나, 저자가 따라붙어 계속해서… 기분 나쁜 소리를 내며 소녀를…."

여자는 말을 하기가 힘에 겨웠는지 계속 말을 하다 끊었고 소진은 천천히 말할 수 있게 기다려주었다.

---

\*두 식경 : 한 시간

"너무 걱정 말고. 괜찮으니 천천히 말해보시오."

"소녀를 계속해서 여기저기 더듬었습니다. 급기야… 치마 속까지….”

여자의 말에 소진은 더 들어볼 것도 없다 생각했는지 손을 휘저으며 말했다.

"여봐라."

"예!"

"아녀자를 탐한 저자를 매우 치고 하옥하라."

그렇게 포졸들에게 끌려가던 남자는 수령에게 소리쳤다.

"내가 누군지 알고 이러느냐! 이조판서까지 지내고 내려오신 김판서댁의 첫째이니라! 나를 이런 취급을 하고서도 무사할 줄 아느냐? 아버지가 아신다면 이 고을에서 쫓겨나는 걸로 모자라 전하의 귀에도 들어가 너의 관직을 파하시고 벌하실 것이다!"

"너야말로 지금 여기가 어디인 줄 알고 큰 소리를 내는가? 김 진사가 무어라고 너를 구해주고 내게 어찌할 거라고 생각하느냐? 오히려 네가 아들이라는 사실에 부끄러워할 것이다. 그리고 무어라? 전하께서 어찌하셔? 너의 관직을 파하시면 파하셨지, 전하는 그럴 분이 아니시다. 모욕하지 말거라!"

수령의 호통에 잔뜩 기가 죽은 남자는 포졸들에게 끌려가 하옥되었다.

"저 여인은 잘 진정시키고 보살펴 보내도록 하라."

소진의 정석이라 볼 수 있는 일 처리에 이현은 참된 수령이라는 것을 느끼고 곧 수령을 따라 방으로 들어갔다. 그리고 양반은 믿지 못해도 수령은 믿는 상인들을 납득할 수 있었다. 소하는 여자가 괜찮아질 때까지 보살펴주기로 하고 봉이와 함께 관아를 벗어났다.

수령과 함께 방에 들어간 이현은 이런저런 질문을 하고 답하며 시간 가는 줄 모르고 대화를 했다. 퉁명스럽게 대하는 행동과는 달리 말이 잘 통하는 상대라 이현은 안심을 했다. 소진 또한 생각보다 이현이 괜찮은 자라는 판단이 섰는지 처음보다는 마음을 조금 연 듯했다.

그렇게 대화를 하다 갑자기 커다란 굉음이 들려 그들 모두 깜짝 놀랐다. 뭔가 무너진 듯한 소리에 큰일이 일어난 것 같아 소진과 이현은 소리의 근원지를 찾아 나섰다. 발걸음을 옮기다 보니 아까 죄인이 투옥된 감옥이었고 소진이 아차 하는 표정으로 서둘러 들어갔다. 감옥엔 지붕을 뚫고 들어온 영노가 있었다. 소진은 이런 일이 몇 번은 있었는지 영노에게 호통쳤다.

"네 이놈! 내가 웬만해선 사람을 먹어선 안 된다고 했거늘!"

영노가 갇혀 있던 양반의 상체를 덥석 물었다가 소진의 호통에 눈치를 보며 입을 슥 하고 뗐다. 그 양반은 영노의 침에 젖어 기절한 상태였고 소진은 한숨을 쉬었다.

"깨어나면 또 악몽을 꾼 것이라 수습을 해야겠구만."

소진은 양반을 한참 두었다가 깰 때쯤에 찬물을 끼얹을 생각이었다. 그러면 젖은 것도 무마될 테지. 곧이어 소하와 봉이가 돌아왔고 이 모습에 깜짝 놀라 이현에게 다가갔다.

"이게 다 무슨 일입니까요?"

"아, 그런 일이 있었다."

이현은 영노의 모습에 웃었고 소진은 한숨을 쉬며 연장을 들고 왔다.

"거기 당신."

소진은 턱을 치켜들며 봉이를 불렀고 봉이는 두 눈을 멀뚱멀뚱 뜨고는 이현과 소진을 번갈아 가며 바라보았다.

"저 말씀이십니까요?"

"그렇다."

소진은 봉이에게 망치와 못을 건넸고 봉이는 귀찮다는 듯한 표정을 지어 보였다. 배가 고픈 듯한 영노에게 이현은 소진이 준비한 물고기를 입에 넣어주고 있었고 소진과 봉이는 뚝딱거리며 지붕을 수리하고 있었다.

"아니, 도대체 무엇 때문에 지붕이 이 꼴이 됐습니까요?"

"잔말 말고 그냥 수리나 하시게."

봉이는 구시렁거리며 망치질을 하다 뭔가 이상하다는 듯 고개를 갸우뚱거리며 이현을 바라보았다.

"근데 나으리."

"왜 그러느냐?"

"아까부터 계속 그 물고기를 들고 뭘 하고 계시는 겁니까?"

"흐흡."

이현은 급기야 웃음이 터져버렸고 그 모습에 봉이는 더욱더 의문스럽다는 표정을 지었다.

"뭐가 그리 웃기다고 웃는 것이오? 이자는 비야가 보이지 않는 것이오?"

"봉이는 영안이 없습니다. 그래서 소하 낭자처럼 자신의 모습을 드러낸 요괴가 아니고서야 볼 수가 없지요."

"그럼 별 도움도 안 되겠소. 거 쓸데없는 녀석을 왜 데리고 다니는 거요?"

소진의 말에 봉이는 울컥해서 얼굴이 붉으락푸르락해졌고 순간 짜증이 치솟아 소진의 팔을 툭 쳤다.

"아, 죄송합니다요. 손이 미끄러져서."

"지금 일부러 치지 않았소?"

"제가 말입니까? 어휴, 당치도 않습니다요. 제가 어찌 감히 수령님께 손찌검을 할 수 있단 말입니까? 아닙니다요."

소진은 뭔가 억울해서 봉이와 이현을 번갈아 보다 망치질을 거세게 했다. 이현은 그 모습에 큭큭거리며 웃다가 마침 떨어진 물고기를 더 달라고 보채는 영노를 보다 쓰다듬었다.

"요괴가 이렇게 귀엽게 느껴진 건 처음입니다."

이현이 말하는 중에도 영노는 배가 계속 고픈지 빈 물통까지 씹고 있었다.

"비야가 좀, 일반 영노 같지 않은 면은 있지. 뭐라고 해야 하나…. 너무 순해 빠져서 덜렁거리는 모습이 있소. 그래도 영노가 맞다고 느낄 때가 있지. 바로 지금 같은 행동을 할 때요. 부패한 양반을 보면 망설이지 않고 입 안에 넣으려고 하는 점 말이오."

빙글 웃는 소진의 모습에 영노는 기분이 좋은지 비늘이 파르르 떨렸다. 그때 갑자기 뭔가 낌새를 느꼈는지 영노가 하늘로 올라 밖으로 나갔고, 덕분에 고치고 있던 지붕이 다시 부서졌다. 봉이는 들고 있던 망치를 내려놓으며 한숨을 쉬었다.

"하, 진짜 보람 없게 만드는구먼. 성질나는 요괴일세."

모든 이들이 감옥 지붕을 고치고 있을 때 소진의 빈 방에 누군가가 들어섰다. 그리고 은밀하게 숨겨져 있던 함이 열리고 그곳에 있던 보석들을 챙겨 달아났다. 그 형태들은 누군가의 손에 보석들을 건네자 펑! 하고는 종이 쪼가리로 변했다. 만족스러운 미소를 짓는 그의 뒤에, 영노가 그를 가만히 바라보고 있었다. 그리고 뭔가 소름이 끼쳤다는 듯 비늘을 바짝 세우고 그를 포박하려고 했으나 오히려 역으로 결박되었다. 몸이 거의 얼어붙은 영노는 놀란 눈으로 그자를 바라보았다. 영노의 눈에는 비릿한 웃음을 짓는 쇼우지가 비춰졌다.

"이게 무엇인가?"

쇼우지는 영노의 주위를 빙그르르 돌더니 부채로 영노를 툭툭 쳐보았다.

"이것은 영노라고 해서 이 지역에만 있는 요괴입니다."

"그것 참 특이하게 생겼군. 용도 아닌 것이 이무기도 아닌 모습인 게 말이야."

[비비. 비비.]

영노의 괴로운 듯한 울음소리에 소진과 이현의 무리가 달려 나왔다.

"비야!"

소진은 놀라 외쳤고 쇼우지를 발견하고는 날 선 눈빛으로 섰다. 그리고 지면을 일으켜 관아 내 모든 공간을 가두듯 형태를 만들었다.

"이 꼬마는 또 뭐야?"

쇼우지는 소진에게 날아오르듯 다가와 부채로 소진의 턱을 들어 올렸다. 그러자 소진은 신경질적으로 그 부채를 탁 하고 쳤다.
"곱상하게도 생겼구나. 계집이냐, 사내냐?"
"당신이 알 바 아니지 않소. 얼른 놓아주지 못하겠소?"
"저게 무엇이기에?"
"죄 없는 요괴를 왜 괴롭히는 것이오?"
"죄가 왜 없어? 날 해치려 들었는데."
"당신이 뭔가 잘못을 했겠지! 가령 그 손에 들린 무언가를 훔치려 했거나!"
쇼우지는 가소롭다는 듯 웃으며 신보로 보이는 듯한 것을 품 안에 잘 넣었다.
"필요한 건 다 챙겼으니 이제 떠나는 게 낫겠군. 그전에…."
쇼우지는 영노가 결박되어 있는 곳으로 갔다. 그리고 가만히 쳐다보다 뿔을 툭 하고 건드렸고 소진은 움찔거리며 날카로운 돌덩이들을 쇼우지에게 날렸다. 하지만 쇼우지는 천천히 돌덩이들을 피하며 웃었다.
"이게 뭐라고 이렇게까지 하는 거지?"
"그 요괴는 내게 있어 요괴 그 이상의 존재요! 건들지 말란 말이오!"
"이까짓 요괴가 무슨 가족이라도 되는 양 행동하는군? 요괴는 길들여 부리거나 이렇게…."
쇼우지는 부채를 한 번 부쳐 영노를 순식간에 얼어붙게 만들었다. 이현과 소하는 그 모습에 놀라 쇼우지가 있는 곳으로 내달리기 시작했다.

소하는 중얼거리며 손을 뻗었으나 쇼우지가 부채로 영노의 머리 부분을 치자 산산조각이 나고 말았다. 소진은 울부짖었다.

쇼우지는 크게 깔깔 웃으며 치솟아 있는 지면이 무색하게도 백희와 순식간에 사라졌고 소진은 그 자리에 털썩 주저앉았다. 그리고 믿을 수 없다는 듯 망연자실해 있는 모습에 이현 또한 멈춰 있었다. 그 어떤 것도 해줄 수 없었던 자신이 무능력하게 느껴지긴 오랜만이었다. 각자 가지고 있는 능력들 중 자신은 그저 요괴나 귀신들을 보고 누군가의 도움을 받아 퇴치하는 게 다라고 자책했다. 바람을 다룬다고 해도 어머니나 쇼우지처럼 공격적인 기술이 아니니 그저 답답할 뿐이었다.

"제가… 아무런 도움이 되지 못했군요."

"당신 탓이 아니오. 그런 것이 아니오."

곧 지면이 잠잠하게 가라앉아 원래대로 돌아왔고 넋이 나간 듯한 그의 모습에 이현은 소하를 바라보며 고개를 끄덕였다. 순식간에 모두들 수령의 방으로 들어왔고 소하는 소진을 이부자리에 앉혔다.

이 상황이 믿기질 않는지 계속 머리를 저으며 넋이 나가 있는 소진을 이현은 가만히 바라보았다. 그리고 걱정스러운 표정으로 바라보던 소하와 봉이에게 고개를 끄덕였다.

봉이와 소하는 그렇게 자리를 비켜주었고 이현은 소진이 정신을 차릴 때까지 기다려주었다.

"사실 비야는, 내가 힘들어할 때마다 곁에 있어 주던 정말로 형제 같은 녀석이었소. 물론 요괴의 모습을 하고 있지만."

소진이 어린 나이에 한 고을의 관직을 맡는 것은 생각보다 엄청난 부담으로 다가왔다. 과거를 보는 것과 질문에 대한 답을 하는 것은 어렵지 않았으나 사람을 대하는 게 그는 무척이나 두려웠다.

사실 그는 첩의 아이였다. 양반의 피가 흐르고 있는 완벽한 양반이긴 했으나 첩의 자식이라는 이유만으로 모든 것에 있어 거절당하는 게 일이었다. 물론 아주 어린 나이부터 영특하여 아버지에게 사랑을 듬뿍 받긴 했지만, 모진 형제들의 갖은 멸시와 큰어머니의 핍박은 어린 나이로는 견디기가 힘들었다.

다행히도 사람을 제대로 보는 눈을 가졌던 아버지의 권유로 인해 과거를 보았다. 하지만 아주 월등한 차이로 장원을 거머쥔 그가 한양이 아닌 경남 김해에 오게 된 것도 모두 나이 때문이었을 것이다. 시기와 질투를 한몸에 받으며 덤덤한 척은 했으나, 아이는 아이였다. 점점 더 마음의 문을 닫아 자신도 양반이지만 양반을 혐오할 만큼 싫어하게 되었다.

그러던 그에게 첫 번째 관직이 주어졌다. 김해의 수령 자리인데, 모두들 가기 꺼리는 곳임을 알게 되었다. 그래도 사람이 많은 한양보다는 나을 거라고 생각이 든 소진은 그 자리를 받아들이기로 마음먹었다.

그가 고을에 당도해 관아에 들어섰을 때는 이미 부정부패로 인해 많은 백성들이 지쳐 있었다. 혀를 내두를 만큼 상태가 엉망인 고을이었다. 그리고 몇 년간 수령을 맡았던 이들이 의문의 행방불명이 되었다는 말까지 들으니 도대체 무슨 일인가 싶었다.

문서들을 정리하고 어지러운 고을을 잡기 위한 방책을 세우던 그가 답답함을 달래기 위해 늦은 시간 창문을 열고 앉아 있을 때 무언가와 눈이 마주치고 말았다. 용도 아니고 이무기도 아닌 것이 멀뚱 멀뚱 소진을 바라보고 있었다.

분명 요괴였다. 태어났을 때부터 남들이 보지 못하는 것을 보고 특별한 힘이 있다는 것을 그는 알고 있었으나 아무에게도 알리지 않았다.

"넌 무엇이길래 나를 그렇게 멀뚱멀뚱 바라보느냐?"

[비비. 비비.]

"울음소리가 참으로 특이하구나. 비비라."

그 후로 영노는 하루가 멀다 하고 소진에게 찾아와서 소진을 한동안 바라보다가 아침이 될 때쯤 어디론가로 사라졌다. 소진은 힘이 들고 지칠 때마다 자신을 찾아오던 영노에게 마음의 위안을 받을 수 있었고 점점 그들은 가까워졌다.

"그러고 보니 제대로 된 이름도 없이 그냥 있었구나. 내 앞으로 너를 비야라고 부를 테니 그렇게 알거라."

소진의 말에 영노는 파르르 비늘을 떨었고 그 모습에 피식 미소 지었다. 그렇게 서로를 믿으며 함께 지내던 어느 날, 영노가 자신의 손에 무언가를 툭 하고 뱉었다.

"이게 무엇이냐?"

영노는 말뚱말뚱 소진을 바라보았고 소진은 뭔가 영험한 힘이 있는 물건이란 것을 깨달았다. 그리고 그것이 신보라는 것을 알게 되었다. 관아에 모셔져 있던 것이 엉뚱한 자들의 손에 들어가는 것이 싫었던 영노가 계속 숨기고 있었다는 사실도 알게 되었다.

"소중한 물건인 만큼 아무도 모를 곳에 숨겨놔야겠구나."

소진은 미소를 지으며 영노를 쓰다듬어주었다.

"신보가 내 손에 들어온 것이 우연은 아니라고 생각하오. 운명처럼 자신을 지키라고 내게 온 것이겠지. 몇 해 동안이나 자신을 찾아올 누군가를 기다리면서 말이오. 그리고 그 누군가는 당신이었고."

힘없이 모든 것을 말하던 소진은 가만히 이현을 바라보다 이현에게 좀 더 가까이 오라고 손짓했다. 그리고 이현은 소진에게 더욱 가까이 가서 앉았고 그의 말을 경청할 준비를 했다.

"그가 가지고 간 것은 어차피 가짜니 신경쓰지 마시오."

소진은 허리에 찬 호리병을 들어 주섬주섬 찾더니 무언가를 꺼냈다. 반짝 빛나는 것이 그의 손바닥 위에 있었고 가만히 보니 그것은 귀걸이였다. 귀걸이는 감탄을 자아내는 영롱한 푸른빛을 띠었다. 선뜻 이현에게 귀걸이를 내미는 소진의 모습에 이현은 멈칫하며 귀걸이를 받아들어 조심스럽게 신보함에 넣었다.

"내 사람은 잘 믿지 못하나 당신만은 믿을 수 있을 것 같았소. 그리고 무엇보다, 비야를 죽인 놈에게 내가, 내가 할 수 있는 것은 아무것도 없지 않았소. 당신밖에 할 수 없는 일이겠지."

소진은 눈물을 뚝뚝 흘리며 말했고, 이현은 벗을 잃어 슬퍼하는 소진을 말없이 바라보기만 했다.

"복수는 꿈꾸지 않겠소. 어차피 또 다른 복수를 낳을 뿐이 아니오. 그런 놈에게 조선 땅이 휘둘리게 둘 순 없지. 꼭, 이 조선을 지켜주시오. 마음 같아선 따리니/서고 싶으니, 내가 자리를 비우면 이 고을은 누가 돌보겠소."

이현은 그런 소진을 보다가 토닥이며 안아주었고 소진은 그런 이현의 품에 폭 안겨 옷자락을 쥐고는 참았던 눈물을 소리내 터뜨렸다.

영락없는 아이의 모습을 하고 있는 소진의 모습에 이현은 천천히 소진의 등을 쓸어주었다. 한참이나 자리를 피해주려 나와 있던 봉이와 소하는 대청마루에 털썩 앉아 가만히 방문 쪽을 바라보고만 있었다.

"저 마음이 어떤지 아니까 괜히 마음이 아프네."

"어쩔 수 없었어. 우리가 할 수 있는 일은 아무것도 없었으니까."

"만약에 그럴 일은 없겠지만, 소하 네가 그런 죽음을 맞이한다면 난 정말 참지 못할 것 같다."

소하는 가만히 봉이의 말을 듣고 생각을 하다가 피식 웃으며 나직이 말했다.

"멀쩡한 나를 왜 죽이는 것이냐. 그래, 나도 네가 그런 죽음을 맞이한다면 가만히 있진 못할 것 같긴 하구나."

소하의 말에 봉이는 괜히 눈을 흘겼다. 곧이어 이현이 눈가를 살짝 닦으며 수령의 방에서 나왔고 봉이와 소하는 일부러 이현의 눈을 보지 않았다. 그리고 이제는 익숙하다는 듯 길을 떠날 채비를 했고 소하가 무언가 생각이 났다는 듯 이현에게 양해를 구하고 수령의 방으로 갔다. 갑자기 들어온 소하를 본 소진은 퉁퉁 부은 눈으로 잠깐 헛기침을 했다.

"무슨 일이오?"

"몸 조심히 지금처럼 고을을 잘 관리해주십시오."

소하는 무심히 소진의 손에 무언가를 쥐여주곤 문을 열고 나가려 했는데 소진이 그런 소하의 뒷모습에 대고 외쳤다.

"미안하오."

"무엇을 말입니까?"

"처음 만났을 때 함부로 말한 거… 사과하오."

"잊은 지 이미 오래입니다."

소하는 천천히 방을 나섰고 이현, 봉이와 함께 관아를 벗어났다. 그리고 소진이 있는 방 쪽을 향해 빙긋 미소 지었다. 소하가 나간 후 소진은 손을 펼쳐보았고 거기엔 영노의 비늘이 빛나고 있었다. 그 비늘을 쥐고 쳐다보자니 갑자기 파스스 하고 비늘이 사라졌고 그 모습에 소진의 눈에선 다시금 이슬 같은 눈물이 떨어졌다.

그때였다.

[비비. 비비.]

소진은 화들짝 놀라 창문을 벌컥 열어젖혔다. 그러자 크기가 조금 작아진 영노가 날아들어왔다. 소진의 온몸을 휘감고는 얼굴을 비비적댔다.

"어떻게 살아 있었던 것이냐!"

영노가 푸른 비늘을 파르르 떨었고 소진은 가만히 영노를 쓰다듬다 제 나이에 맞는 함박웃음을 지으며 크게 웃었다.

"이런 요망한 도깨비 같으니라고!"

# 아홉 번째 달조각.
## 새색시 귀신

    길을 떠난 지 어느새 며칠이 지나 다들 지친 기색이 역력했다. 이번엔 다음 신보가 있는 곳으로 가는 길임에도 불구하고 쉬어갈 수 있는 고을이 한 번도 나오질 않았다. 그래서 이현은 자신도 자신이지만 지쳤을 일행을 위해 꼭 고을이 보이면 거기서 쉬어가자고 말했다. 하지만 그런 그의 애타는 마음이 무색하게도 빠르게 지쳐가는 몸은 말을 듣지 않았고 좀처럼 고을도 보이지 않았다. 잠시 나무에 기대어 쉬려 했는데, 그때였다.

"살려주시오!"

    사람의 목소리에 깜짝 놀라 소리가 나는 쪽으로 빠르게 가보니 웬 사내가 들개들을 피해 나무에 대롱대롱 매달려 있었다. 소하는 그 모습에 깜짝 놀라 들개들을 쫓았다. 사내는 다시 지면을 밟고는 안도의 숨을 내쉬었다.

"고맙습니다."

"여기서 사람을 만나다니 별일입니다."

이현의 말에 사내는 빙긋 미소 지으며 갓을 고쳐 썼고 다시금 입을 열었다.

"근처 고을에 가는 길에 들개들을 만나 죽을 뻔했지 뭡니까."

"근처에 고을이 있습니까?"

"예, 조금만 더 가면 고을이 하나 나오는데 같이 가시겠습니까?"

"그렇지 않아도 고을을 찾고 있었는데 잘 되었습니다."

이현과 봉이는 사내의 말에 반색을 했고 곧이어 동행했다. 사내와 대화를 하며 걷다 보니 곧 고을이 보이는 듯했다. 기쁜 마음도 잠시 그곳을 향해 마지막으로 쥐어짜 내듯 힘찬 걸음으로 걸었다.

처음엔 너무 조용하고 을씨년스러워 사람이 살지 않는 고을인가 했지만 이따금씩 지나가는 사람으로 인해 안도할 수 있었다.

"여긴 왜 이렇게 을씨년스럽습니까?"

"사정이 있어 이렇게 되었지요. 그럼 전 여기서 인사 드려야겠습니다. 주막은 저쪽으로 가시면 있으니 가보십시오."

사내는 미소를 지으며 말했고 이현은 감사를 표했다. 일단은 피로를 푸는 것이 절실하여 편하게 몸을 뉘일 수 있는 주막으로 향했다. 하지만 사람이 없어 휑한 모습에 다시 입구를 확인하고 봉이가 조심스럽게 외쳤다.

"계시오?"

계속되는 적막에 어떻게 해야 할지 망설이다 뒤돌아서려는 순간 뭔가 물건이 떨어지는 소리가 났다. 이현과 봉이 그리고 소히기 깜짝 놀라 뒤를 돌아보니 웬 아주머니 한 분이 나무 그릇을 떨어뜨린 채 화들짝 놀란 표정으로 그들을 쳐다보고 있었다.

"주모 되십니까?"

이현의 나지막한 음성에 아주머니는 옷매무새를 정리하고 머리도 다소곳하게 귀 뒤로 정리하더니 고개를 끄덕였다.

"예, 예! 아, 손님을 받아본 지가 너무 오래돼서…."

"그렇습니까? 괜찮습니다."

이현은 확실히 외부인이 없구나 하는 생각에 고개를 갸우뚱했지만 지금은 피로로 인해 쉬고 싶다는 생각뿐이었다.

"여기에서 좀 묵고자 하는데."

"네! 방 두 개면 되겠지요? 나으리 두 분, 여기 아가씨 한 분!"

"그렇습니다."

이현은 부드러운 미소를 지으며 대답했고, 이에 주모는 앞치마에 손을 슥슥 닦으며 방을 안내해주었다. 이현은 조금은 허둥지둥거리는 주모를 안심시켰다.

"일단 방에 한기가 도니 따뜻하게 데워드리겠습니다. 아 그리고 요기도 필요하실 터인데."

"괜찮습니다. 천천히 하시지요."

서둘러 방을 나가는 주모를 보며 이현은 한숨을 쉬고는 갓을 벗었다. 그리고 천천히 이부자리를 펴고 있었는데 봉이가 가만히 앉아서 골똘히 뭔가를 생각하고 있었다.

"왜 그러고 있느냐?"

"뭔가 이상합니다."

"무엇이?"

"고을에 사람이 없는 것도 그렇고, 외지인은 아예 없는 것 같고요. 무엇보다 나으리."

"그래."

"제가 오랫동안 나으리 곁에 머물러서 조금은 감이 생겼는데 말입니다요."

"그래."

"뭔가 차가운 음기밖에 느껴지지가 않습니다요? 이상하지 않습니까?"

봉이의 말에 이현은 가만히 생각에 빠졌고 즉시 봉이가 다시 말했다.

"아무래도 저희의 운명인 것 같습니다요."

"무엇이?"

"요괴 말입니다요. 제 생각엔 지금 요괴가 있는 마을에 들어선 것 같습니다."

"그러한 것인가."

이현은 그 이상한 점이 자신만 느낀 것이 아니라는 것을 깨닫자 한 가지 생각이 들었다.

'아님 요괴들이 우리를 끌어들이고 있는 것일 수도 있겠구나.'

이현이 생각에 빠진 것도 잠시, 밖에서 주모의 목소리가 들렸다.

"나으리! 잠깐 들어가도 되겠습니까?"

"들어오시오."

이현의 말이 떨어지기가 무섭게 주모가 밥상을 들고는 끙끙대며 방으로 들어왔다. 그 모습에 이현과 봉이가 화들짝 놀랐다. 봉이가 그 밥상을 받아 바닥에 내려두었다.

"저희가 나가도 되는데…."

"손님을 어떻게 나오라 마라 합니까요? 차린 건 없지만 많이 드시지요. 외부인은 오랜만이라 반가워서 그럽니다! 필요한 거 있음 언제든 말씀하시구려."

주모는 여장부처럼 호탕하게 웃어 보였고 이현도 작게 웃었다. 곧이어 주모가 밖으로 나가자 이현이 식사에 눈을 돌렸을 때 봉이는 이미 국에 밥을 말아 허겁지겁 먹고 있었다. 주모는 나가자마자 소하의 방 앞에 가 식사를 권하며 불렀고, 소하는 조용히 밖으로 나왔다.

그때 뭔가 살짝 웅성거림이 들려 앞을 보자 주막 앞에 사람이 모여 있었다. 소하는 조금 당황해서 어떻게 해야 할지 몰랐고 곧 그들의 수근거림이 들려왔다.

"아니, 얼마 만에 보는 외부인이야?"

"그런데 저 아가씨 머리색이 왜 저런 거지?"

"글쎄, 몸 어디에 문제가 있는 사람인가?"

"이쪽을 보는 것 같은데?"

소하는 모자의 검은 천을 더 깊숙하게 내려 얼굴을 가렸고 머리카락 또한 사람들이 있는 곳의 반대편으로 모아 내렸다. 그리고 안절부절못하고 있는데 주모가 이를 발견하고는 호통쳤다.

"아니! 사람 처음 보는 겐가? 여기에 모여서 왜 이리 난리들이우? 훠이훠이!"

주모는 모여 있는 사람들을 내쫓았다. 그러고는 소하에게 웃으며 넌지시 말했다.

"아가씨 걱정하지 마시오. 나쁜 사람들은 아닙니다. 그냥 외부인이 오니 신기해서 그러한 것뿐입니다."

"괜찮습니다. 외부인이 오지 않은 지 얼마나 됐길래 이러하오?"

"흐음, 기억이 잘 안 나는데, 한 삼 년은 된 것 같소만?"

주모의 말에 소하는 뭔가 이상함을 느끼고는 고맙다며 묵례를 한 후 이현의 방으로 들어갔다.

"아, 낭자 오셨습니까? 식사하시겠습니까?"

"전 괜찮습니다. 그나저나 나으리."

"말씀하십시오."

이현은 숟가락을 내려놓고는 소하를 바라보았다.

"주모의 말에 따르면 외부인이 출입하지 않은 지 삼 년은 넘은 것 같다고 합니다. 분명히 뭔가 문제가 있는 것이겠지요. 이 고을에 들어설 때부터 분위기가 심상치 않았는데 제가 한번 살펴보는 것이 좋을 듯합니다."

"그렇게 해주시겠습니까?"

"그럼 전 천천히 살펴볼 터이니 뭔가 수상한 점이 있으면 말하겠습니다."

"알겠습니다. 늘 고맙습니다, 낭자."

이현이 상냥한 미소를 지으며 말했고 소하 또한 살짝 미소 지으며 고개를 끄덕이곤 방을 나섰다. 이현은 관자놀이를 매만지다 봉이를 바라보았다.

이런 상황에도 아랑곳하지 않고 봉이는 소하 몫의 밥까지 모두 끌어와 먹었다.

"어떤 상황이든 참 잘 먹는구나."

"나으리, 먹는 게 남는 겁니다요? 그리고 기운이 있어야 요괴는 뭐든 상대할 것 아닙니까."

"누가 보면 요괴 열댓은 네가 처리하는 줄 알겠구나."

이현은 그런 봉이의 말에 허허 웃었고 가만히 품 안에 넣어둔 부채를 만지작거렸다.

하루를 쉬이 보내면 안 된다는 압박감이 이현을 괴롭혔다. 얼른 신보들을 찾아야 조선을 지킬 수 있다는 생각에 머릿속은 어지럽고 생각이 고통으로 번져 두통이 잦아졌다. 그런 이현을 보던 봉이는 국밥을 먹다 말고 이현에게 툭 내뱉듯 말을 걸었다.

"부담스럽습니까요?"

"무엇이 말이냐?"

"나으리, 지금 압박감 때문에 그러신 것이 아닙니까요?"

"…."

"척 보면 다 알지요. 나으리를 모신 게 몇 년인뎁쇼. 어차피 신보가 있는 곳까지 이끌리듯 가게 되어 있습니다. 그게 나으리 운명이니까요. 그렇게 압박감을 느낄 필요 없이 때가 다 있단 말입니다."

봉이는 배시시 웃으며 말했고, 이현은 그 말에 피식 웃다가 미간을 살짝 찌푸렸다. 도대체 어디서부터 문제일까? 그리고 어쩌다 이런 소용돌이에 휘말리게 되었을까? 쇼우지를 만나고 나서? 아니면 세종에게 인간에게 해를 입히는 요괴 퇴치에 대한 어명을 받고 나서? 어쩌면 이런 피를 이어받은 것이 시작이니 태어난 것부터가 그럴 운명이 아니었을까 생각하게 된 이현이었다.

길을 살펴보러 떠난 소하는 사람들이 알아볼 수 없을 정도로 기척을 숨기며 다녔다. 양반가에 있는 사람들 또한 얌전하기 그지없었다.

뭔가 이상한 점이 여럿 있었다. 우선은 관아에 사람이 보이지 않는다는 것. 오랜 시간 동안 비어 있는 것 같은 모습에 왜 수령이 없을까 이상하게 생각했다. 또한 양반가며 평민가며 너무 조용하기만 했고 사람의 기척은 느껴지지 않았다.

'이상하다. 고을이 꼭 죽은 것만 같지 않은가.'

또 한 가지 이상한 점이 있다면 여지껏 다른 고을에서도 봐왔던 문제였는데 남성보다는 여성이 많다는 점이었다.

소하는 이런 정보들을 하나씩 모아 발걸음을 서둘러 옮기던 중 뭔가 낌새가 느껴져 신경을 곤두세웠다. 자꾸 따라붙는 발소리에 길모퉁이를 돌아서 구석에 몸을 숨겼고 뭔가 검은 그림자가 휙 하니 튀어나와 두리번거리는 모습이 보였다. 소하는 그자의 뒷덜미를 잡아채 벽에 밀쳤다.

"왜 자꾸 따라오는 것이냐?"

"아! 그, 그것이…."

가만히 보니 고을에 들어설 때 보았던 자였다. 소하는 손을 떼며 살짝 묵례를 해보였다.

"여기서 또 뵙는군요."

"깜짝 놀랐습니다."

"그나저나 왜 자꾸 따라오신 겁니까?"

사내는 잠시 고민하더니, 소하에게 눈을 반짝이며 말했다.

"내 부탁하고 싶은 것이 있어 그랬소!"

주막에 들어선 소하와 그 사내는 이현이 있는 방으로 들어갔고, 이현은 그의 모습에 조금 놀라 눈이 휘둥그레졌다.

"아니? 또 뵙습니다."

"하하, 실례하겠소."

헛기침을 하며 목을 가다듬은 그가 자리에 앉아 이현을 물끄러미 바라보았다.

"무슨 일로 오셨습니까?"

"그것이, 사실 나으리의 손에 낀 반지를 보았습니다."

이현은 그 말에 자신의 손을 바라보며 피식 미소 지었다.

"이건 또 언제 보시곤….”

이현의 말이 채 끝나기도 전에 사내는 이현에게 달려들어 그의 손을 붙잡았다.

"부탁이 있습니다!"

"예, 말씀하십시오."

"이 고을에서 벌어지는 일을 해결해주십시오!"

"예?"

사내는 다시 자리에 조용히 앉더니 힘없는 표정으로 말을 이어 갔다.

사실 이 고을은 정말 평화롭고 살기 좋은 곳이었다. 지금과는 다르게 풍족하고 이웃들끼리 살갑게 지내며 외부인들도 많이 교류하는 꽤나 번화한 곳이었다. 하지만 삼 년 전에 있었던 일로 인해 고을은 손바닥 뒤집듯 쉽게 바뀌어버렸다.

　한 양반가에 혼기가 들어찼음에도 불구하고 혼인을 하지 못한 여자가 있었다. 그 양반가의 첫째 딸로 외모가 조금 부족하다는 이유로 여기저기서 거절을 당했다고 했다. 그러던 어느 날 다른 고을의 양반가에서 혼인을 제안해왔고 거절할 이유가 없었던 여자의 아버지는 냉큼 승낙했다. 하지만 알고 보니 도저히 답이 없었던 망나니 같은 아들을 장가보내기 위한 최후의 방법이었고 첫째 딸은 그저 희생양이나 마찬가지였다. 그럼에도 불구하고 첫째 딸은 혼인 날짜를 기다리며 두근거리는 마음으로 몸가짐을 조심히 했고 혼인을 치른 그날 신방에서 그를 기다렸다.

　하지만 아무리 기다려도 그는 오지 않았다. 알고 보니 그는 집안의 강요에 이기지 못해 어떻게 혼인을 올리는 형식은 취했으나 기방의 어떤 여자와 함께 야반도주했다. 이에 큰 충격을 받은 첫째 딸은 자신의 집으로 돌아와 혼례복을 입은 채로 매일 매일을 눈물로 보냈다.

　하루는 그녀의 울음소리가 들리지 않는 것을 이상하게 여긴 하녀가 조심스럽게 방에 들어가니, 첫째 딸이 스스로 목숨을 끊어 죽어 있는 모습을 발견했다고 한다.

　그렇게 장을 치르고 난 뒤 하루가 멀다 하고 그녀가 머물던 방에서는 곡소리가 났고 귀신이 출몰한다는 소문과 그 영향으로 인해 그 양반가는 망하고 말았다. 그 이후부터 주변 양반가의 남자들이 하나둘씩 사라지는 일이 생겼고, 그 근처에는 아무도 얼씬하지 않거나 아예 이 고을을 떠난 양반들이 대부분이었다고 했다.

　그 소문이 다른 고을까지 빠르게 퍼지게 되자 찾아오는 외부인의 발길도 끊기고 고을은 점차 쇠퇴하기 시작했다. 처음 이들을 봤을 때 주모가 놀란 것도 무리가 아니라는 것을 느낀 이현은 천천히 고개를 끄덕이며 가만히 생각했다.

"그럼 손각시로 인해 이 고을이 엉망이 됐다는 뜻입니까?"

"예, 제가 들은 소문으로는 이렇습니다. 그러니 그 손각시의 한을 풀어주었음 합니다."

사내의 말에 이현은 고개를 끄덕였다. 그 모습을 지켜보던 소하가 넌지시 말을 꺼냈다.

"일반적인 손각시는 아닌 것 같고. 혼인을 한 후 그렇게 된 것이니 제가 보았을 땐 새색시 귀신인 듯합니다."

이현은 소하의 말에 고개를 끄덕이며 사내에게 눈을 돌렸다.

"새색시 귀신에 피해를 보는 남성들이라. 그럼 망설일 필요가 없겠군요. 그 양반가로 안내해주시겠습니까?"

곧이어 사내를 따라 발걸음을 옮기는데, 이상한 기운을 느꼈다. 서늘한 바람이 뒤통수를 훑는 것은 물론이거니와 발목을 감싸는 듯한 기분에 여간 찝찝한 것이 아니었다.

이현은 자신만 그런 걸 느끼는 것인가 의문이 들어 앞서가는 사내와 봉이를 보았으나 그 둘은 딱히 느끼는 것 같아 보이지 않았다. 와중에 소하는 또 보이지 않아 먼저 동태를 살피러 간 것인가 생각하고 있을 때쯤 봉이가 이현 쪽을 보며 말했다.

"아니, 얘는 또 어딜 갔단 말인가?"

봉이는 없어진 소하에 대해 고개를 절레절레 흔들며 말했고 이현은 그런 봉이의 모습에 픔 하고 웃었다.

"무슨 일이 있는 것이겠지. 소하 낭자가 어련히 잘할까?"

이현의 말에 봉이는 살짝 뾰로통한 상태로 맞섰다.

"어째 저보다 소하를 더 믿는 듯합니다요?"

"그런 것 같아 보이느냐? 나한텐 너도 소하 낭자도 두 사람 모두 믿음직한 존재이거늘."

이현의 한마디에 봉이의 마음은 눈 녹듯 녹았고 자연스럽게 올라가는 입꼬리를 억지로 다시 내리며 말했다.

"그나저나 아직입니까?"

"다 와 갑니다!"

사내는 앞을 본 채 말했고 이현과 봉이는 조금은 긴장한 듯 어깨가 살짝 올라갔다. 그리고 곧 뭔가 이상한 느낌이 들었는지 봉이가 몸서리쳤다.

"그나저나 진짜 기분 나쁜 곳입니다요."

"그러게나 말이다. 점점 가까이 다가갈수록 느껴지니."

이현은 더욱더 불길한 느낌이 들기 시작했다. 그런데 어느 순간 봉이가 앞서갔다.

"봉이야, 네 어딜 가느냐?"

봉이는 아무런 소리도 하지 않고 계속해서 앞을 향해 빠른 걸음으로 걸어갔다. 이현은 그런 봉이를 따라 걸었다. 사내는 그런 그들의 모습에 당황하며 뒤를 쫓았다.

"아니, 괜찮으십니까? 나으리! 나으리!"

사내의 외침에도 불구하고 이현과 봉이는 그의 목소리가 들리지 않을뿐더러 모습조차 보이지 않았다.

이내 봉이를 따라 도착한 곳은 한 양반가들이 쭉 들어선 곳이었다. 뭔가 이상한 것들이 보이기 시작했다. 따뜻한 불빛들이 길을 가득 메우고 있었는데 가만히 보니 초롱불들이었다. 약간은 불그스름한 그 빛이 길을 밝히며 한 곳으로 나 있는데 웬 집으로 연결되어 있었다.

대문을 들어서자 은은한 빛과 함께 여성들이 꺄르륵 웃는 소리가 들려왔다. 창호지에 사람들이 가득 들어차 있는 모습이 비쳤고 너 나 할 것 없이 모두 즐거우면서도 황홀해하는 듯한 소리가 들려왔다.

그런 분위기와 향기로움에 취해 정신이 아득해지려고 했으나 최대한 자신을 붙잡으며 이현은 봉이를 보았다.

봉이는 이미 다 무슨 소용이냐는 듯 마치 오래전부터 알고 있었던 곳인 것처럼 방 하나를 콕 집어 다가갔다. 문을 열자 곱디고운 여성이 다소곳하게 앉아 웃음을 흘리고 있었다. 그녀의 모습은 누가 봐도 금세 사랑에 빠질 것만 같은 모습이었다. 살짝 치켜 올라간 듯하지만 사나워 보이지 않는 크고 또렷한 눈매에 오똑하면서도 끝이 둥그스름한 콧대, 도톰하면서도 폭신할 것 같은 붉은 입술과 조금은 상기된 듯한 복숭앗빛 뺨. 게다가 달콤하면서도 한입 베어 물고 싶은 듯한 충동을 일으키는 과실 향이라니, 금방이라도 미친 듯 여인에게 달려들어 안고 싶었다.

"봉아! 정신 차리거라!"

이현의 외침에도 봉이는 이미 아무 소리도 들리지 않는다는 듯 그 여자의 치마폭에 안겼다. 여자는 붉은 입술로 미소 지었고, 곧이어 희고 고운 손을 들어 올려 이현에게 오라고 손짓했다. 이현은 자신도 모르게 한 걸음 두 걸음 발을 옮겼다.

이때 자신을 붙잡는 소리가 들려왔다.

[나으리, 정신 차리셔야 합니다.]

나지막한 소하의 음성이 들려 이현이 고개를 흔들며 다시금 정신을 차리려고 해봐도 도무지 그 상황은 바뀌지 않았다. 꺄르르 여자들이 웃는 소리는 물론 기분 좋은 과실의 향기와 꽃향기는 계속해서 그를 홀리려 들었다.

[나으리, 상황이 좋지 않아도 정신은 붙잡고 계십시오.]

곧이어 찢어지는 듯한 비명이 들려왔고 눈 앞에 펼쳐진 모든 모습들이 금이 가며 깨졌다.

이현의 눈에 들어온 실체는 어두컴컴하고 다 쓰러져가는 집이었다. 창문도 형태를 알아볼 수 없을 정도로 떨어지고 거미줄이 가득한 누가 봐도 사람이 살지 않는 폐가였다.

이현은 멈칫하며 깨질 것 같은 머리를 세차게 흔들고 앞을 봤더니, 봉이가 초점 없이 동공이 풀린 채 무언가에 볼을 비비고 있었다. 가까스로 정신을 가다듬고 눈을 찌푸리고 보니 붉은색 비단이 사람이 앉아 있는 듯한 형태를 하고 있었다. 뭔가 예복을 입은 듯한 모습이었는데 가만히 보니 새색시의 행색을 하고 있었다. 위험하다는 판단이 선 이현은 어떻게든 봉이를 끌고 나왔으나 흐느끼는 소리가 계속해서 귓가에 맴돌았다.

같이 왔던 사내는 어디로 갔는지 보이질 않았고 봉이는 다시 그곳으로 돌아가려고 안간힘을 쓰고 있었다. 이현은 그런 봉이가 여간 벅찬 것이 아니었다. 조금씩 짜증이 치솟았던 이현은 봉이의 목을 쳐 기절시켰다. 업고 가야 해서 좀 무겁긴 했지만 발버둥을 치는 사내를 억지로 끌고 가는 것보단 낫겠지. 이현은 어떻게든 수막으로 돌아와 봉이를 살폈다. 뭔가 낯빛이 살짝 바뀌어 있긴 했지만 신경을 쓸 정도는 아니었다.

항상 느끼는 것이지만 어째서 봉이는 이다지도 잘 홀리는 것일까. 혹시나 봉이도 영적인 것을 끌어당기는 힘이 있는 것은 아닐까 하는 생각이 들었다. 게다가 자신 또한 쉽게 홀릴 뻔했으니, 상상도 못 할 요기가 가득한 존재라는 것을 알 수 있었다.

곧이어 소하가 문을 벌컥 열고 들어왔다. 그리고 봉이의 멱살을 잡아 상체를 들어 올리더니 뺨을 세차게 치기 시작했다. 날카로운 고통에 봉이는 눈을 떴고 자신을 미친 듯이 때리고 있는 소하가 눈에 들어왔다.

"아니! 이게! 읔!"

소하는 봉이가 눈을 떴음에도 불구하고 뺨을 찰싹찰싹 때렸다.

"아니, 왜! 왜 때리냐고! 이유나 알고 좀 맞자고!"

"홀릴 게 따로 있지, 그런 귀신한테 홀려서는. 아주 잘하는 짓이다!"

소하는 곧이어 봉이를 내팽개치듯 멱살을 놓았고 봉이는 켁켁거렸다.

"그게, 켁켁! 무슨 소리더냐… 켁!"

"아까 그 집에 들어갔을 때가 기억이 나느냐?"

"집? 아! 그 양반가들… 응?"

아무리 생각해봐도 기억이 나질 않는 통에 봉이는 또 자신이 뭔가에 홀렸다는 사실을 깨달았다.

"아니, 부적을 해서 가지고 있어야겠느냐? 그럼 네가 옆에 있어 주면 되질 않느냐?"

"잠시 그곳을 살펴보러 간 사이에 이렇게 될 줄 누가 알았더냐?"

이현은 순간 봉이의 부적이라는 말에 뭔가가 퍼뜩 생각이 들었다. 신보는 여러 가지 힘을 가지고 있다는 것이 기억났다. 곰곰이 신보의 힘을 하나씩 상기해보았다. 일단 신보에 대한 정보가 있는 서책에서 대충 읽긴 했지만 그 상세를 아는 이는 없었기에 딱히 도움이 될 만한 것은 없었다. 그래서 그동안 자신에게 일어났던 일들에 대해 떠올리고 집중해보기로 했다.
 아직 팔찌의 힘은 알 수가 없다. 이용해본 적도 없거니와 제대로 된 정보가 없기 때문이었는데 팔찌를 가만히 바라보다가 착용해보니 마음이 조금씩 안정되며 편안해지기 시작했다. 그리고 그 녹색빛이 조금씩 이현의 눈 안으로 들어오는 듯했다.
 이현은 뭔가 시험해보기 위해 팔찌를 보함에 넣고는 닫아 그 노출을 막았다. 그러자 아까 느껴지던 그 편안함은 온데간데없었고 아무런 감정이 들지 않았다.
 '이것은 감정을 조절하는 능력을 지녔단 말인가. 혹시 모르니 나중에 다시 한번 시험해봐야겠구나.'
 이현은 뭔가 전개됨에 기분이 한결 나아졌다. 다시 보함을 열어 붉은 목걸이를 바라보았다. 목걸이는 구미호가 가지고 있던 걸 가지고 온 것이었다. 구미호의 능력에 비해 사람들이 홀림을 벗어나 거의 종교를 가진 듯한 행동을 했다. 그것은 즉 구미호의 능력과 더불어 이 목걸이가 사람들의 마음을 홀린 것이겠지. 엄청난 유혹의 힘이었을 것이다.
 다음은 귀걸이. 푸른빛을 내는 아름다운 그 귀걸이는 소진에게서 건네받았던 것이었다. 자신을 보관해줄 사람을 스스로 찾아 그의 손에 들어갈 만큼 영험한 힘이 있다. 하지만 어디까지나 추측일 뿐, 그 능력이 조금은 의심스러워 이현은 근처에 보이는 촛대를 들어 귀걸이에 내려치려고 했다. 그러자 그 모습을 본 봉이와 소하가 깜짝 놀라 이현을 막으려 했다.

"나으리!"

그 외침과 동시에 촛대가 귀걸이에 닿는 듯했으나 곧이어 튕겨져 나가는 모습을 볼 수 있었다.

'이것은 방어다!'

이현은 빙긋 미소를 짓고는 그 귀걸이가 있으면 그 환상을 보지 않을 수 있다는 결론에 이르렀다.

그러나 문제가 하나 있었다. 이 신보를 사사로이 써도 되느냐였다. 그리고 무엇보다도 팔찌처럼 이걸 착용해야 하는지가 의문이었고 어떻게 착용하는지도 몰랐다. 소하는 그런 이현의 모습에 뭔가를 눈치챘다는 듯 조심스럽게 다가갔다.

"나으리, 신보는 제가 만질 수가 없습니다. 하지만 말로는 설명해 드릴 수가 있지요."

소하의 말에 이현은 망설이다가 결심을 했다는 듯 고개를 끄덕였다.

"이 귀걸이를 착용해야 하는데, 어떻게 하는 것인지 방법을 알려 주십시오."

"일단…."

"일단…?"

"뚫으셔야 합니다."

"무엇을 말입니까?"

"물론 귓불이지요."

소하는 피식 미소 지으며 무언가를 꺼내 들었다. 바늘이었다. 이현의 얼굴은 사색이 되었다.

"그걸로 무엇을 한단 말이오?"

"귓불을 뚫으셔야 귀걸이를 착용하지요?"

소하는 손으로 딱 소리를 내어 작은 불꽃을 일게 했고 바늘을 천천히 달구었다.

"사… 살을 녹일 작정이오?"

"소독하는 것이니 신경 쓰실 필요 없습니다. 식혀서 뚫을 테니 걱정 마시지요."

소하는 바늘을 후후 불며 이현에게 다가갔다. 그리고 이현의 귓불을 손톱으로 꾹 눌렀다가 떼며 바늘을 들어 귓불을 한 번에 뚫어 버렸다.

"아아악!"

그의 외마디 비명에 주모는 화들짝 놀라 주위를 두리번거리다가 다시 아궁이에 불을 지폈다.

곧이어 방에서 나오는 그의 빨간 귀엔 영롱한 푸른 빛을 내는 귀걸이가 걸려 있었고 소하는 그 모습에 뿌듯해했다. 봉이는 옆에서 덜덜 떨며 소하에게 잘해야겠다고 다시 한 번 다짐했다.

주막에서 나오자 그 앞에서 안절부절못하는 사내와 마주쳤다.

"괜찮으십니까?"

"아깐 어디에 계셨습니까?"

이현의 말에 소하는 사내에게 고개를 끄덕였고 사내는 입을 열었다.

"그게, 그 자리에 함께 있다가 낭자가 저를 낚아채 그곳을 피할 수 있게 해주었습니다."

"아무 일도 없어 다행입니다. 허나 지금 다시 그곳에 갈까 하는데, 위험하니 자리를 피하셔도 됩니다."

이현의 말에 사내는 씁쓸한 듯한 미소를 지으며 말했다.

"아닙니다. 제가 꼭 가야만 합니다. 그래서 이 고을에 왔고요."

이현은 사내의 말이 뭔가 미심쩍었지만, 그래도 밑져야 본전이라고 같이 가보기로 했다.

처음과는 사뭇 다른 양반가에 도착하자 봉이가 다시 눈의 초점이 풀려 양반가로 들어가려고 했고, 소하는 그런 봉이의 뒷덜미를 잡고는 한숨을 쉬었다.

이현은 아까와는 다르게 환상을 보지 않게 되자 신기해했다. 그리고 얼얼한 귀를 만지려다 말고 성큼성큼 그곳에 들어섰다. 이현은 울음소리가 들리는 곳을 따라 방을 찾기 시작했고, 점점 그 소리가 가까워지자 심호흡을 했다. 그리고 천천히 밖에서 들어가겠노라고 동의를 구했다.

"들어가도 되겠습니까?"

[당신은 어떻게 멀쩡한 거지?]

흐느끼는 소리와 함께 날카롭게 질문하는 그 목소리에 이현은 다 떨어져 가는 문을 열고는 방 안으로 들어가 자리를 잡고 앉았다. 그곳엔 족두리를 하고 조금은 큰 예복 차림에, 번진 연지곤지와 눈물자국으로 얼룩진 얼굴을 한 새색시가 앉아 있었다. 이현은 그런 그녀를 바라보며 부드럽게 미소 지었다.

"저는 이현이라고 합니다."

[당신의 이름 따위 궁금하지 않아.]

"무슨 일이 있어 여기서 이러고 있는지는 대충 경위를 들어 알고 있습니다. 어떻게 해야 한을 풀고 올라가시겠습니까?"

[한이라… 그렇게 쉽게 풀릴 것도 아니고, 당신이 어떻게 할 수 있는 일도 아니다.]

그때 문 뒤에서 빼꼼 고개를 내미는 사내의 모습에 새색시 귀신은 눈물로 얼룩진 두 눈을 동그랗게 떴다.

[당신이 왜 여기에 있는 것인가?]

"혹시 지금 여기에 그 귀신이 있습니까?"

사내의 말에 이현은 고개를 끄덕이며 새색시 귀신을 바라보았다.

"여기 앉아 있습니다."

"그럼 그 귀신의 말을 좀 전해주실 수 있겠습니까?"

사내는 이현을 바라보며 말했고, 이현은 새색시 귀신을 가만히 보다가 고개를 끄덕여주었다.

"제 말을 들어보십시오."

[저자가 왜 여기에 있냔 말이다! 듣기 싫다! 내가 어쩌다 이렇게 됐는지 누구보다도 당신이 더 잘 알고 있지 않느냐?]

이현은 새색시 귀신의 말을 사내에게 그대로 전해주었다.

"제가 사과하겠습니다. 어떻게 해야 되겠습니까?"

이현은 그들의 대화에 조금은 정리가 되지 않는 듯한 표정을 지어 보이더니 곧이어 말을 꺼냈다.

"아는 사이입니까?"

"사실, 저희 오라비가… 그 도망친 신랑입니다…."

오라비라는 말에 이현은 깜짝 놀랐다.

"사…내가 아니셨습니까?"

"사내의 모습이 이동하기 편해 이렇게 모습을 숨겼습니다만, 예, 여자입니다."

그녀는 갓을 벗었고 칠흑같이 검은 머리칼이 찰랑 하고 흘러내렸다. 소하는 이미 알고 있었다는 듯한 표정으로 가만히 이들을 바라봤다. 봉이는 계속해서 정신을 차리지 못하고 이내 다시 새색시 귀신의 다리로 가 안겨 비비적거렸다.

"그래서 혼자만 홀리지 않고 있었군요."

이현은 이제야 이해가 된다는 듯 고개를 끄덕였다. 곧이어 그녀가 새색시 귀신이 앉은 곳에 가서 자리를 잡고 앉았다.

"들어보시오. 전할 말이 있습니다. 사실 제 오라비는 죽었습니다. 같이 도망갔던 여자를 찾으러 온 사내에게 죽임을 당했지요. 그러니 찾으려고 해도 찾을 수가 없단 말입니다. 이렇게 사람을 해치며 머무를 필요가 없습니다. 더 이상 업을 쌓지 마십시오."

그녀의 말에 새색시 귀신은 피눈물을 흘렸고 하얀 한삼이 빨갛게 물들기 시작했다.

[내가 어떻게 죽었는지 자네가 아는가?]

새색시 귀신의 말을 전해주는 이현의 말에 그녀는 아무 말도 없이 고개를 내저었고 새색시 귀신은 다시금 분노에 찬 목소리로 말하기 시작했다.

[나는 울다가 그렇게 죽은 것이 아니다.]

"네? 그럼?"

[나는 억울하게 독살당했다.]
"그게 무슨 소리입니까?"
이현의 물음에 새색시 귀신이 피눈물을 흘리며 사연을 이야기했다.

남편이 그렇게 도망쳐버리자 그녀는 졸지에 과부 아닌 과부가 되어버렸다. 골칫덩이인 첫째 딸을 드디어 시집을 보냈다고 생각했던 그녀의 아버지는 절망했다.
"하, 이제 좀 편하게 살아보려나 싶었더니만, 부와 명예도 놓쳐버리다니."
그녀의 아버지는 순간 치밀어오르는 화를 참지 못해서 그녀가 있는 방 앞으로 갔다.
"언제까지 울고만 있을 셈이냐?"
"으흑, 흑…."
대답은 없고 울음소리만 들려오는 통에 더욱더 답답하기만 했다. 그렇게 자신의 방에 틀어박혀 울기만 하는 그녀의 모습이 보기 싫었던 아버지는 결국 그녀에게 호통쳤다.
"잠깐 외숙부 집에 가 있거라! 그곳은 바다 근처니 지금보다는 훨씬 나을 것이 아니냐?"
아버지는 그녀를 멀리 보낼 요량으로 요양을 가라고 했으나 그녀는 충격으로 인해 말도 잃고 단 한 발도 움직이지 않았다.
그렇게 몇 날 며칠을 계속 울기만 하는 그녀로 인해 이성이 끊긴 아버지는 홧김에 독을 구해 첫째 딸이 마실 물에 타서 그녀에게 주었다.

"그만 울고 밥이라도 한술 떠야 할 것이 아니냐? 아니면 이 물이라도 마시거라."

그녀는 울다가 물끄러미 아버지를 바라보았고 죄스러운 마음에 그 물을 두 손으로 받아들고는 마셨다.

'그래, 더이상 이 아비 망신시키지 말고 그냥 멀리 떠나버려라.'

그렇게 그녀는 쓰러져 꺼져가는 생명을 가까스로 잡고는 속이 타들어 가는 고통에 몸부림치며 마지막으로 아버지의 바짓가랑이를 붙잡았다.

"아, 윽! 아버…지!"

하지만 그는 냉정하게도 바짓단을 날카로운 것으로 잘라내었고 그녀는 그렇게 아버지의 바지 천을 꽉 움켜쥔 채로 숨을 거뒀다.

그는 그렇게 첫째 딸이 죽은 것을 확인하고는 방에서 나오자마자 급하게 사람들을 붙잡으며 놀란 척했다.

"크, 큰일이네! 처, 첫째 딸이… 내 딸이….''

"무, 무슨 일이십니까?"

그는 첫째 딸이 자신의 삶을 비관해 스스로 목숨을 끊었다고 주위에 알렸다. 그렇게 짐을 해결했다는 생각을 하며 다시금 여유로운 생활을 하기 시작했다.

하지만 그것도 잠시, 매일 밤낮 첫째 딸애의 방에서 흐느끼는 소리가 들려왔다. 분명히 장사를 치르는 것까지 봤는데도 불구하고 딸이 흐느끼는 소리가 들려오자 방문을 열어 확인하기를 수차례, 보통 일이 아니라는 것을 직감하게 되었다. 하루 이틀 곡소리와 이상한 사건으로 집안사람들이 하나둘씩 목숨을 잃기 시작했다. 집안은 풍비박산이 나기에 이르렀다. 가장 마지막으로 그녀의 아버지가 그녀에게 먹여 목숨을 앗아간 독을 마시곤 그 자리에서 숨을 거뒀다.

그렇게 흥하던 집안이 하루아침에 폐가가 되었고 흉흉한 소문으로 인해 그 누구도 이 집 근처엔 발을 들이지 않게 되었다.

[믿었던 아비마저도 자식을 해하는데, 내가 한을 풀고 말고가 어디 있겠느냐?]

새색시 귀신의 말에 그 누구도 대꾸할 수가 없었다. 하지만 이현은 골똘히 생각하다가 다시금 입을 열었다.

"그렇다면 그들을 벌하면 되는 것이지, 왜 애먼 다른 남정네들이 그것을 감당해야 하는 것입니까?"

[초야조차 보내지 못하고 모든 남자들에게 배신을 당했다. 이 기분을 네가 알 성싶으냐? 사내는 모두 똑같다.]

"그것은 아닙니다. 당신은 아시지 않습니까? 오랜 시간 동안 여기서 머물렀다면 아시지 않습니까? 남성이라고 해도 다 같지 않다는 걸 말입니다. 다른 집 남자들을 보지 않으셨습니까?"

[당신도 알지 않은가? 자신의 처가 있음에도 불구하고 예쁜 여자에게 홀려 오는 모습이라니. 그렇게 처를 아끼고 사랑한다면 외간 여자에게 홀리지 않는 게 맞지 않은가?]

피눈물을 흘리며 비웃음을 흘리는 새색시 귀신의 말에 이현은 반박할 수가 없어 고개를 푹 숙이고 말았다. 그때 옆에 있던 소하가 말했다.

"자신만의 생각에 갇혀서 이 얼마나 우스운 상황인가?"

[뭣이?]

"그냥 부러우면 부럽다고 하거라. 나이도 꽤나 먹었을 터인데 애도 아니고 삐뚤어져서는 괜한 고집과 일반화로 다른 남성들을 폄하하지 말란 말이다."

[네년은 뭐길래 뭘 안다고 함부로 지껄이는 것인가?]

"사실은 알고 있지 않느냐. 모든 남성이 다 그렇지 않다는 것을, 회오리 같은 몹쓸 운명에 휘말려 자신이 그렇게 되었다는 사실을 말이다. 정말로 사랑받고 싶었고 사랑을 하고 싶은 여자였을 뿐이라고. 왜 솔직하게 말하질 못하는가?"

[운명이 다 무엇이고 사랑이 다 무엇이냐. 왜 그 희생양이 나여야만 하지? 난 그저 평범하게 살고 싶었을 뿐이었다. 그런데 왜 날 이렇게 만들었냔 말이다!]

"참으로 딱하도다. 정말로 사랑하는 사람을 만나 행복하게 살았음 좋았을 것을. 그 예쁜 얼굴 흉하게 만들지 마시오."

소하는 새색시 귀신에게 다가가 얼굴을 매만지며 눈물을 닦아주었다.

그러자 가만히 앉아 있던 남편의 동생이 손을 내밀어 새색시 귀신의 손을 잡는 행동을 했다. 덕분에 새색시 귀신이 화들짝 놀랐고 뭔가 이현은 이상한 낌새가 들어 그녀를 바라보았다.

"신형, 제 이름은 박선화입니다. 못난 오라비를 두어 정말 미안하오. 이렇게 이승을 벗어나지 못하고 삼 년 동안 힘들어하는 것을 알았다면 내 당장에 찾아왔을 것을. 내가 이렇게 빌겠소. 어떻게 하면 되겠습니까?"

눈물을 흘리며 말하는 선화의 말에 새색시 귀신의 눈에서 투명한 눈물이 흘러넘쳤고 곧 살아생전의 곱디고운 모습으로 바뀌었다.

[신형이라니. 나를 그 집 식구로 인정해주는 것입니까?]

새색시 귀신의 말을 소하가 전해주었고 선화는 고개를 세게 끄덕이며 말했다.
 "물론입니다. 제가 어렸을 때부터 언니가 있었으면 하고 간절히 바랐습니다. 오라비만 두 명에 저는 늦둥이라 언니를 간절히 바랐고, 신형이 곧 생길 거란 말에 얼마나 기대를 했는지 모릅니다. 그런데 이렇게 되다니, 신형에게 얼마나 미안한지 모릅니다."
 선화의 말에 새색시 귀신은 옅은 미소를 지었다가 활짝 웃었다.
 [내 이런 동생이 있었음 참으로 잘해줬을 터인데!]
 소하가 전해준 말에 선화는 환하게 미소 지었고 그렇게 회포를 푸는 듯한 둘의 모습에 모두들 지긋이 미소 지었다.
 "자, 이제 내 오라비를 좀 내놓았으면 하는데?"
 소하는 새색시 귀신의 다리를 보며 말했다. 정신없이 새색시 귀신에게 붙어 있는 봉이를 보고 이현은 한숨을 쉬었다.
 [아, 미안합니다. 솔직히 말해서 이자가, 내 신랑이라는 자와 닮아서 그만 더 강한 환상을 주고 말았습니다. 좀 더 옆에 두고 싶었거든요.]
 새색시 귀신이 봉이의 **뺨**에 손을 가져다 대자 봉이는 곧 잠들은 듯했고 소하는 그런 봉이를 둘러업었다.
 "하여간 도움이 안 되는 놈."
 "그나저나 보통 새색시 귀신에게 이런 환상을 보게 하는 힘이 있습니까? 아무리 생각해도 조금은 걸리는 듯하여…."
 "그러게 말입니다. 보통은 이렇게까지 하지 않는데 말입니다."
 소하는 뭔가 이상하다는 듯 가만히 새색시 귀신을 살폈는데, 새색시 귀신의 발치에 있는 반짝이는 무언가가 보였다. 뭔가 이상한 기분이 사로잡혀 또 저번과 같은 욕구가 차오르는 것을 느낀 그녀는 단번에 그것이 신보라는 것을 알아차렸다.
"나으리, 저 새색시 귀신의 발치에 있는 것을 보십시오. 신보의 기운이 느껴집니다."
이현도 새색시 귀신의 발치에 뭔가 반짝이는 것을 보고 새색시 귀신의 옆으로 갔다.
"실례하겠습니다."
이현은 예의 바르게 말하며 그 반짝이는 것을 주워들었다. 가만히 살펴보니 수경 같았다. 하지만 완전한 모습이 아니라 깨진 흔적을 보아 조각이 여러 개라는 걸 깨달았다.
"신보가 하나의 형태가 아닌 조각이 난 형태인 듯합니다. 저 혹시 이게 무엇인지 아십니까?"
이현은 수경 조각을 들고 새색시 귀신에게 들어 보였더니 새색시 귀신은 고개를 갸웃거리다 이내 싸늘한 표정으로 바라보았다.
[아버지께서 늘 몸에 지니고 다니셨던 조각입니다. 그리고 그걸로 제가 움켜쥔 자신의 바짓단을 잘라내셨지요.]
새색시 귀신의 말에 소하는 혀를 쯧쯧 찼고 이현은 수경 조각을 신보함에 넣으며 한숨을 쉬었다.
'그러면 나머지 수경 조각을 더 찾아야 한다는 것이 아닌가. 도대체 몇 조각으로 깨져 있는 것이냐.'
머리가 지끈지끈 아파오는 것도 잠시, 곧이어 새색시 귀신이 말했다.
[아버지께서는 항상 네 명의 양반들과 만나서 함께하시곤 했습니다. 그리고 어느 날 우정의 증표로 가져오신 거라 말씀하신 게 기억

이 납니다.]

 새색시 귀신의 말에 이현은 그 조각이 네 개가 더 있다는 사실을 알게 되어 그것을 찾아 길을 떠나야 한다는 막막함과 조급함을 느꼈다. 그리고 그로 인해 어떻게 표정 관리를 해야 할지 몰랐다.
 "자, 이제 저승으로 갈 마음이 생겼소?"
 [어차피 여기에 남은들 아무것도 해결이 되지 않는다는 것을 알게 되었습니다. 남편이라는 자를 기다렸지만 죽었다고 하니…. 게다가….]
 "게다가?"
 [남자와 하룻밤을 보내곤 했으니 한을 아주 풀진 않았다고 볼 순 없으니까요. 감사했습니다.]
 새색시 귀신은 고개 숙여 인사하고 밝은 빛을 내며 활짝 웃고는 사라졌다. 곧이어 잠에서 깬 봉이는 상황 파악을 하고 있었다.
 "이게 뭐…지? 네가 왜 날 업고 있는 게냐?"
 봉이가 깜짝 놀라며 소하에게 물었고 소하는 한심하다는 표정으로 봉이를 보았다.
 "소진 원님의 말대로 이것을 떨어뜨리고 왔어야 하는 것인데."
 봉이는 순간 소진이 말했던 '아무짝에도 쓸모없는 놈'이라는 말이 생각나 길길이 날뛰었다. 그렇게 그들이 티격태격하고 있는 모습은 뒤로하고, 이현은 가만히 선화를 보더니 피식 미소 지었다.
 "이제 되었으니 그 모습은 그만하는 게 어떻겠느냐?"
 이현의 말에 선화는 가만히 그를 쳐다보더니 이내 웃었다.
 "나으리, 그게 무슨 소리입니까?"
 그 모습을 가만히 보던 소하가 이현에게 물었다. 이현은 흔들림

없는 눈빛으로 선화를 보고 있었다. 그러자 곧이어 황금빛의 털에 선화가 뒤덮인 듯하더니 은월이 모습을 드러냈다.

"연기한다고 꽤나 고생한 것 같은데 끝까지 숨기지 못함이라니. 어디 있다가 온 것이냐?"

"언제부터 눈치채셨습니까?"

"망설임 없이 새색시 귀신의 손을 잡았을 때부터."

"나으리는 제가 당해낼 수가 없군요."

둘의 대화에 소하가 놀란 눈으로 물었다.

"자, 잠깐. 그럼 지금 거짓으로 새색시 귀신을 올려보낸 것입니까?"

"무엇이든 한을 풀어주고 올려보냈음 그것으로 된 것이 아닙니까?"

"하지만 거짓으로는 아니 되지요!"

"그렇다고 해서 모두 거짓은 아닙니다."

"그게 무슨 소리입니까?"

"그 남편에게 늦둥이 여동생이 있는 것도 사실이고 언니를 무척이나 가지고 싶어 했던 것도 사실이니까요. 다만…."

"다만?"

"이 세상 사람이 아니라는 것만 제외한다면요."

소하는 조금은 어두운 표정을 지었고 은월은 뭐 어떻냐는 듯한 표정으로 조금은 기품 있는 손짓을 했다. 그러자 차를 마실 수 있는 상이 차려졌고 은월은 차를 따른 후 한잔 들어 홀짝였다.

"그렇게 혼인이 없었던 일이 된 뒤, 그 집안도 천천히 몰락해가기 시작했습니다. 그리고 그 늦둥이 여동생은 알 수 없는 병을 얻어 세상을 뜨게 되었지요. 하지만 그녀가 가지고 있던 마음, 언니를 가지고 싶어했던 마음은 정말이었습니다."

은월의 말에 이현은 이해는 하지만 이렇게 행동하는 게 과연 괜찮은지 의문이었다.

"솔직히 말해 별로 돕고 싶지 않았습니다."

은월의 난데없는 말에 이현은 찻잔에 간 시선을 올려 은월을 바라보았다.

"그러면 왜 도운 것이냐?"

"무엇보다 신보를 하루빨리 찾아야 하지 않으십니까? 얼른 찾아야지요. 저는 그때까지만 나으리를 돕는 역할이고요. 이러지 않으면 해결되지 않을 것이란 걸 알고 있었습니다."

"지금까지 어디에 있었던 것이냐?"

"늘 곁에서 지켜보고 있습니다."

모든 것을 알고 있다는 듯한 은월의 모습에 이현은 의문이 들고 조금이라도 그녀의 속을 짐작해보려고 했으나 이내 관두었다.

"적대적인 눈빛은 거두십시오. 모두 천제님의 뜻대로 흘러가는 것이니까요."

은월은 소하를 흘깃 보더니 다시 차를 마시며 그리고 이현을 물끄러미 바라보았다.

"쇼우지라는 자는 어떤 자입니까?"

은월의 말에 이현이 잠깐 움찔하더니 이내 입을 열었다.

"쇼우지 그자는 사악한 자다. 다른 요괴를 현혹해 자신의 사리사욕을 채우려 하는 자지. 요괴를 이용하면 했지, 절대로 평등한 세상을 위해 손 쓸 자는 아니다."

은월은 차가운 표정으로 자리에서 일어나 방금까지 마시던 차와 자리들을 모두 없앴고 앞서 걷자 이현 또한 일어났다. 그 모습에 좀

던 봉이가 서둘러 일어나며 옷을 털고는 앞서 걷는 이현에게 소리쳤다.

"나으리~ 주막에서 아침은 먹고 가시는 거지요?"

"짐 챙겨서 하루빨리 가야 할 판인데 너는 먹을 게 눈에 들어오느냐?"

소하는 그런 봉이에게 핀잔을 주듯 한마디하고는 이현에게 가까이 붙어 따라갔고 봉이는 구시렁거리며 그 뒤를 쫓았다. 그렇게 폐가를 벗어나는 그들을 가만히 지켜보기만 하던 어떤 존재가 휙 하며 따라나섰다.

그리고 그의 검은 그림자가 물에 번지듯 크게 일렁였다.

## 열 번째 달조각. 유인수

 처절한 비명과 고통에 신음하는 소리에 대비되어 뭔가 즐겁다는 듯 비열한 웃음소리가 들려왔다. 피가 고여 웅덩이가 된 곳을 지나쳐 시체들이 즐비하게 쌓인 곳에서 한 사람이 다리를 꼬고 앉아 있었다. 얼굴에 묻은 피를 스윽 닦으며 수경 조각을 보고 있는 쇼우지. 수경 조각은 쇼우지의 손에서 빛을 내다 순식간에 어두운 빛으로 변해버렸다.
 "이런 걸 평범한 너희가 가지고 있으면 안 되지 않느냐. 어울리는 주인에게 가야지."
 쇼우지는 시체 더미에서 사뿐히 내려와 백희에게 미소를 짓더니 머리를 쓰다듬어주었다.
 "잘했다. 이현보다 먼저 수경 조각들을 획득해야 한다. 내 말이 무슨 말인지 알겠지?"

백희의 뺨을 손으로 스윽 훑으며 쇼우지가 말했다. 백희는 얼굴이 붉어진 채 고개를 끄덕이곤 휙 하고 사라지듯 달려갔다.
'신보들을 모두 손에 넣으면 그 누구든 모두 내 발 아래 둘 것이야.'
쇼우지는 소매 속에 있던 귀걸이를 꺼내어 바닥에 버린 후 발로 비벼 깨뜨려버렸다.
곧 어두운 그림자가 숨어들어 쇼우지의 곁으로 빠르게 내달렸고 이내 쇼우지의 귀에 대고 소곤거렸다.
"아, 그렇단 말이지."
그 그림자는 펑 소리를 내며 종이로 변했고 쇼우지는 한쪽 입꼬리를 잠깐 올렸다가 내리며 양반가의 문을 벌컥 열고는 유유히 그 자리를 떠났다.

"으으, 날이 점점 쌀쌀해집니다요, 나으리."
"그러게나 말이다. 가만있자, 길이 이쪽이던가."
이현이 서서 갈림길을 보고 있자 천천히 따라오던 은월이 이현의 귓가에 후 하고 바람을 불어넣었다. 깜짝 놀란 이현이 귀를 탁 하고 막으며 은월을 쏘아보자 은월은 어린아이처럼 즐겁게 웃으며 앞으로 나아갔다.
"이쪽입니다, 나으리. 보통은 신보가 주인을 끌어당길 텐데, 감이 오지 않으시나 봅니다?"
"장난이 너무 심한 듯싶구나. 몇 번이나 이러는 통에 깜짝 놀랐단 말이다."

"이렇게라도 하지 않으면 무료해지니 어쩔 수가 없습니다."

은월은 장난스러운 미소를 지으며 앞서갔고 소하는 그런 모습이 마음에 들지 않는다는 듯한 표정으로 은월을 바라보다 이현을 보았다. 이현은 그런 소하의 표정을 살피다 픽 웃어 보였다.

"왜 그러십니까?"

"정말 마음에 들지 않는 자입니다."

"원래 저런 성격입니다. 어쩔 수 없지 않습니까? 그냥 받아들이는 수밖에요."

"신이란 무릇 점잖은 줄 알았으나 제가 헛알고 있었나 봅니다."

"은월이는 원래 신이 아니었습니다. 요괴였지요. 원래 아무에게나 저런 모습을 보여주지 않는다는 걸 알기에 그냥 웃어넘기는 것입니다. 알고 보면 굉장히 여리고 순수하지요."

이현은 뭔가 은월이 귀엽다는 듯한 표정으로 바라보고, 소하는 가만히 이현을 바라보다 물었다.

"나으리, 혹여…."

"낭자가 생각하는 마음이 아닙니다. 그냥 나이 차가 많이 나는 오라비로서 은월이를 생각하는 것일 뿐입니다."

이현의 말에 소하는 피식 미소 지었다. 그 모습을 보고 있던 봉이는 괜히 심술이 덕지덕지 붙은 표정으로 소하에게 말했다.

"네가 나으리를 사모하는 것은 아니더냐?"

"무, 무슨 소리더냐!"

소하는 얼굴이 달아올라 길길이 날뛰었고 봉이는 그 모습마저 마음에 들지 않는 눈치였다.

"넌 안 된다."

"무엇이 말이더냐?"

"나으리에게 네가 가당키나 하겠느냔 말이다."

"뭣이?"

"안 될 건 또 무엇이냐? 소하 낭자의 어디가 어때서?"

부드러운 미소를 지으며 이현이 말하자 소하는 얼굴이 더 빨갛게 달아올랐고 봉이는 어이가 없다는 듯 눈을 굴리곤 이현의 어깨를 양손으로 잡았다.

"나으리, 정신 차리십시오. 소하는 도깨비입니다."

"그게 뭐 어때서?"

"나으리, 제정신입니까요? 왕족이나 귀족 중에 아름다운 규수들이 나으리를 보려고 줄을 섰습니다."

"봉이야. 그렇게 외관에만 신경 쓰면 안 된다. 내면을 바라볼 줄 아는 자가 되어야지."

이현의 말에 봉이가 답답하다는 듯 자신의 가슴을 팡팡 치며 앞서가는 이현을 다시 쫓아가던 그때, 큰 바위에 웬 할머니가 앉아 있는 것이 보였다. 그리고 이들의 발소리를 들었는지 고개를 들고는 이현이 있는 쪽을 바라보았다.

"고을을 찾아가는 중이십니까?"

"예, 그렇습니다만…."

할머니의 물음에 소하가 대답을 하자 은월이 휙 하는 소리와 함께 사라졌다. 그리고 곧 소하가 치맛자락을 살짝 들어 이현의 앞을 막고는 날이 선 눈빛으로 할머니를 바라보았다. 하지만 할머니는 그러든지 말든지 신경 쓰지도 않고 고개를 갸우뚱거리며 말했다.

"음, 도깨비 하나, 남자 둘."

할머니의 중얼거림에 소하는 깜짝 놀랐고 이현 또한 적잖이 놀랐으나 가만히 할머니를 바라보았다. 그런데 할머니의 눈이 이상해 보였다. 그래서 봉이가 할머니에게 가까이 다가가 가만히 눈을 보았다.

"왜 그러시오? 내 눈이 이상해 보이오?"

뜨끔해서 깜짝 놀란 봉이는 아무 말도 하지 않았고 소하는 경계하며 긴장이 가득한 표정을 지었다. 그러자 할머니는 허허 하고 웃으며 다시 말을 이었다.

"내가 앞이 보이지 않는다오. 그런데 어떻게 당신들을 아는지 궁금하겠지. 날 따라오면 알게 될 것입니다."

할머니는 지팡이로 땅을 툭툭 치며 말했다. 소하는 할머니를 보다가 옆으로 돌아가자며 손짓했다. 그리고 천천히 돌아가려고 했으나 휙 하고 그들을 막는 무언가가 있었다. 할머니가 지팡이를 날려 그들의 옆에 있는 나무에 박아 진로를 방해했던 것이었다.

"당신들은 지금 저 고을에 가면 안 됩니다. 제 말을 믿고 따라오시지요."

범상치 않은 할머니의 행동에 어떻게 해야 할지 몰라 소하는 상황만 살펴보고 있었다. 이현은 할 수 없다는 듯 지팡이를 뽑아 들고는 할머니에게 다가갔다.

"고을에 왜 가면 안 되는지 무슨 일인지 설명해주실 수 있겠습니까?"

"따라오시면 모두 설명해드리지요."

할머니는 인자한 미소를 지으며 말했고 이현은 소하에게 고개를 끄덕였다. 봉이는 할머니에게 다가가 배시시 웃으며 말했다.

"할머니, 제가 업어드릴까요?"

"허허, 마음씨가 고운 청년이구먼."

봉이는 괜히 탐라에 계시는 할머니가 생각나 등을 내주었고 그렇게 봉이의 등에 업힌 할머니가 지팡이로 가리키는 곳으로 걸어가기 시작했다.

얼마나 걸었을까. 숲이 우거진 곳에 외딴집이 하나 있고 그렇게 할머니는 봉이의 등에서 내려와 자연스럽게 집 안으로 들어갔다.

"고맙네. 총각. 아이쿠."

할머니는 평상에 앉더니 모두들 거기에 앉으라는 듯 손으로 옆을 탕탕 쳤다. 모두가 쭈뼛대며 평상에 앉자, 곧 부엌 쪽에서 소란스러운 소리가 들렸다. 와장창!

"아이고, 또 시작이구만."

할머니는 고개를 절레절레 젓더니 목청껏 외쳤다.

"해천아, 이놈아!"

"아, 할머니 오셨어요?"

우당탕거리며 부엌에서 웬 소년이 나왔고 평상에 멀뚱거리며 앉아 있는 이들을 보더니 멈춰 서서 상황 파악을 하는 듯했다.

"뭔 사람들이 이렇게 많소?"

소년은 멀뚱멀뚱 서서 이들을 바라보고 있었고 할머니가 한숨을 쉬더니 말했다.

"네가 데리고 오라고 한 자들 아니더냐!"

"아, 이 사람들이 그자들이야? 그렇구나. 생각보다 평범하게 생겼네?"

"도대체 무슨 말을 하는지 모르겠으니 설명 좀 해주셨으면 합니다만?"
　소하가 조금은 짜증이 난다는 듯 쏘아댔고 소년은 하하 웃었다.
　"당신이 도깨비로군요? 어디 보자. 내 상상과는 다른 것이….'
　"예끼! 내가 그렇게 실례 되는 언행은 자제하라고 했거늘!"
　소하는 굉장히 불쾌하다는 듯이 소년을 쳐다보았고 소년은 양 손바닥을 펼치며 소하를 진정시키는 듯했다.
　"기분이 나빴다면 사과하겠습니다. 나쁜 의미로 그런 것이 아니니 용서하십시오."
　"무턱대고 사람을 데리고 왔으면 우선적으로 해야 할 말이 있지 않겠습니까?"
　소하가 차갑게 말하자 소년은 헤실헤실 웃는 얼굴을 거두곤 대청마루에 앉아 이들을 바라보았다.
　"지금 저 고을에 가려는 것이지요?"
　"그렇습니다만."
　이현이 대꾸하자 소년은 넌지시 미소를 짓다가 진지한 안색으로 다시 말을 이어갔다.
　"지금 고을에 가게 된다면 당신들은 모두 죽게 됩니다."
　"그게 무슨 소리입니까?"
　"지금 고을은 예전과는 아주 다른 모습을 하고 있습니다. 외부인들에게 굉장히 적대적이며 사람들 모두 날이 서 있지요. 누구든 뭔가 하나라도 잘못하면 죽일 기세로 달려든단 말입니다. 그리고 무엇보다 얼마 전 한 양반가가 몰살을 당한 터라 더 예민하지요."
　"몰살을 당했다니요?"
　깜짝 놀라 묻는 소하의 말에 소년은 고개를 끄덕이고 다시 말했다.

"제가 분명히 조심하라고 그렇게 일렀거늘, 믿지 않다가 그 지경이 된 것이지요. 조선에서 본 적 없는 옷을 입고 굉장한 요기를 뿜는 자가 닥치는 대로 사람을 몰살할 것이라 보았는데. 어쩌겠소, 그게 그들의 운명인 것을."

"잠시만, 조선에서 본 적 없는 옷 말입니까?"

"그렇소만. 뭐 아는 것이 있습니까?"

"쇼우지."

이현은 나지막이 말했고 소하가 뭔가를 생각하더니 다시 소년에게 물었다.

"그나저나 어떻게 앞서 일어날 일을 아는 것입니까?"

"태어날 때부터 이러했습니다. 그리고 당신들이 저를 찾아올 것도 알고 있었지요."

소년은 눈웃음을 지어 보이며 말했다.

"이건 찾아온 게 아니라 반강제로 끌고 온 셈이잖아. 당신을 어떻게 믿으라는 거지?"

은월은 경계하며 말했고 소년은 골똘히 생각했다.

"그러게요. 믿으나 마나 그건 낭자께서 결정할 일이겠지요? 아 맞다. 이럴 게 아니라…."

소년은 평상에 상을 펼치더니 부엌에서 이것저것을 꺼내왔다.

"어쨌든 손님을 굶길 순 없으니 요기나 좀 하십시오."

소하는 이현의 옆에서 굳은 표정으로 소년을 살폈다. 이현은 할머니와 소년을 한 번씩 쳐다보다 생각에 잠겼고 봉이는 숟가락을 들고 이내 밥을 먹었다. 소하는 그럼 그렇지 하는 표정으로 봉이를 쳐다보고 있었다. 소년은 미소를 지으며 곧 이현에게 다가와 손을 내밀었다.

"인사가 늦었습니다. 해천이라고 합니다."

"이현이라고 합니다."

진지한 이현의 표정에 해천은 빙글 돌더니 대청마루에 털썩 하고 앉았다.

"믿든 말든 그건 당신들이 결정할 문제고, 저는 그냥 조언을 해주는 것일 뿐입니다. 어차피 이런 반응은 이제 익숙하니 말입니다."

"믿겠습니다."

이현은 단박에 말했고 해천은 조금은 놀란 눈치였다.

"보통은 제 말을 잘 믿지 않는데."

"앞날이 보이는 자라고 하니 괜히 변을 당하는 것보다 그냥 믿는 게 낫겠다고 판단했기 때문입니다."

곧 이현은 숟가락을 들어 밥을 먹기 시작했고 해천은 빙긋 웃었다. 이현은 주위를 한번 살펴보더니 물었다.

"여기에서 할머님과 둘이서 지내는 것입니까?"

"네. 그렇습니다. 원래는 저희도 저 고을에서 살았었는데, 이곳으로 쫓겨나다시피 된 것이었지요."

태어날 때부터 미래가 보였던 해천은 자신도 모르게 예언을 내뱉어 많은 이들에게 두려운 존재가 되었다. 그저 보이는 대로 말을 했을 뿐인데 자신을 죽일 듯이 달려드는 마을 사람들이 이상했다. 어떻게 보면 목숨을 살려준 셈인데, 왜 은혜를 원수로 갚는 건지 도무지 이해가 되질 않았다.

"할머니, 왜 마을 사람들은 절 죽이려고 하는 건가요?"

"사람이란 존재는 무릇 겁이 많아 일단 방어적인 형태를 취하기 마련이란다. 나와 혹은 남들과 다른 존재는 무조건 이상하게 보고 겁을 내어 이를 공격하는 것이지. 해천이 너는 특별한 능력을 지니고 있는 존재란다. 분명히 남들과는 다른 존재잖니. 사람들이 멋대로 세워놓은 평범함의 기준에서 벗어나서 그런 게지."

할머니는 울고 있는 해천의 머리를 쓰다듬어 주었다.

"그럼 할머니, 내가 이상한 사람인 거예요? 정상이 아니야?"

해천의 말에 할머니는 빙긋 웃으면서 고개를 절레절레 저었다.

"정상이란 게 도대체 뭘까? 난 이 나이를 먹도록 살아봐도 그 본질을 모르겠구나. 하지만 내 눈에 넌 절대로 이상하지 않아. 단, 남들보다 좀 더 특별할 뿐이란다."

그렇게 생명의 위협을 느낀 해천과 할머니는 마을에서 거진 쫓겨나다시피 나오게 되었다. 하지만 그렇게 나쁜 사람은 없었는지 한 목수가 어린 해천과 할머니가 걱정됐는지 조그만 집을 지어주었고 그렇게 그 사람에게 조금씩 은혜를 갚아가며 살고 있다고 했다.

"참으로 고마운 사람입니다."

이현은 고개를 끄덕이며 힘들었을 해천을 지긋이 바라보았고 해천은 픽 웃으며 기지개를 켰다.

"아 뭐, 다 지난 일입니다. 난 분명히 위험하다고 말했는데 자기들이 안 들은 거니 어쩌겠습니까? 다 본인들의 업보지요."

한창 이야기를 나누고 있던 중 누군가가 다가오는 소리에 은월과 소하가 바짝 긴장했다. 풀숲을 헤치며 뭔가가 다가오는 것을 주시하며 치러갈 준비를 하던 터에 그 존재가 드러났다.

"워허! 웬일로 손이 이렇게 많은가?"

"아! 깜짝 놀랐지 않습니까! 이분이 아까 설명드렸던, 저희가 은혜 입은 목수입니다."

"아, 해천이 네 손님이당가? 근디, 이렇게 아름다운 아가씨도 알 았당가?"

목수는 헤실 웃으며 말했고 이현과 봉이 그리고 소하는 고개를 숙여 인사했다.

"거기서 그럴 게 아니고 여기 앉아서 같이 한잔하시게."

할머니는 손을 들어 오라고 손짓했고 목수는 메고 온 땔감을 바닥에 두곤 평상에 털썩 앉았다.

"또 땔감을 가지고 온 게야? 우리가 구해도 되거늘."

"어차피 지나가던 길에 한 거니까 너무 심려치 마십시오. 해천이는 또 키가 큰 겐가?"

목수는 해천의 머리를 쓰다듬으며 말했고 해천은 머리에 손을 못 대게 하면서도 그런 손길이 싫지 않은지 미소 지었다. 그러다 목수는 뭔가 생각이 났다는 듯 입을 열었다.

"그러고 보니 요즘 또 숲에서 흉흉한 소문이 돌고 있던데, 알고 있었습니까?"

"어떤 소문을 말하는 겐가?"

"요즘 마을에서 자꾸 사람들이 실종되고 있다고 하더라고. 그런데 그게 이 숲에 들어가고 나서부터라고 하드만? 뭐 아는 게 없습니까?"

"글쎄, 들은 바가 없네만."

목수의 말에 할머니는 골똘히 생각하다 말했고 이어 해천이 멍한 표정을 지어 보였다. 동공이 풀려 초점이 없는 모습에 한동안 정적이 흘렀다. 그러다 퍼뜩 정신이 들었는지 갑자기 벌떡 일어섰다.

"할머니! 지금 당장 모두 피해야 합니다! 얼른이요!"

"왜? 왜 그러는 것입니까?"

이현은 해천의 반응에 깜짝 놀랐고 할머니와 목수는 익숙하다는 듯 해천과 함께 일어서 분주히 움직였다.

"그래! 그럼 서두르자꾸나!"

할머니의 말에 급하게 집 뒤편의 숲으로 숨어들었다. 해천은 목수에게 고개를 끄덕였고 그는 곧장 자신의 집이 있는 방향으로 뛰어갔다. 은월은 가만히 그 모습들을 한심스럽다는 듯 보다가 휙 하고 나무 위로 뛰어올라 갔다.

그렇게 얼마나 지났을까. 갑자기 많은 사람들이 몰려오기 시작했다. 모두들 손에는 낫과 호미 같은 흉기가 될 수 있는 것들을 들고 있었고 사나운 눈빛으로 두리번거렸다.

"어디 있어?"

"분명 멀리 가지는 못했을 것이야. 이 근방을 뒤져보자고!"

그렇게 눈에 불을 켜며 해천을 찾아 헤매는 듯한 사람들의 모습에 이현은 의문이 생겼다. 해천은 그대로면 위험할 것 같다고 느꼈는지 더 깊숙한 곳으로 들어가자며 손짓했다. 그렇게 해천을 따라가던 이현은 넌지시 질문했다.

"도대체 저들이 왜 저러는 것입니까?"

"저를 죽이려고 하는 것입니다."

"예? 어째서입니까?"

"아까 목수님께서 말씀하신 실종되는 사람들에 관한 이야기 기억하십니까?"

"예."

"그들을 제가 죽인 거라고 생각하나 봅니다."

해천이 도망치기 전 머릿속에서 본 모습은 이러했다.

계속해서 실종되는 사람들로 인해 마을 주민들이 모여 회의를 시작했다.

"도대체 이게 무슨 일입니까? 사람들이 자꾸 사라진단 말입니다."

"숲에만 가면 사라지니… 아예 들어가지 못하게 할 수도 없고."

"땔감도 그렇고 짐승을 잡거나 채집을 위해서라도 숲엔 꼭 들어가야 하는데 어떻게 해야 합니까?"

"혹시, 해천이가 그러는 것은 아닌지요?"

"해천이라면 그 미래를 본다고 하는 요상한 놈 말입니까?"

"그렇습니다. 제가 들은 것이 있는데 무당 같은 자는 사람을 잡아먹어 신력을 높이는 경우도 있다고 들었습니다만. 게다가 우리가 쫓아냈으니 앙심을 품었을 수도 있지요."

"그게 무슨 소립니까? 그렇다면 우리 마을 사람들이 모두 위험한 것 아니오?"

"그렇지요. 이대로 가다간 다들 죽어버리고 말 것입니다."

"그럼 우리가 당하기 전에 그들을 먼저 죽여버립시다."

그렇게 하나로 의견이 모이자 다들 살기를 띠고 해천을 죽이러 온 것이었다.

"진짜 너무합니다. 쫓아낸 것도 모자라 의심하고 죽이려 든다니요!"

"어쩌겠습니까. 저들은 그저 원망할 대상이 필요한 것일 뿐이겠지요."

해천은 씁쓸하다는 듯 웃었고 이현은 말도 안 된다는 표정으로 계속 발걸음을 재촉했다. 한참을 걷자 커다란 바위들이 박힌 곳이 나왔고, 울창한 나무들을 걸으며 들어가니 험준하면서도 그리 크지 않은 동굴이 있는 것이 보였다. 해천은 이미 몇 번이나 와본 듯했고 일행들은 그곳에 몸을 숨겼다.

"자주 숨었던 것입니까?"

"그렇게 자주는 아니고 몇 번 할머니께서 알려주신 곳이지요."

"여긴 기도를 하다 찾은 곳이니 그렇게 걱정 안 하셔도 됩니다."

이현과 해천의 대화에 할머니가 끼어 대답했다.

"그런데 자꾸 사람이 실종된다니 이 무슨 소리입니까?"

이현은 미심쩍은 그 실종에 대해 자세히 듣고 싶었다. 그러자 자세를 웅크리고 앉아 있던 해천이 가만히 생각하다 먼 곳을 보며 말했다.

"성별이나 나이 상관없이 숲 쪽에 발을 들여놓는 자가 있음 그렇게들 실종이 된다 하오. 그들이 뭐 목숨을 잃었는지 아닌지 알 수가 없는 것이지요. 시체를 찾지도 못했으니까 말입니다. 외부인에게 삯을 지불하고 실종된 이를 찾아달라고도 했다는데 그 외부인도 종적을 감춰 알 수가 없었다고 합니다. 그러니 저들도 숲에 함부로 발을 들여놓는 것이 두렵겠지요."

"하지만 목수나 할머니 그리고 당신은 괜찮지 않습니까?"

"저들이 의심하는 것 중 하나가 그 때문이겠지요. 뭐 아무럼 딱히 불쌍하다는 생각도 안 들지만서도."

해천의 이어지는 말에 할머니는 지팡이로 콩! 하고 해천의 머리를 쳤다.

"아! 왜 그래요!"

"예끼 욘석! 못 하는 소리가 없구나. 그래도 사람이 해를 입는 일인데."

할머니와 해천의 투닥거림에 웃음이 터져버리고 말았다.

고요한 적막함 속에서 스스슥거리는 바람 소리만 들려왔다. 그에 나뭇잎들이 흔들리며 내는 소리와 함께 급격히도 빠르게 어디론가 향하고 있었다. 그리고 이내 못을 향해 홀린 듯 걸어가고 있는 누군가가 보였다.

"응? 이곳은?"

그때 어떤 소년이 눈물을 흘리며 자신을 보더니 못 앞에 무릎을 꿇고 앉았다. 누구인가 가만히 보았는데 마을에서 살 때 자신의 옆집에서 살고 있었던 아이였다. 해천은 알 수 없는 불길함에 그를 말리고 싶었다. 하지만 그럴 새도 없이 소년은 못에 빨려 들어가듯 몸을 넣고 있었다.

"으악!"

해천은 비명을 지르며 자리에서 벌떡 일어났다.

"무슨 일이십니까?"

해천의 비명에 이현이 깜짝 놀라 그에게 물었고 해천은 덜덜 떨리는 자신의 몸을 양팔로 꼭 껴안고 있었다.

"예, 예지몽을 꾸었습니다. 조만간 그 아이가 죽을 것입니다. 얼른 가서 말려야 합니다!"

해천은 허둥지둥거리며 말했다.

"지… 진정하십시오! 그 아이라니요?"

"마을에서 살 때 옆집에 살았던 소년, 그 아이가 위험합니다. 숲에서 실종되는 자들처럼 그렇게 될 것이란 말입니다!"

해천은 그렇게 일어나 집을 나서려 했다. 그리고 뭔가 생각 났는지 할머니에게 일러두고 있었다.

"할머니, 어떤 것이 따라오라고 하면 절대로 따라가선 안 됩니다."

"어차피 보이는 것도 없는데 내가 누굴 따라가겠느냐?"

"그래도 조심하셔야 합니다. 느낌이 좋지 않습니다."

"그래, 알겠으니 너는 몸조심해서 다녀와야 한다. 무슨 일이 생긴 낌새를 느끼면 당장 돌아와야 해!"

"예, 알겠습니다. 그들이 오는 소리가 들리면 당장 굴로 숨어들어가셔야 합니다. 알겠지요?"

"그래, 내 걱정은 말래도. 얼른 가거라, 얼른!"

그렇게 해천은 불안한 마음을 애써 누르며 집을 벗어나려는데 손을 흔드는 할머니의 모습이 자꾸만 눈에 밟혔다.

"얼른 가셔야 합니다!"

소하의 채근에 해천은 고개를 끄덕이며 발걸음에 속도를 높였다. 봉이는 미처 그들을 따라갈 새를 놓쳐 멀뚱멀뚱 평상에 앉아 있었다.

"나으리! 어디에 가시는 겁니까?! 나으리!"

"너는 할머니를 지키고 있거라. 무슨 일이 있음 당장 전하러 와야 한다!"

고개를 끄덕이며 알겠다고 대답하는 봉이를 뒤로 하고 이현과 해천 그리고 소하는 달렸다.

서둘러 마을에 도착해 폐가가 돼버린 자신의 집 쪽으로 간 해천은 조심스럽게 옆집을 살펴보았다. 아니나 다를까 아이의 집은 난리가 나 있었다. 아이의 어머니는 평상에 앉아 울고 있었고 가족들은 아이를 찾으러 나갔는지 보이질 않았다. 곧 아이의 아버지가 돌아와 어머니의 손을 잡고 말했다.

"숲으로 들어가는 걸 본 아이가 있다고 하네."

"그, 그럼….'"

아이의 어머니는 충격을 받은 듯 털썩 주저앉았다.

"어른들이 숲으로 들어가 본다고 했소. 나도 갈 거고 말이오."

그때 어떤 남자가 이들의 집 안으로 헐레벌떡 들어왔고, 이내 큰 소리로 말하기 시작했다.

"분명 해천이가 해친 것일 거요! 이번에야말로 그들을 잡아 죽일 테니 얼른 따라오시오!"

"그게 무슨 소리란 말입니까? 해천이는 그런 아이가 아닙니다!"

아이의 어머니는 해천의 편을 들며 말했지만 아무런 소용이 없었다. 아이의 아버지 또한 지푸라기라도 잡는 심정으로 따라나서겠다고 했고 그렇게 저잣거리에 사람들이 하나둘 모이기 시작하는 것 같았다. 해천은 위기의식을 느꼈다.

"지금은 위험하니 얼른 집으로 돌아가야 할 것 같습니다."

이현은 다급하게 말했고 해천은 손을 떨었다. 그리고 얼른 발걸음을 돌려 이현과 함께 뛰어갔다.

"이제 슬슬 일어나야겠구먼."

"네? 그럼 저도 함께 가면 됩니까?"

"굳이 그럴 필요는 없네. 우왕좌왕 여럿이서 움직이는 것 보다는 상황 보고 간단히 숨으면 될 것 같구먼."

"아, 그치만…."

"괜찮으니 얼른 몸을 피하게나."

할머니는 그렇게 지팡이를 챙겨 급하게 집을 벗어났고 봉이 또한 따로 길을 나섰다. 이슬로 인해 풀잎들에 물이 맺혀 걸음이 쉽지 않았다. 하지만 몇 번을 그 길로 다녔던 터라 익숙하다는 듯한 걸음으로 굴을 향해 가고 있었다. 순간 불길한 기분이 들기 시작했고 온몸이 예민해지는 것을 느꼈다.

그리고 곧 뭔가 이상한 웅얼거림이 나무 사이로 퍼져 들려오기 시작했고 계속해서 신경이 쓰이기 시작했다. 귓가를 울리는 소리에 어느새 이상한 기분이 들었고 곧 익숙한 목소리가 들려오기 시작했다.

[할머니… 할머니….]

미세하지만 해천의 목소리였다. 할머니는 더 자세하게 소리를 듣기 위해 두리번거리며 일어서서 귀를 기울였다.

"해천이냐?"

[할머니… 이리로 와보세요.]

"어딜 말이냐?"

[할머니! 얼른 이쪽으로요. 빨리요!]

"거 녀석 왜 자꾸 오라는 게야? 무슨 일인 것이냐?"

[너무 아파요. 그들의 덫에 제가 걸린 것 같아요. 할머니.]

고통스러워하는 해천의 목소리에 할머니는 화들짝 놀라 망설임도 없이 깊은 숲 안으로 발을 들여놓았다.

길 중간에서 봉이와 만난 이현과 해천은 당장에 달려왔으나 집 안엔 아무도 없었다.

"할머니?"

해천은 뭔가 불안해져 할머니를 불렀으나 돌아오는 것은 적막함 뿐이었다.

그때 소하가 무엇인가를 느꼈는지 해천을 보았고, 해천은 설마하는 표정으로 다시 발걸음을 옮겼다. 이에 이현 또한 따라나서서 서둘러 달려가기 시작했다.

소하와 함께 감이 이끄는 곳으로 미친 듯이 달렸고 곧 환영에서 보았던 나무와 길, 기억을 되짚어가며 겨우 도착한 그곳엔 조그마한 못이 있었고 할머니의 뒷모습이 보였다. 엎드린 듯한 그 모습에 해천은 깜짝 놀라 할머니의 근처로 달려갔다.

"할머니! 어?"

해천은 갑자기 발걸음이 무거워지더니 할머니의 옆에 털썩 주저앉아버렸다. 그 모습을 보고 심상치 않다는 생각을 한 이현과 봉이는 서둘러 해천의 옆에 왔는데 뭔가 해괴한 장면이 보였다. 할머니가 머리만 못에 담근 채 엎드려 있었던 것이었다. 할머니를 못에서 꺼내어 상태를 살펴봤으나 이미 숨을 거둔 뒤였다. 해천은 분노했다.

"노대체 어떤 놈입니까? 그들입니까?"

"아닙니다. 이는 사람이 아니라 요괴의 짓입니다."

소하는 해천의 물음에 고개를 흔들며 대답했다. 그리고 이현을 한번 쳐다보자 이현이 이내 무거운 입을 열었다.

"유인수… 같습니다만….."

"유인수가 무엇입니까?"

"이처럼 사람을 익사시키는 요괴로, 환영이나 환청으로 사람을 꾀어냅니다."

한동안 말을 잃은 채 할머니를 멍하게 보고 있던 해천은 조용히 할머니를 업었다. 이 모든 상황에 충격을 받은 듯한 봉이는 멍하게 보고만 있는 상황이었고 해천은 조용히 말했다.

"할머니 장례… 치러야지요. 그리고 그 유인수는, 제 손으로 없애 겠습니다."

마음을 먹은 듯한 확고한 눈빛, 모두가 다른 감정을 느끼는 중이 었다.

쓸쓸한 눈빛으로 가만히 밤하늘을 바라보는 해천의 옆에 이현이 조용히 앉았다. 그리고 아무 말 없이 같이 밤하늘을 바라보았다.

"내일은 할머니를 보내드릴 것입니다. 같이 있어 주어 감사하오."

해천은 쓴 침을 삼키며 겨우 입을 열고 말했고 이현은 고개를 저 었다.

"아닙니다. 혼자서 이 모든 걸 어떻게 해내겠습니까. 문제가 해결될 때까지 옆에 있겠습니다."

"아, 할 이야기가 있습니다."

"무엇입니까?"

"사실 그 찾고 계신 신보라는 것 말입니다."

"예."

"제가 가지고 있는 건 조각인데, 혹여 신보 조각입니까? 수경 조각인 듯하여 말입니다."

"맞습니다. 그걸 가지고 계신단 말입니까?"

"사실, 그냥 그 수경 조각으로 인해 제가 해를 입을 것이 뻔해 숨겨두었습니다."

"예?"

해천은 가만히 있다 입을 열었다.

그 수경 조각은 몰살당했던 양반가에 해를 입을 것이라 알려주러 들어갔다가 우연히 주웠던 것이라고 했다. 빛이 나며 알 수 없는 기분이 들게 만드는 그 조각이 예사 물건이 아니라고 판단을 해 가지고 있으면 안 되겠다는 불안함마저 들었다고 했다.

그리고 그 조각을 주웠던 날 밤, 해천은 꿈을 꾸었다. 그 양반가를 몰살시키는 자에게 할머니와 자신까지 모두 죽게 될 것이라고 말이다. 해천은 불안한 마음에 할머니께서 돌아가신 그 못 근처에 조각을 묻었다.

그러고는 쭉 잊고 있었다. 그의 예언대로 양반가는 몰살당했다.

"그럼 그들은 의미 없이 죽었단 말입니까?"

"그건 아니었습니다. 제가 본 환영에서 그 이상한 차림새를 한 사람의 손에 수경 조각이 들려 있는 것을 보았습니다. 조각이 두 개였던 것이지요. 하나가 왜 거기에 떨어져 있었는지는 모르겠으나 말입니다."

해천은 가만히 다리를 두 팔로 감싸 안고 고개를 파묻고 한동안 가만히 있다가 고개를 비스듬하게 틀어 이현을 바라보았다.

"그 수경 조각은 왜 찾고 있는 것입니까?"

"그것은 신보라고 하는데, 저는 그 신보들을 찾고 있는 것입니다.

조선을 구하기 위해서지요."

해천은 가만히 앞을 바라보며 나지막하게 말했다.

"이깟 사람들을 구해서 무엇합니까. 자신과 다르면 가차 없이 죽이려고 드는 잔인한 것들을 말입니다."

"당신처럼 그렇지 않은 사람도 있지 않습니까?"

이현의 말에 해천은 뭔가를 생각하는 듯했다.

"당신처럼 사람을 구하려고 달려들고 더불어 살기를 좋아하며 어떻게든 은혜를 갚으려 드는 그런 사람도 있지 않습니까? 저들의 눈에서 두려움의 장막이 걷어지면 있는 그대로의 당신을 보게 될 것입니다. 그리고 고마워하겠지요. 무엇이든 두려움에서 비롯되는 것이라고 생각합니다. 저는 조선을 구해야 합니다. 그게 저의 일이고 해야만 하는 일이지요. 그 요상한 차림새를 한 이가 사적인 감정과 분노로 인해 사악한 마음을 키워 이 조선 전체를 없애려고 합니다. 그래서 그에게서 이 조선을 지키려는 것이지요."

이현의 말에 해천은 조용히 듣다가 픽 웃어 보였다.

"왜 웃는 것입니까?"

"그렇게 당하고도 한 번만 더 사람을 믿어보려 하오."

해천은 팔을 풀어 평상에서 폴짝 내려왔다.

"그게 당신이오."

해천은 미소를 지으며 장례를 마무리할 것들을 챙기기 시작했다. 이현은 그런 해천을 보며 고개를 끄덕였고 더 말하지 않아도 뭔가를 느끼는 듯했다.

날이 밝자마자 모두들 숲으로 들어가 할머니의 묘를 만들었고 모든 장례절차를 마쳤다. 그리고 해천은 나직이 이현에게 말했다.

"유인수를 잡으러 가겠습니다."

"알겠습니다. 못으로 가지요."

못에 도착하자마자 뭔가 이상한 느낌이 들어 해천은 주위를 두리번거렸다. 이현은 인간이어도 괜찮았지만 문제는 봉이였다. 봉이가 가만히 뭔가에 홀린 듯 서 있었다.

"어머니."

그리고 활짝 미소를 지으며 못을 향해 빠른 속도로 달려갔다. 미처 그를 잡을 새도 없이 봉이는 순간적으로 못에 얼굴을 박고는 상체를 거의 넣다시피 하고 있었다. 이에 깜짝 놀란 이현이 봉이를 잡아끌었다. 하지만 그 힘이 어찌나 센지 꿈쩍도 하지 않았다. 이에 소하가 한숨을 쉬더니 빠르게 봉이에게 다가가 뒷덜미를 낚아채 우아한 몸짓으로 뒤로 빼냈다. 봉이는 아무 힘도 없이 뒤로 나자빠졌고 땅에 부딪힌 충격으로 쿨럭거리기 시작했다. 그리고 이내 물을 왈칵 뱉어냈고 이현은 그런 봉이의 등을 쳐주었다.

그때 뭔가가 못에서 머리를 빼꼼히 내미는 걸 볼 수 있었다. 순간적으로 번뜩이는 눈빛으로 해천이 그것을 건져 올렸다. 기괴한 모습을 한 그것은 미끌미끌한 피부를 가지고 있었고 빛깔도 사람의 것이 아니었다. 조금은 참기 힘든 물비린내를 풍기는 그것이 다시 못으로 돌아가려고 했으나 소하가 막았다.

[왜 나를 막는 것인가?]

"그러는 넌 무엇이길래 사람들을 꾀어내는 것이냐?"

[난 단지 먹고 살기 위해 사냥을 했을 뿐이다.]

"인간을 잡아먹는 것이냐?"

이현의 물음에 그것은 키득키득 입을 가리며 웃었다. 그리고 이내 다시 말을 하기 시작했는데 입 안이 날카로운 이빨로 가득했다.

[그들의 더러운 몸뚱이는 필요 없어. 난 그들의 정기만 먹지.]

입을 열 때마다 역한 냄새로 인해 소하는 코를 막으며 고개를 돌렸다.

"도대체 저것을 왜 상대하고 있는지 모르겠습니다."

[응? 도깨비가 여기서 무얼 하는 게야? 애초에 이런 인간들과 왜 같이 다니는 거지?]

"네가 알 바 아니다. 그냥 입 좀 다물고 있으면 안 되느냐?"

소하는 도저히 참을 수가 없다는 듯 한 발짝 뒤로 물러섰다. 그 모습에 또 웃음이 터진 유인수는 키득 웃더니 해천을 빤히 바라보았다.

[너는 일전에 꾀어낸 할망구의 손자군.]

해천은 그 말에 두 눈을 크게 뜨고 유인수를 바라보았다.

[여자나 아이가 맛있는데, 아이 하나로는 성에 차지 않아 어쩔 수 없이 할망구를 꾀어냈지 뭐야. 네 목소리로 다쳤다고 하니까 당장 달려오던데?]

해천은 분노로 이현의 허리춤에 있는 칼을 뽑아 달려가서 그의 목을 쳐버렸다. 기분 나쁘고 끈적거리는 액체가 사방에 튀었지만 해천은 개의치 않았다.

[이런, 나를 베다니, 굉장한데? 그 칼은 뭐야?]

굴러다니는 머리가 눈알을 또르르 굴리며 말했고 해천은 떨리는 목소리로 말했다.

"이걸 어떻게 해야 처치할 수 있습니까?"

"그, 그것이…."

소하는 안절부절못했고, 이현은 가만히 서서 냉정함을 유지하며 말했다.

"낭자, 괜찮습니다. 저자는 이미 많은 이들을 죽였고 앞으로 또 어떻게 할지 모르는 존재가 아닙니까. 해를 가하는 것은 공존할 수 없습니다."

소하는 그자에게 불을 일으켰고 날카로운 비명이 숲 안에 퍼졌다. 해천은 유인수가 재가 되어 사라질 때까지 모두 지켜본 다음 털썩 주저앉아서 눈물을 뚝뚝 흘리기 시작했다. 그리고 할머니의 장례식 때 미처 울지 못한 것을 모두 토해내듯 오열했다. 봉이는 그런 해천을 잠시 토닥이며 조용히 말했다.

"제가 곁에 있었어야 했는데, 죄송합니다."

봉이의 말에 해천은 고개를 좌우로 흔들었고 엉엉 소리 내어 울었다. 곧 모두가 해천을 위해 자리를 피해주었고, 그렇게 한동안 그의 울음소리가 그 모든 곳을 가득 채웠다.

해천은 할머니가 자신에게 한 말이 떠올랐다.

"무슨 일이 있어도 나으리를 따라나서야 한다."

"왜요?"

"네가 나으리 곁에 있어야 할 운명이기 때문이지. 너의 그 능력을 쓸 기회가 온 게야."

"이게 무슨 능력이야?"

"그 힘을 어떻게 쓰느냐에 따라 달라진다는 거 너도 알지 않느냐? 이 할미는 신경 쓰지 말고 반드시 나으리를 따라나서거라. 알겠지?"

당시 해천은 뾰로통한 모습으로 끝내 대답을 하지 않았다. 할머니는 이렇게 될 줄 알았던 것일까?

그렇게 얼마나 시간이 지났을까. 해천은 터덜터덜 이현의 옆으로 와서 앉았다.

"괜찮습니까?"

"예. 그보다… 드릴 것이 있습니다."

해천은 이현에게 무언가를 내밀었다. 수경 조각이었다. 이현은 수경 조각을 받아 신보함에 넣고는 중얼거리듯 말했다.

"그들이 알아차리지 못한 이유가 요괴 때문일 수도 있습니다. 유인수 때문에 신보의 기운을 알아차리지 못한 것이지요. 조각이라 그 힘이 나뉘어 약해져 있을 테니."

이현의 말에 해천은 고개를 끄덕였고 잠시 침묵이 흘렀다.

"또 떠나시겠지요?"

"얼른 남은 수경 조각을 찾아야 하니 그래야지요."

"저도 함께 가도 되겠습니까? 미래를 보는 힘이 도움이 될지도 모르니까 말입니다."

"저야 상관없지만…."

이현은 얼버무리며 다른 이들을 보았고 소하는 살짝 한숨을 쉬더니 말을 이었다.

"그건 나으리께서 결정하실 문제지요. 저희를 본다고 하신들 어쩔 수가 없습니다."

그리고 봉이는 고개를 푹 숙였다.

"나으리께서 편한 대로 하십시오."

그렇게 해천과도 함께 길을 떠나기로 결정되었고 곧 집을 벗어나 다음 신보가 있는 곳으로 향했다.

얼마나 갔을까. 안개가 자욱한 숲을 지나게 되었고 이현은 조금 불길한 느낌이 들었다. 하지만 애써 무시하려 애쓰며 걸었고 그것은 이현뿐만이 아니었다. 곧 봉이는 고개를 들었는데 웬 지게를 진 남자가 가만히 이현과 봉이 쪽을 쳐다보고 있었고 봉이는 스쳐 시선을 돌리다 흠칫 놀랐다.
"그럴 리가… 없어…."
봉이는 지게 진 남자를 따라 달려갔고 이현은 그런 봉이의 모습에 놀라 그를 잡으려 했다.
"봉이야! 어딜….”
"아, 아버지."
봉이는 외치며 달려갔고 이현 또한 봉이에게 외치며 달렸다.
"봉이야! 그자는….”
"나으리! 아버지입니다! 아버지란 말입니다!"
어느 정도 달렸을까? 숲속 어딘가에 도착했고 주위는 온통 캄캄하니, 어둠밖에 없었다. 봉이는 계속해서 두리번거렸고 이현은 숨을 고르며 다시 말했다.
"봉이야, 아버지는 돌아가셨지 않느냐. 그자는 네 아버지가 아니다!"
"하지만 똑같은 모습이었습니다. 제가 그 얼굴을 모르겠습니까요?"
주위에서 켈켈, 기분 나쁜 숨소리가 섞인 웃음소리가 들려왔다.
[도대체 저 인간은 왜 데리고 다니는지 모르겠군.]
정체를 알 수 없는 쇳소리가 섞인 목소리가 들려왔고 곧 요괴로 보이는 것이 튀어나왔다. 그리고 어느새 하나가 아닌 여럿이 봉이와 이현을 둘러싸고 있었고 봉이는 아차 싶었다. 이현은 칼을 꺼내

들어 방어했으나 그 수가 여럿이라 역부족이었다. 도대체 어디서 나온 요괴들인지 알 수가 없었는데 그때 후훗하는 목소리가 들려왔다. 익숙한 웃음소리.

'쇼우지?'

이현이 잠시 한눈을 판 사이 굶주린 듯한 그 요괴는 망설임 없이 이현에게 질주했고 그런 요괴를 소하가 손짓으로 막아 보였다. 손을 비틀어 엄지와 검지를 부딪혀 딱! 소리를 내자 요괴는 분해되어 재로 사라졌다. 이 상황에 봉이는 자신이 한심하고 죄책감이 들어 견딜 수가 없었다.

쇼우지가 곁에 있을지도 몰라 꼼꼼하게 살폈으나 특별한 것은 없었다. 분명 요괴들도 있었는데 그 인기척도 사라졌다. 소하는 태우고 남은 종잇조각을 보았다.

"기분 나쁜 놈."

아무런 문제가 없음을 확인했지만 찝찝한 기분은 지울 수가 없었다. 하지만 길을 떠나야 했기에 떨어지지 않는 발걸음을 다시 옮기기 시작했다.

주위가 해결이 됐음에도 불구하고 뭔가 분위기가 좋지 못한 것을 감지한 이현은 소하와 봉이를 번갈아 보았다. 분명 아까 있었던 일 때문에 이렇게 된 것 같은데 이걸 어떻게 해결해야 하나 계속해서 생각하고 또 생각하는 중이었다.

"저, 해천님."

"나으리, 그냥 편하게 부르시지요."

"아, 그러겠습니다. 혹시 이 상황을 어떻게 하면 해결할 수 있을지 알고 있느냐?"

"글쎄요. 저도 잘 모르겠습니다."
이현의 속삭임에 해천이 갸웃하며 말했고 이현은 계속 안절부절 못하고 있었다.
'나으리 곁에 있으면서 계속해서 도움은커녕 해만 끼치지 않았는가. 오히려 내가 없는 편이 더 낫지 않을까.'
그도 그럴 것이 도깨비인 소하나 천호인 은월님, 미래를 볼 줄 아는 해천님이 더 도움이 되겠지. 난 아무런 능력이 없지 않은가.'
봉이는 평소답지 못한 표정으로 터덜터덜 걷고 있었고 무거운 분위기 속에서 다들 조금씩 지쳐가고 있었다. 그러자 이현이 입을 열었다.
"잠시 앉았다 쉬어가기로 하지요."
잠시 나무에 기대어 앉은 이현은 울창한 나무들이 가득한 하늘을 바라보았다. 새들이 낮게 날고 불안해하는 모습이 여간 신경 쓰이는 것이 아니었다. 물을 꺼내어 목을 축이고는 봉이에게 건네려고 했으나 봉이는 어두운 표정으로 멍하니 서 있었다.
"왜 그리 서 있느냐?"
자괴감으로 인해 곧 모든 것이 무너질 것 같은 모습에 이현은 해천을 보았다. 해천은 그런 봉이에게 다가가 어깨를 토닥여주었고 봉이가 울음을 터뜨리며 말했다.
"죄송합니다. 모두 다… 죄송합니다."
그러자 이현이 봉이를 보며 물었다.
"무엇이 죄송하다는 것이냐?"
"저는 항상, 흑, 아무런 도움이 되지 못하고 짐만 되잖습니까."
"어째서 그렇게 생각하는 것이냐?"

"늘 나으리를 흑, 위험에 처하게 하고… 모든 것을 해결하는 건 소하와… 나으리입니다. 해천님께도 너무 죄송합니다. 저 때문에 할머니께서….”

"네? 봉이님 때문이 아닙니다. 왜 그렇게 생각하십니까!”

해천은 당황하며 손을 가로저었고 아이처럼 울며 말하는 봉이의 모습에 이현은 그냥 픽 하고 웃음이 나고 말았다.

"봉이 너는 잘못 생각하고 있다.”

이현의 말에 봉이는 엉엉 울다가 눈을 껌뻑이며 왜냐는 듯 쳐다보았다.

"봉이 너는 내가 가장 힘들 때 힘이 된 사람이고 지혜를 더해주었으며 위험을 무릅쓰고라도 뛰어들지 않느냐. 요괴에게 홀리는 것은 아무것도 없는 인간이기에 어쩔 수 없는 것이다. 하지만 그 요괴에게 맞서는 것은 아무나 할 수 없는 일이다. 내 말이 틀렸느냐?”

"아무나 왜 못 합니까. 다 할 수 있습니다요. 제가 아니었다고 해도 누구든 나으리 밑에 있는 사람이라면 그리했을 것입니다.”

봉이의 말에 이현은 고개를 내저으며 미소 지었다.

"봉이 너밖에 못 하는 일이다. 나를 무조건적으로 믿어주고 내가 신뢰할 수 있는 자. 소하 낭자와 연이 되고 낭자에게 신뢰를 줄 수 있는 자. 또한 자신의 목숨도 아까워하지 않고 내던질 수 있는 자. 이 조선에서 또 누가 있단 말이냐.”

이현은 봉이를 토닥이며 말했고 이에 봉이는 더 울음이 터져 엉엉 울고 말았다. 소하는 그런 봉이를 어린아이 보듯 쳐다보다가 슬며시 미소 지었다. 해천은 앉아서 그 모습을 보다가 그냥 다시 벌러덩 드러누웠다.

"봉이님은 나으리께 없어선 안 될 분이십니다. 큰일을 치르실 운명을 가지고 계시거든요."

해천의 말에 봉이는 멀뚱멀뚱 해천을 바라보았고 해천은 뭔가 안다는 듯 킥킥 웃어댔다.

"그, 그치만…."

봉이의 말이 채 끝나기도 전에 이현이 봉이의 이마에 딱밤을 때렸다.

"그런 쓸데없는 생각을 속에 품고 있지 말고 내가 했던 말을 꼭 명심하고 있거라."

봉이는 이마를 쓰다듬으며 헤헤 웃었고 곧 소하가 입을 열었다.

"봉이 너뿐만 아니라 누구나 내면에는 두려움을 하나씩 가지고 있기 마련이지. 그것은 비단 나도 마찬가지고 나으리도 여기 이 자리에 있는 모두가 그럴 것이야."

소하의 말에 해천과 이현도 고개를 끄덕였다.

"서로를 지켜줄 것이라는 사실은 변함이 없으니 그걸 믿으면 될 것 같구나."

이현은 부채를 만지작거리며 말했고 다들 그 말에 납득하는 듯했다.

"뭔가, 전보다 더 믿음이 느껴집니다. 웃차!"

해천은 배시시 웃으며 자리에서 일어났다.

"사실 따라나설 때는 모든 것을 신뢰하는 상태가 아니었습니다. 그저 제 운명이니 따를 뿐이었죠. 그런데 대화를 나누다 보니 제가 결정을 잘한 것 같습니다."

해천은 양팔을 들어 올려 양손으로 뒤통수를 받치고는 천천히 걸었다. 이현과 해천이 곧 대화를 나누며 멀리 걷고 있었고 소하는 그 모습을 뿌듯하다는 듯 보고 있었다.

달빛이 길을 밝혀주지 못해 어두운 데다 신보가 있는 곳으로 다가갈수록 을씨년스러운 기운이 느껴져 소하는 긴장하고 있었다.

그때, 갑자기 나무가 사선으로 베여 쓰러져 이현을 덮치려는 것을 본 봉이는 서둘러 이현을 밀쳐냈다. 굉음을 내며 나무가 쓰러졌을 땐 흙먼지로 인해 앞을 분간할 수 없는 상황이었고 이에 이현은 깜짝 놀라 벌떡 일어서 나무가 쓰러진 곳으로 달려갔다. 이현이 봉이의 소매를 걷고는 맥을 짚었고 가만히 보고만 있던 소하가 한숨을 쉬더니 나지막하게 말했다.

"자고 있습니다."

"예?"

"자고 있는 겁니다."

소하의 말이 끝나기도 전에 이현이 걱정한 것이 무색하게도 봉이가 드르렁 코를 고는 것이 보였다. 이현은 긴장이 풀렸는지 풀썩 주저앉았고 소하는 먼지를 털며 일어났다. 이현은 봉이의 이마에 흐르는 피를 모두 닦아주었고, 소하는 나무의 단면을 살펴보았다. 나무는 꽤 크고 두꺼워서 사람 힘으로는 절대 한 번에 베지 못할 일이었다. 분명히 누군가가 일부러 벤 흔적도 보였다.

"일단 무엇이 이런 상황을 만들었는지 알아봐야겠습니다. 나으리와 해천님은 봉이와 함께 있어 주십시오."

소하는 곧 그들의 흔적을 찾아 나섰다. 사악하면서도 실체가 없는 데다 사념체로 느껴지는 그 존재를 쫓아가는데, 도무지 거리가 좁혀지지 않자 소하는 분하다는 생각이 들었다. 그리고 그때 뭔가 번뜩이는 생각이 스쳐지나갔다.

'이게 함정이라면? 그렇게 기척 없이 다가올 정도라면 충분히 우리 모두를 해할 수 있었는데. 확실하게 마무리하지 않은 것이 이상하다.'

소하는 그렇게 방향을 틀어 다시 이현이 있는 곳으로 돌아갔다.

백희와 함께 여우 정령들은 빠르게 달려 을씨년스러운 양반가 앞에 멈춰 섰다가 조용히 집 안으로 들어갔다. 곧 끔찍한 비명과 함께 새하얗던 백희의 옷은 붉게 물들어 있었고 손에서는 피가 타고 흘러 바닥에 뚝뚝 흘렀다. 그렇게 사뿐사뿐 걸어 미소 지으며 방 안을 살펴보기 시작했고 곧 또 다른 비명이 들렸다.

그 사이를 가르고 천천히 지면을 지르밟으며 쇼우지가 들어와 대청마루에 앉았다. 그 집안의 규수로 보이는 여자가 기어 나와 쇼우지의 옷깃을 잡았다. 천천히 부채를 들어 부치고 있던 쇼우지는 부드러운 표정으로 가만히 쳐다보다 부채를 접어 단번에 여자의 목을 베어버렸고 붉은 선혈이 사방으로 튀어댔다. 그 어떤 것보다 차가운 표정을 짓고는 부드럽고 교태가 흐르는 목소리로 말했다.

"백희야, 아직 멀었느냐?"

그러자 곧 백희가 걸어 나와 쇼우지의 펼쳐져 있는 손에 무언가를 쥐여주었다. 쇼우지는 만족의 미소를 지으며 품 안에 있던 것들을 꺼내어 조각들을 한데 모았다. 조각 두 개가 빠진 수경이 완성되었다.

쇼우지는 만족한다는 듯 미소 지었고, 수경은 검은빛을 내며 반짝였다. 곧 어두운 그림자들이 쇼우지의 앞에 도착했고 곧 소곤거리는 소리가 들려왔다.

"흐응, 그래. 겁만 주면 되지. 그들을 너희들이 처리할 필요는 없어. 내가…."

쇼우지는 자리에서 천천히 일어나며 수경을 품 안에 넣고는 구겨진 옷깃을 탁 쳐서 펼치며 미소 지었다.

"직접 숨통을 끊어버릴 거니까."

상상만 해도 즐겁다는 듯 웃던 쇼우지는 들고 있던 부채를 보다가 달을 바라보았다.

"조만간 우리, 싫어도 만날 수밖에 없는 상황이 올 거야. 이제 다 됐으니까."

쇼우지는 사랑에 빠진 소녀와 같은 설레는 표정을 지으며 백희와 함께 그 양반가를 나섰고 그 뒤로는 처참한 광경이 펼쳐져 있었다.

나무를 베어낸 존재를 알아보기 위해 자리를 비운 소하를 기다리며 이현과 해천은 주위를 경계하면서 봉이를 살펴보고 있었다.

"신기합니다."

"무엇이 말이더냐?"

"어떻게 이 상황에서 잠을 잘 수가 있단 말입니까?"

"큭큭, 그게 봉이의 성격이다. 자기 딴에는 신경을 꽤나 많이 썼던 모양이지. 원래는 단순하여 깊이 생각을 하지 않는 성격인데 나름 복잡하고 깊은 생각으로 인해 많이 고단했을 것이다."

 이현은 이 상황이 웃기다는 듯 웃으며 말했고 해천은 그런 봉이를 보며 어이가 없다는 듯 실소를 터뜨렸다. 그렇게 이현과 해천은 봉이를 보며 이야기를 하다가 뭔가 알 수 없는 냄새에 고개를 치켜들었다.

 "나무 타는 냄새가 나지 않느냐?"

 "그런 것 같습니다. 그리고 뜨거운 바람도, 허업⋯."

 해천은 말을 하다 말고 깜짝 놀라서 입을 틀어막았다. 해천의 반응에 뭔가 싶었던 이현은 해천이 보는 쪽을 바라보았다. 그러자 키가 수십 척인 삿갓을 쓴 이가 느릿느릿 걸어가고 있는 것이 보였다. 가만히 보니 크고 둥근 얼굴에 눈이 있는 쪽이 빛나는 것 같았는데, 그것은 횃불이었다. 보란 듯이 나타나 유유히 걸어가는 요괴라니. 이현은 뭔가 의심스러워 일단 봉이를 깨우기 시작했다.

 "봉아⋯. 봉아⋯."

 "으, 으음."

 봉이는 단잠에 빠진 듯 일어나기 싫다고 팔을 허우적거렸고 이에 해천이 봉이의 귀에다 대고 속삭였다.

 "봉이님, 백숙 드시겠습니까?"

 "으으, 응? 백숙?"

 봉이는 벌떡 일어나며 외쳐댔고 해천과 이현은 그런 봉이의 입을 틀어막고는 요괴에게 들키진 않았는지 살펴보았다.

 "무슨 일입니까?"

 봉이의 물음에 이현과 해천은 요괴가 있는 쪽을 턱으로 가리켰고 봉이가 고개를 돌려 그곳을 보았다.

"히에…."

다시 이어지려는 소리에 이현이 다시 봉이의 입을 막고는 속삭였다.

"조용히…."

"분명히 우리를 보았을 텐데 왜 못 본 척하는 걸까요?"

해천은 골똘히 생각하며 요괴에서 눈을 떼지 않고 말했고 이현은 검에 손을 슬며시 가져다대며 슬쩍 일어섰다. 그러자 요괴는 이현을 가만히 바라보았다. 둘이 눈이 마주쳐 한동안 긴장이 흘렀고 곧 요괴가 다시 고개를 돌리고 앞을 향해 느릿느릿 걷기 시작했다.

'따라오라는 것인가.'

이현은 잠시 망설이다 발을 떼려고 했고 봉이가 그런 이현을 붙잡았다.

"나으리! 어쩌시려고 따라가십니까?"

"따라오라고 하는 것 같다. 가보자꾸나."

봉이는 침을 꼴깍 삼키고 이현을 따라나섰고 해천 또한 마음을 굳게 먹고는 그들을 뒤쫓았다.

"그나저나 저 요괴는 무슨 요괴입니까요?"

봉이의 물음에 이현이 생각을 하다가 입을 열었다.

"생김새로 보아하니 목여거 같구나."

"위험하진 않습니까?"

"딱히 해를 끼칠 만한 요괴는 아닌 것 같다."

"만약 무슨 일이 있는 거라면 제가 미리 그것을 보았을 테니 괜찮을 듯합니다."

해천의 말에 봉이는 설득이 되어 고개를 끄덕였고 계속해서 목여거를 따라갔다. 곧 목여거는 못이 있는 곳에 다다르더니 가만히 서서 하늘을 보았다. 그러자 곧 두 눈인 횃불만 공중에 남고 거대한 몸체는 사라져버렸다. 그리고 그 횃불이 둥둥 떠다니다가 곧 어디론가로 날아가는 게 보였다. 이현은 뭔가 심상치 않음을 눈치챘다. 아무 이유 없이 자신에게 그런 것을 보여준다고 생각하진 않았기 때문이다.

"목여거가 아무 이유 없이 이런 걸 보여주는 것 같진 않다. 자신을 따라오라고 하는 것 같기도 하구나."

이현의 말에 해천과 봉이는 동의를 한다는 듯 고개를 끄덕였고 횃불을 따라가기 시작했다. 사람이 다니는 길이 아니라서 험한 길인 데다 나뭇가지도 많아서 이리저리 긁히며 도착한 곳은 어떤 동굴 앞이었다.

## 열한 번째 달조각. 강철이

 동굴 앞에 선 이현과 해천 그리고 봉이는 횃불을 따라 천천히 발걸음을 옮기기 시작했다.
 "그런데, 소하를 기다리지 않고 이렇게 가도 됩니까?"
 "기다리다 보면 저것을 놓칠 것 같으니 별수 없을 것 같다."
 이현은 조금 난감하다는 표정을 짓다가 이내 괜찮을 것 같다고 판단해 동굴 안으로 발을 디뎠고, 해천과 봉이 역시 이현을 따라나섰다.
 동굴 안은 그 횃불이 없었다면 한 치 앞도 볼 수 없을 정도로 어두웠고 생각보다 아주 컸다. 한참을 그 횃불을 쫓는 것에만 정신이 팔려 걸은 지 한참 만에 뭔가 빛이 보이기 시작했다. 그리고 그곳에 들어서니 밖으로 나온 듯 고을이 펼쳐져 있었다.
 "여기가 어디…."

그때 해천이 주저앉았고 뭔가 이상함을 느낀 봉이가 해천을 부축했다.

"뭔가 이상합니다요. 아까는 분명 구름에 달이 가려 보이지도 않았는데, 이곳은 어찌 저리 달이 휘영청 떠 있단 말입니까. 게다가 붉은 달입니다요."

봉이는 불안해하며 이현을 바라보았고 이현 또한 뭔가 심상치 않다는 느낌에 허리춤에 있는 검을 만지작거리고 있었다. 분명히 겉보기에는 평범해 보이는 고을이라 이현이 먼저 앞장서 내려가 살펴보려고 했다. 그러자 해천이 봉이의 옷깃을 겨우 잡으며 말했다.

"나, 나으리를… 나으리를 말리십시오. 저곳으로 가면 안 됩니다."

봉이는 해천과 멀어진 이현을 번갈아보더니 이내 해천을 둘러업고는 이현에게로 달려갔다.

"나으리! 아니 됩니다. 여기에서 벗어나야…."

이현을 잡으려던 봉이의 주위로 뭔가가 하나씩 나타나기 시작했고 이현 또한 뭔가에 둘러싸이기 시작했다.

서둘러 일행이 있던 곳으로 돌아온 소하는 이들이 없어져 당황했다. 소하는 침착하기 위해 노력했고 주위를 한 번 살펴보더니 한숨을 쉬었다.

'무언가에게 공격을 당한 건 아닌 것 같고, 아직 흔적이 미세하게 남아 있으니 그걸 따라가면 되겠구나.'

소하는 바닥을 살펴보았고 발길을 옮기기 시작했다. 이현과 봉이, 해천이 밟은 길을 그대로 밟으며 가던 소하는 뭔가 이상하다는 듯 고개를 갸우뚱했다.

'이 냄새는 뭐지? 불 냄새. 나무가 타는 냄새 같은데.'

소하는 뭔가 불안함이 스쳐 최대한 빠르게 흔적을 밟았다. 그렇게 겨우 찾아온 곳은 어떤 동굴의 앞이었고 소하는 도대체 무슨 일이 있었는지 가늠할 수가 없었다. 혹여나 변고가 생긴다면 소하는 알아챌 수 있을 터, 소하는 망설임 없이 동굴 안으로 들어섰다.

동굴 안은 어두컴컴해 앞을 알 수가 없었고 그때 손가락을 튕기며 불꽃을 일었다. 그리고 끝이 보이지 않는 동굴 속으로 계속해서 걸어갔다.

계속해서 이현과 봉이에게 들러붙던 그 작은 존재들은 곧 이들을 끌고는 어딘가로 빠르게 가기 시작했다.

"아니, 어디로 가는 것이냐! 나으리!"

"일단 해칠 것 같진 않으니 이들이 가는 곳으로 가보도록 하자. 해천인 어떤 걸 보았느냐?"

"모든 것이 화마에 삼켜지는 모습이었습니다. 산천초목은 물론 연못마저 마르게 하고 바닷물은 부글부글 끓을 정도로 강렬하고 뜨거운 화마였습니다. 나으리가 위험해질 것 같은 불길한 느낌이 듭니다."

해천의 말과는 다르게 이현은 계속해서 뭔가 괜찮을 것 같다는 느낌이 들었다. 어차피 일어날 일이라면 피할 수가 없을 테고 만반의 준비를 하면 되는 것이겠지.

곧 도착한 곳은 관아로 보이는 곳이었고 그 작은 요괴들은 곧 뿔뿔이 흩어져 눈앞에서 사라졌다. 관아는 뭔가 들끓는 듯한 붉은 빛이었고 해천은 그 모습이 자신이 보았던 모습과 겹쳐 보여 이현의 뒤로 숨었다. 곧 관아에서 표정은 차갑지만 이글거리는 빛을 내는 한 남자가 걸어 나오는 것이 보였다.

[뭐야? 인간이 여길 어떻게 들어왔어?]

이현은 그를 가만히 바라보다 뭔가 이상함을 느꼈다.

'확실히 사람은 아니군.'

이현은 검집을 매만지며 감정이 없는 듯한 표정을 지어 보였고, 곧 봉이는 그들의 눈치를 보다가 그만 주저앉아 버렸다.

[그대는 누구지? 나를 만나러 온 것인가?]

"아닙니다. 목여거가 인도하는 대로 왔을 뿐입니다."

[목여거 녀석, 또 쓸데없이 누군가를 데리고 왔군. 매번 이런 식으로 장난을 친단 말이지. 목여거가 왜 그대를 데리고 왔다고 생각하는가?]

"제가 묻고 싶은 말입니다."

[그대로 허기를 채우라는 뜻이겠지.]

그는 혀로 날름 입술을 핥으며 말했고 그때 이현은 그를 자세히 볼 수 있었다. 뱀 같은 혀와 매서운 눈동자, 그것은 누가 봐도 이무기의 모습이었다.

'이다지도 열기를 내뿜는 이무기라…. 강철이인 것인가?'

이현은 조금 놀라 자신도 모르게 흠칫거렸고 그 모습을 본 그는 조금 크게 웃어버렸다.

[그대를 잡아먹는다는 말에 놀라서 그러는 것인가?]
"아닙니다."
이현은 딱 잘라 단호하게 말했고 잠깐 정적이 흘렀다.
"나으리, 그렇게 함부로 해도 되겠습니까요? 비위를 맞춰야 살아나갈 수 있지 않겠습니까."
봉이는 불안하다는 눈빛으로 이현의 옷자락을 끌어당기며 말했고 이현은 그 옷자락을 잡아당겨 빼며 다시 강철이를 바라보았다.
"강철이시군요. 용이 되지 못해 그 울분과 화가 속에 쌓여 그 천불로 인해 불 자체가 돼버린 이무기."
[그 이무기라는 소리 집어치우지 못하겠는가!]
강철이는 눈을 부릅뜨며 강하게 말했고 바람과 우박이 몰아치기 시작했다. 하지만 강철이의 열기로 인해 강철이의 주위에서는 그 모든 것들이 녹아 사라졌다.
[여기서 살아 돌아갈 생각이 없나 보구나. 그러니 이다지도 내 심기를 건드는 것이 아닌가!]
"그게 아닙니다. 당신께 잘 보여 나갈 생각은 추호도 없습니다만, 그렇다고 일부러 당신의 심기를 건드는 건 더더욱 아니지요. 제가 이렇게 말을 하는 이유는 단 하나뿐입니다."
이현의 당당한 태도에 강철이는 조금 당황하더니 팔짱을 끼며 이현을 보았다.
[그래, 그렇게 말을 하는 거창한 이유나 한번 들어보겠다. 무엇이냐?]
"현실을 그냥 받아들이고 자신을 받아들이라는 말을 하고 싶었습니다. 그 화는 자신으로 인해 타오르는 화일 뿐, 남 때문이 아니라

는 건 이미 잘 알고 계시지 않습니까?"

[호오, 이놈 보게.]

강철이는 흥미롭다는 듯한 표정으로 이현을 바라보았고 이현은 미동도 없이 당당한 모습으로 강철이를 똑바로 쳐다보았다.

[나를 보자마자 내 모든 걸 안다는 듯이 그렇게 말하는 연유가 무엇이냐?]

"사실 요괴들에 대한 서책을 읽으면서 몇 종류의 요괴에 표시를 해두었습니다. 혹여나 만나게 된다면 이런 말을 해주고 싶다고 하면서 말입니다. 단지 그중에 당신이 있었기에 이렇게 말을 하는 것입니다."

[허어, 당돌해. 감히 내게 직언하는 인간이라니.]

강철이는 어이없어하면서도 이현의 그 점이 마음에 들었는지 이현이 있는 곳으로 더욱더 가까이 다가갔다.

"뜨겁습니다. 태워 죽이시려고요?"

[아! 어, 그래.]

강철이 화를 가라앉히자 곧 붉은 기운은 눈에 띄게 사그라졌다.

[그대는 누구인가?]

"이현이라고 합니다. 특별할 것 없는 인간이지요."

[이현이라…. 처음 들어보는 이름인데. 그럼 저기 전유어마냥 엎어져 있는 놈은 무엇이고 그대의 뒤에 고목의 매미처럼 붙어 있는 놈은 무엇이냐?]

"저와 함께 다니는 사람들일 뿐입니다."

강철이는 비소를 지어 보이더니 잠시 멈춰 있다가 고개를 살짝 들어 위쪽을 바라보았다.

[그럼 지금 뭔가가 강한 기운을 내뿜으며 이쪽으로 오고 있는데 그것은 무엇이냐?]

강철이의 말에 이현과 봉이는 자신들이 왔던 동굴 입구 쪽을 바라보았고 곧 소하가 나오는 것이 보였다. 곧 이현을 발견한 듯 소하가 땅을 접어 달려 그에게 다가왔고 강철이는 다시금 차가운 표정을 지었다.

[이것은 보아하니 인간이 아닌 것 같은데?]

이것이라는 말에 소하의 눈썹이 움찔 하고 올라갔지만, 이내 강철이를 무엇인지 살펴보았다.

"낭자, 이자는 강철이입니다."

"아, 강철이. 그래서 저렇게 뜨거운 불길을 내뿜고 있었군요. 그나저나 말도 없이 이렇게 자리를 이동하시면 어떡합니까?"

소하는 이현과 봉이 그리고 해천을 세워둔 다음 잔소리를 하기 시작했다. 강철이는 이 모든 상황이 당황스러우면서도 흥미가 있어 가만히 그들을 관찰하고 있었다.

[내 평생 이렇게 웃긴 조합은 처음이구나. 참으로 재미있단 말이지.]

강철이는 삼키는 웃음소리를 내며 저벅저벅 걸어서 이현에게 다가갔다. 그리고 곧 이현의 어깨에 손을 올리더니 무표정하게 말했다.

[그대랑 같이 다니면 왠지 재미있는 걸 보게 될 것 같다. 어디로 가는 것인지 모르겠다만 같이 다녀도 되겠느냐?]

"안 됩니다."

소하는 딱 잘라 말했지만 강철이는 들은 척도 하지 않고 이현만 바라보고 있었다.

"저희들은 신보를 찾아 조선을 구하려고 하는 중입니다. 밖의 사정은 아십니까?"

[아니, 내가 이곳에 들어온 지 100년 이후로는 세지 않았다. 의미가 없어서.]

강철이의 말에 이현은 잠시 한숨을 쉬었고 강철이를 똑바로 바라보았다.

"위험한 일을 하러 가는 것입니다. 제가 어떤 사람인 줄 알고 이렇게 따라나서겠다고 하시는 것입니까?"

[평범한 인간일 뿐이라면서?]

"나으리는 요괴를 잡는 분이십니다."

소하의 말에 순간 강철이의 눈빛이 흔들렸다.

[요괴를 잡는다고?]

"그렇습니다. 아무리 설득을 해도 인간에게 해가 되는 요괴는 무로 만들지만, 그렇지 않은 요괴들에겐 부탁을 할 뿐이지요. 한이 있다면 그걸 해결해주고 인간들과 공존할 수 있게끔 부탁을 하는 것입니다."

이현의 말에 가만히 생각을 하는 듯 멈춰 있던 강철이가 이현의 손을 잡았다.

[뭔가 긴장감 생기고 좋구만. 따라가겠다.]

강철이의 고집에 이현은 할 수 없다는 듯 강철이의 손을 놓고 말했다.

"그렇다면 저와 약조 하나만 해주십시오."

[그래, 무엇이더냐?]

"아무 곳에서나 우박과 돌풍을 일으키지 말고 불도 내뿜지 마십시오."

[그건 내 의지가 아닌데. 나도 모르게 한 번씩 그렇게 된단 말이다. 그리고 무엇보다 존재 자체가 불의 기운인데 어떻게 불을 내뿜지 않을 수가 있겠느냐. 그런 건 한 번도 해본 적이 없단 말이다.]

"할 수 있으십니다."

이현의 말에 강철이는 입이 튀어나와서는 마지못해 알겠노라 약조했다. 곧 소하가 뭔가 생각났다는 듯 말을 뱉었다.

"아까 희미한 뭔가가 느껴졌는데 어째 이제는 느껴지지 않는 것 같습니다. 혹시 그자가 신보를 가로챈 것일까요?"

그 말에 이현은 머리가 복잡해져 관자놀이를 지그시 눌렀다. 만약에 신보들을 모두 모으지 못하고 그자의 손에 신보가 들어간다면 그땐 어떻게 해야 할 것인가. 그리고 모든 신보들을 지켜내지 못하고 빼앗기게 된다면, 생각만 해도 끔찍했다.

"나으리, 지금껏 찾은 신보는 어떤 것들이 있습니까?"

"홍색 목걸이, 청색 귀걸이, 기존에 가지고 있던 부채, 형님께 받은 녹빛 팔찌. 수경 빼고는 모두 모았습니다."

이현은 수경 조각 두 개를 꺼내 들며 말했다. 가만히 그 조각들을 들여다보던 이현은 뭔가를 결심한 듯 입술을 굳게 다물더니 함께 있는 이들을 바라보았다.

"때가 머지않은 것 같습니다. 그자가 나머지 조각들을 찾았다면 분명히 저를 찾아올 것입니다."

이현의 말에 다들 의연한 표정으로 이현을 바라보다 곧 결심이 선 듯한 눈빛을 했다.

"일단 여기서 나가 무엇이든 받아들여야 하겠지요."

소하가 넌지시 미소를 지으며 말했고 모두 고개를 끄덕이며 그 말에 수긍했다. 곧 발걸음을 옮겨 동굴 입구 쪽으로 가기 시작했고 그들을 뒤에서 가만히 보던 강철이 또한 이현을 따라 한 걸음씩 떼기 시작했다.

소하는 아직 강철이를 믿을 수 없는 듯 바로 그의 앞에서 걸으며 그를 견제했다.

쇼우지는 백희와 함께 나무에 앉아 모여드는 요괴들을 보고 있었다.

얼마 전 쇼우지는 인간에게 잡혀 웃음거리가 되고 있거나 괴롭힘을 당하는 요괴들을 발견했다. 머리에 입이 달린 여자, 얼굴로 뭐든 흡수해 먹는 요괴, 인간으로 인해 용이 되지 못한 이무기, 그리고 우렁각시…. 이런 요괴들을 말로 현혹해 데리고 온 것이었다.

'어차피 인간에게 이용만 당하다 죽을 바엔 인간들을 죽이고 희생하는 편이 낫지 않겠는가.'

쇼우지는 비소를 흘리며 생각했고 백희는 그런 쇼우지를 물끄러미 바라보았다.

'도대체 무슨 생각을 하는지 알 수 없단 말이지. 바로 그자를 죽이려고 하지도 않고 이렇게 시간만 질질 끌어대니, 어떻게 할 심산이란 말인가.'

백희는 한숨을 나지막이 쉬고는 요괴들을 물끄러미 바라보았다. 이렇게 많은 요괴들을 불러 어찌할 생각인지 가늠이 가질 않았고 쇼우지가 가지고 있는 계획이 어떤 것인지 물어보고 싶었지만 그럴 수가 없었다. 그저 시키는 대로만 하면 되는지 고민하던 그때, 쇼우지가 조용히 백희를 불렀다.

"백희, 너는 내가 어떤 생각을 가지고 있는지 궁금한 게지?"

그 말에 뭔가 들켰다는 듯한 표정을 지어 보이는 백희의 반응에 쇼우지는 씨익 웃고는 하늘을 보았다.

"조만간 알게 될 것이니 궁금해할 필요 없다. 이제 때가 됐으니 그 두 눈으로 확인하게 되겠지."

여우 정령들이 쇼우지를 감쌌고 나무들이 움직여 쇼우지에게로 다가왔다. 그러자 쇼우지는 미소 지으며 천천히 자리에서 일어났다.

"이제 내 사랑스러운 조카를 만나러 가볼까나."

입은 웃고 있지만 빛나는 눈은 전혀 웃고 있질 않았다. 부채를 조금씩 까딱이며 얼음 결정을 만들던 쇼우지는 바닥으로 사뿐히 내려왔다.

"자, 이제 요괴들이 편히 살 수 있는 세상을 만들 수 있게 되었습니다. 그동안의 치욕을 갚아주셔야지요. 복수를 하러 가보실까요?"

쇼우지의 말에 번뜩이는 눈들이 사방에서 빛났고 이들이 있는 바로 위 하늘은 잿빛으로 물들어 있었다.

동굴 밖으로 나온 이현 일행은 달빛이 비치는 작은 언덕에 자리를 잡고 앉았다. 여러 명이 티격태격하며 잠시 잠을 잘 준비를 하는 것을 물끄러미 바라보던 이현은 고개를 가로저으며 한숨을 쉬었다.

"이 무슨 난리란 말인가. 누가 보면 단체로 우르르 다니니 군대를 만든 줄 알겠습니다."

소하는 분주히 잠을 잘 곳을 살펴보며 자리를 만들고 있었고 봉이와 해천 그리고 강철이는 왜인지 다투고 있었다.

"아니, 제가 여기에서 잘 거란 말입니다. 왜 말귀를 못 알아들으시고 이렇게 우기시는 겁니까?"

"제가 여기서 자야 나으리를 지킬 수 있지 않겠습니까! 그리고 무슨 일이 생기면 바로 일어나서 조치를 취할 수 있는 자리니 그런 것입니다!"

"솔직하게 말해서 봉이님이 나으리께 그리 큰 도움을 주지는 못하지 않습니까? 소하님께서 해결하시면 하셨지, 그게 무슨 우스갯소리입니까? 그리고 어차피 한번 잠들면 누가 업어가도 모를 정도로 주무시면서, 뭘 바로 일어나신다는 겁니까?"

해천의 말에 반박할 말이 떠오르지 않는지 봉이는 씩씩거리며 해천을 노려봤고 이들을 지켜보던 강철이가 박장대소했다.

[하찮은 것들이 싸우는 것이 참으로 재미있구나. 그래서 결과는 어떻게 나는 것이냐?]

"당신은 그 불길이나 좀 어떻게 해보시지요. 뜨거우니 저기 십 리 밖으로 떨어져서 주무십시오."

[뭣이? 이 당돌한 것이 귀엽다고 봐줬더니.]

강철이는 불꽃을 일며 봉이에게 다가갔고, 이현은 아연실색하며 소리쳤다.

"거기! 그쯤 해두고 얼른 주무십시오. 별것도 아닌 걸로 좀 다투면서 체력을 소모하지 마시란 말입니다."

[아니, 이 자가!]

"아니, 이 자가!"

[진짜 해보자는 것이냐?]

"어디 해보십시다, 그럼!"

봉이는 팔을 걷어붙이며 말했고 보다 못한 소하가 봉이의 이마를 손바닥으로 탁 쳤다. 그러자 봉이는 뒤로 나자빠지며 억울하다는 듯 소하를 바라보았다.

"적당히 하고 잠자리에 드십시오. 계속 이렇게 다투시면….'

소하의 말에 해천과 봉이, 강철이는 침을 꼴깍 삼켰다.

"저기 멀리 바다에 던져버릴 것입니다."

소하의 말이 끝나기도 무섭게 그들은 일렬로 자리에 누웠다. 이현은 머릿속에 이들의 약육강식 관계도가 그려지는 것 같은 느낌이었다. 곧 코를 고는 소리가 들렸다.

이현은 나무에 기대어 앉아 하늘을 바라보았다.

"안 주무시고 뭐 하십니까."

소하는 조용히 이현의 옆에 와서 앉았고 이현은 피식 웃더니 부채를 꺼내어 만지작거렸다.

"걱정이 많아서 그런가 잠이 오질 않습니다. 조만간 벌어질 큰 다툼도 그렇고 그 과정에서 행여나 사람들이 피해를 보진 않을까, 죄 없는 요괴들이 피해를 보진 않을까, 모든 것이 걱정됩니다. 어떻게 보면 이건 우리 집안싸움이 아닙니까."

이현의 말에 소하가 천천히 고개를 끄덕이다가 이현을 바라보았다.

"그 과정에서 분명히 피해를 보는 이는 있겠지요. 하지만 그게 나으리 탓은 아닙니다. 심성을 나쁘게 먹는 자의 탓이지, 나으리는 그 모든 걸 지키려는 입장 아닙니까."

"솔직히 말해서 잘 모르겠습니다. 마음 같아선 이 모든 것들에서 피하고만 싶습니다. 하지만 나밖에 할 수 없는 일이라고 하니 마지못해 이러고 있는 것일 뿐. 두렵지 않다고 한다면 그건 거짓말이겠지요. 저는 그자에 대해 아무것도 아는 것이 없고 그자가 어떤 생각을 하는지, 무엇을 계략하는지 또한 알지 못합니다. 이렇듯 아무것도 모르는 상태에서 어떻게 대비하고 조선을 지켜야 할지… 그 막막함이 두려운 것 같습니다."

[큭큭큭.]

이현의 말에 웃음소리가 들렸다. 소하와 이현이 고개를 돌려보니 강철이가 자리에서 일어나 이현을 보며 웃고 있었다.

[사내가 그렇게 포부가 없어서야 되겠는가? 일단 저지르고 보면 되지 않겠느냐?]

"나으리는 그렇게 생각이 없는 자가 아닙니다."

[난 저자와 대화가 하고 싶은 것이다.]

소하와 강철이가 투닥거리자 이현이 이들을 말렸다.

"이렇게 다툴 때마다 더 심란해지니, 그만 좀 하십시오."

[다투는 게 아니고 그냥 말을 한 건데, 흠흠! 어차피 피할 수 없다면 부식하게 들이받는 것도 좋은 방법이다. 그대는 생가이 너무 많은 것이 흠인 것 같구나.]

"그러고 보니 어쩌다 강철이가 되어 그런 곳에서 계셨습니까?"

[흠, 그러게나 말이다.]

강철이는 곧 옛일을 회상하는 듯했고 말을 할까 말까 이내 고민을 하다 입을 열었다.

강철이는 그냥 평범했던 이무기였다. 용이 되기 위해 다른 이무기들과 다를 것 없이 수련을 쌓고 있던 도중, 전환점을 맞이했다.

자신도 모르게 정을 줘버린 여자가 있었다. 수련을 게을리하면 안 되기에 그녀에게 마음을 주지 않으려고 노력했지만, 마음이 그리 쉬운 것이 아니었다. 그녀 또한 순수한 이무기에게 잘해줬고 그는 그런 그녀를 아무런 의심 없이 믿고 함께했다.

하지만 인간과 이무기의 시간은 다른 법, 그녀가 점점 아름다운 여인이 되어갈수록 현실적으로 생각하기에 이르렀다. 인간과 이무기는 이루어질 수 없다고 결론을 내린 그녀는 좀 더 이성적인 판단을 했다. 마침 빼어난 외모 덕분에 여기저기서 중매와 함께 혼인을 하고자 하는 청이 쇄도하고 있었고 그녀는 아무것도 없는 자, 그것도 인간이 아닌 자와 함께하기보다는 경제력이 있고 자신이 편하게 살 수 있는 사람을 선택해 혼인을 했다.

이에 배신감을 느낀 강철이는 속에 화가 치밀어 올랐고 결국엔 강철이가 되었다. 복수심에 불탄 그는 당장 그 집을 찾아가 모두 없애버리고자 했지만, 그녀의 얼굴을 보자 마음이 약해져 아무것도 할 수가 없었다. 더군다나 자신과 함께였을 때 행복하게 웃던 얼굴이 아닌, 밤하늘을 바라보며 슬퍼 보이던 모습이 뇌리에 깊게 박혀 가슴이 아팠다.

용이 되긴 그른 듯하고 사랑하는 이와 함께할 수도 없으니, 자신을 포기하기에 이른 그는 결국 아무도 모르는 동굴 속으로 들어갔다. 그렇게 우연히 귀신 나라에 도착해 자리를 잡고 살아왔다.

"그런 일이 있었군요. 순애보이십니다."

[뭐, 다 옛날 얘기지.]

조금은 어색하게 웃던 강철이는 다시 그때가 생각난 듯 멍하게 있다가 헛기침을 했고 실수로 불을 살짝 뿜어 사과했다.

[아, 미안하네. 아직 조절이 마음대로 안 돼서 말이야.]

갑자기 알 수 없는 진동이 느껴지기 시작했고 다들 화들짝 놀라 자리에서 벌떡 일어섰다. 하지만 딱 한 명만 코를 골며 자고 있었다.

"이것 보십시오. 이렇게 일어나지도 못할 거면서 큰소리는."

해천은 봉이를 한심스럽게 바라보며 말했고 소하가 봉이를 흔들어 깨웠다. 봉이는 일어났음에도 계속 몸이 흔들리는 것 같았다. 그런데 봉이만 그런 게 아니라 모두가 흔들리는 걸 느꼈다. 계속해서 흔들리는 지면에서 곧 뭔가가 솟아오르기 시작했다. 자세히 보니 그것은 나무의 줄기들이었다. 조만간 이현과 일행들이 있는 곳으로 뻗어져 나왔고 그들을 묶어버릴 심산이었는지 팔다리를 노리는 듯해 보였다.

"갑자기 이게 어디서 나타난 것입니까?"

해천은 깜짝 놀라 피하며 말했고, 이현은 입술을 질끈 깨물고는 검을 뽑아 들었다.

"요괴의 짓 같습니다. 도대체 어떤 요괴가 이러는 것인지…."

소하는 불꽃을 일어 그것들이 몸에 닿이지 않게 막으며 말했다. 그리고 곧 높이 뛰어 근처에 가장 높은 나무 위로 올라가 멀리서 상황을 보았다. 곧 뭔가가 다가오는 것들이 보였는데 그 수가 어마어

마했다. 소하는 모두가 들을 수 있도록 외쳤다.

"지금 멀리서 무언가가 우리 쪽으로 다가오고 있습니다. 얼른 여기서 피해야 할 것 같습니다. 자리를 피하십시오."

그들은 제각각 달리기 시작했다. 하지만 강철이만은 팔짱을 끼고 선 채로 하품을 했다.

[이게 뭐 어려운 거라고 이 난리인가? 그냥 싹 다 불태워 죽이면 되잖느냐.]

"어떤 요괴인지도 모르고 주변에 사람이 있을지도 모르는데, 어떻게 불부터 지를 생각을 한단 말입니까?"

소하는 버럭 화를 내며 말했고 강철이는 개의치 않는다는 듯 자신에게 다가오는 나무의 줄기를 불태워버렸다.

[내게 해를 가한다면 그건 좋은 요괴는 아니라는 뜻이 아니더냐? 안 그렇소? 목신.]

강철이는 고개를 반대편으로 돌리며 말했고 곧이어 나무에서 뛰어내린 자가 있었다.

"목신?"

이현은 목신이라는 자를 바라보았고 그 목신은 원망스러운 듯한 눈빛으로 이현의 일행을 쏘아보고 있었다.

〈강철이 당신은 어떻게 이자들과 함께 있는 것인가? 당신 또한 인간에게 적대감을 가지고 있었던 자가 아니더냐?〉

[뭐 그렇긴 하다만 여기에 인간이 아닌 것들도 있고 조합이 워낙 특이하지 않소. 재미없는 나날을 보내는 것보다야 이쪽이 더 흥미로울 것 같아 따라나섰소이다. 잠시 멈추고 내 말을 들어보시오.]

〈이현, 이자에 대한 이야기는 행색이 특이한 자에게 익히 들어 알고 있네. 더러운 인간들. 더 이상 요괴들이나 우리가 설 자리를 없애고 산이며 물이며 모든 것을 파괴하는 것밖엔 할 수 있는 것이 없는 자들이니 말이네. 그자는 내게 아직은 때가 아니니 참으라 했지만, 내 도저히 참을 수 없어서 당장 이렇게 달려왔네. 이현, 당신은 인간을 대표해서 먼저 죽어줘야겠소이다.〉

목신은 이현을 손으로 가리켰고 그러자 많은 나무들이 움직여 이현을 공격하기 시작했다. 목우병마는 물론 은수자 또한 나서 이현 일행들을 덮치려 했다. 그러자 강철이는 푸슉 하고 불길을 내뿜더니 이내 커다란 구렁이의 모습으로 변했다.

[그것 참, 참을성 없고 남의 말 듣기를 싫어하는 노친네구먼. 내 잠시 기다려보라고 하지 않았는가!]

강철이는 이현 일행을 큰 몸으로 감싸 방어했고 목신의 눈을 뚫어져 바라보았다.

〈계속해서 의미 없이 이들을 지키려고 한다면 자네 또한 가만두지 않을 걸세.〉

[하! 가만두지 않으면 자네가 어쩌겠는가.]

강철이는 흥미롭다는 듯 비소를 지으며 목신에게 더 가까이 가서 눈을 마주쳤다.

"쇼우지에게 어떤 말을 들었는지 물어봐도 되겠습니까?"

이현은 목신에게 물었고 목신은 그런 이현을 보며 어이가 없다는 듯 코웃음을 쳤다.

〈당신이 신보인가 뭣인가를 모아서 모든 요괴들을 말살하려고 한다는 걸 들었네. 도대체 요괴들에게 무슨 억하심정이 있어서 그러는 것인지는 알지 못하나, 그런 마음을 먹은 이상 자네를 가만히 둘 수

는 없네. 우리에게 해가 되는 자니 당연히 제거해야 맞지 않는가?〉
"목신님, 그건 오해입니다. 오히려 그 반대로 쇼우지가 악한 마음을 먹은 자입니다. 요괴들은 물론 이 조선을 통째로 없애버리겠다는 목표를 가진 놈이란 말입니다."
소하는 목신에게 외쳤다. 목신은 소하를 흘깃 보다가 갑자기 나타난 은월을 보고는 눈이 동그랗게 커졌다. 그 모습에 이현은 뭔가 마음 한구석이 든든해짐을 느꼈다.
〈아니, 천호님이 어떻게 여기에 계시는 겁니까? 네 이놈들! 하다못해 천호님까지 인질로 잡고 있는 것이더냐!〉
은월은 목신의 말에 가벼운 한숨을 쉬며 나지막하게 말했다.
"내가 선택해서 이 자리에 있는 것일 뿐이다. 자, 지금 잘 생각하고 선택해야 한다. 내가 이자들 편에 서 있다는 것은 어떤 의미일지. 그렇게 생각 없고 멍청한 자는 아니니 조금만 생각해도 알 수 있을 것이다."
은월의 말에 목신은 가만히 생각하다 이현 일행들을 살펴보더니 이현의 귀에 신보가 걸려 있는 것을 보고는 놀라 몸집이 갑자기 커지기 시작했다.
〈타락한 천호구나, 이 괘씸한 것! 그것 보거라! 신보를 착용하고 있지 않느냐! 나도 저자들에게 속아 넘어갈 뻔했구나. 내 도저히 참을 수가 없다. 저자들을 공격해라!〉
목신의 신호에 대기하고 있던 요괴들은 일제히 이현의 일행에게 달려들었고 곧 강철이와 소하가 불을 내뿜으며 그들에게 달려들기 시작했다. 그리고 곧 은월 또한 버럭 화를 내며 목신을 향해 뛰어들었다.

"이 아둔한 것!"

은월은 목신의 멱살을 붙잡고 조용하지만 강한 눈빛으로 쳐다보았다.

"신이란 것은 인간과 달리 넓은 시야를 가지고 있어야 하거늘. 자네는 어떻게 이런 편협한 사고로 그릇된 짓을 저지른단 말이냐! 그놈의 세 치 혀에 놀아나 얼마나 많은 과오를 저지르고 후회하려고 그러는 것이냐!"

은월의 말에 이를 바득 갈던 목신은 고개를 돌려 멀리 하늘을 바라보다 천호의 손을 잡고는 놓았다.

〈어차피 인간으로 인해 모조리 죽는 것이나, 지금 이 자리에서 죽는 것이나 별반 다를 것은 없지 않느냐. 당신은 인간에게 일말의 피해를 입은 것이 없었던가?〉

"있었지! 하지만 모든 인간들이 그렇지 않다는 것을 어찌 그대는 모른단 말이냐?"

은월의 말에 조금 놀란 소하가 요괴들을 더 빠른 속도로 막기 시작했고 이현도 곧 큰 소리로 말했다.

"이자들을 해치지 말고 공격을 막는 선에서 끝내십시오. 절대로 해쳐선 아니 됩니다."

이현의 말에 소하는 알겠노라 대답했고, 강철이는 요괴 한 마리를 입에 물고 있다가 슬며시 뱉어내며 물었다.

[나를 공격하는데 왜 해치면 안 되느냐?]

"이들은 악의로 그러는 것이 아니기 때문입니다. 그저 자신들을 지키기 위해 힘을 쓰는 것뿐이고, 오해하고 있지 않습니까."

이현의 말에 강철이는 껄껄 웃으며 곧 꼬리로 모든 요괴들을 쳐서 멀리 밀어내었다.

[들었는가, 목신?]

강철이의 말에 목신은 긴가민가했지만 그래도 공격을 멈추지 않다가 곧 이현의 허리춤에 있는 것을 발견했다.

[저, 저것은?]

목신이 깜짝 놀라 한참을 생각하다 손을 들어 요괴들에게 손짓했다.

〈모두들 물러서시게.〉

목신의 말에 모든 요괴들이 일제히 공격을 멈추었고 목신이 조심스럽게 이현의 곁으로 갔다. 이현은 이에 잠깐 놀랐지만 그런 목신을 믿고 보기만 하고 있었다. 긴장감이 흐르고 있던 그때, 목신이 이현의 신검에 손을 가져다 대자 울림과 함께 산신의 목소리가 들려왔다.

[누구인가? 목신 자네인가?]

〈그렇습니다! 안동 산신님께서 어찌…. 아니 그보다 이 신검을 왜 이자가 가지고 있는 것입니까?〉

[내 이분께 아주 큰 은혜를 입었기에 이 신검을 선물로 드린 것이네만. 아주 중요한 일을 하시는 분이니 자네에게도 이분을 잘 부탁드린다고 말을 해야겠구먼. 조선을 지킬 분이시네.]

목신은 그 말에 깜짝 놀라 자신이 뭔가 잘못 생각하고 있었음을 깨닫고 이현에게 고개를 숙였다.

〈내가 오해를 했소. 그자의 세 치 혀에 속아 어리석은 선택을 했소.〉

목신의 반응에 곧 강철이 미소 지으며 다시 이현의 곁으로 다가와 모습을 바꾸었다. 은월과 소하 또한 뒤로 물러나 이현의 근처로 다가갔고 숨어 있던 해천과 봉이도 이현의 뒤에 섰다.

〈그나저나 참으로 이상한 조합이오.〉

목신은 한참이나 가만히 서서 이현과 일행을 뚫어져라 쳐다보다가, 곧 고개를 조아리더니 이현에게 사과를 했다.

〈내가 한쪽의 말만 듣고 과오를 범했네. 미안하네.〉

"아닙니다. 충분히 이럴 수도 있지요. 목신께서는 요괴들을 지키려고 한 것일 뿐이지 않습니까."

"자, 그럼 그 악한 세 치 혀가 뭐라고 홀리는 말을 했는지 자세히 들어볼까?"

은월이 목신을 바라보며 말했고 목신은 고개를 끄덕이며 자리에 앉았다. 이에 모든 요괴들은 편하게 위치로 돌아갔고, 이현의 일행과 함께 목신은 자리에 앉아 대화를 시작했다.

〈그자는 당신이 신보를 모두 모아 세상의 모든 요괴를 발밑에 두고 해하려고 한다고 했소. 그 신보는 요괴에게 적용되어 요괴들을 무력하게 만들고 죽일 수도 있다고 하면서 말이오.〉

"흠, 저는 악한 것으로부터 조선을 구하기 위해서는 신보의 힘이 필요하다는 말을 들었고 흩어져 있는 신보를 모으러 다녔던 것뿐입니다. 그리고 이 신보들이 모였을 때 진정으로 어떠한 힘을 발휘하는지는 아직 아는 바가 없습니다. 이 세상에서 이 신보를 사용할 수 있는 자는 오직 저와 그자뿐인데, 어떤 마음을 먹느냐에 따라 발현되는 힘이 달라지겠지요. 저는 모든 요괴와 인간들이 각자의 위치에서 평화롭게 살아가기를 원합니다. 해를 입는 자도 해를 끼치는 자도 있어서는 안 된다고 생각합니다."

이현의 말을 골똘히 듣고 있던 목신은 다시 한번 이현에게 고개를 숙여 사죄했다.
〈오해해서 미안하오. 천호님이 곁에 있으신데. 만약에 타락했다면 천제께서 가만히 놔두지 않으셨을 테지요. 아까는 미처 생각지 못했소. 그렇다면 결론은 그자가 악한 자라는 말이오?〉
"조선을 멸망시킬 작정이니 악하다고 볼 수 있지요."
이현은 걱정스러운 표정을 지으며 어두워지는 하늘을 바라보았고 목신은 이내 뭔가를 결심한 듯한 눈빛으로 이현을 바라보았다.
〈미약하지만 이런 나라도 괜찮다면 힘을 보태겠소.〉
"마음은 감사합니다만 피해가 가는 걸 원치 않습니다. 행여나 위기가 느껴지신다면 당장 피하셔야 합니다. 무리해서 저를 도우실 필요는 없습니다."
〈어차피 우리가 머물 곳은 이 조선 땅뿐이오. 더 물러날 곳도 도망을 갈 수 있는 곳도 없지. 이러나저러나 목숨을 잃는 처지가 된다면 선의의 편에 서다 죽는 것이 더 명예롭지 않겠소?〉
"목숨을 잃어선 아니 되지요."
목신은 허허 웃으며 오히려 걱정하는 이현을 달래주었다. 이현은 자신으로 인해 무고한 희생이 더는 생기지 않길 바라는 마음으로 기도하며 계속해서 어두워지는 하늘을 불안하게 쳐다보았다.

## 열두 번째 달조각.
## 불가사리

  어느덧 하늘빛은 뭐라 형용할 수 없는 색으로 물들고, 천둥이 치는 소리에 모두가 화들짝 놀랐다. 유유히 이현에게 향하고 있던 쇼우지는 이무기 위에 서서는 비소를 흘리며 아래를 내려다보다가 곧 뒤를 쳐다보며 만족스러운 미소를 지었다. 수를 셀 수 없을 정도의 요괴들이 지금 쇼우지를 따라나서고 있었다.
  '이 정도면 천하가 부럽지 않지. 이현만 사라지면 내가 유일하게 그 피를 가진 자가 된다.'
  곧 기다렸다는 듯 어두워지더니 비가 오기 시작했고 수많은 요괴가 하늘을 뒤덮어버리자 더 짙은 어둠이 깔리기 시작했다.
  "아니, 이게 무슨 일이야? 해님이 어디로 숨어버린 건가?"
  "하늘이 노한 게야! 그렇지 않고서야 이럴 수가 없지!"
  노인이 지팡이를 들어 올리며 말했고 놀란 사람들은 갑작스러운 상황에 우왕좌왕했다. 그리고 불안함을 감지해 너 나 할 것 없이 집 안으로 들어가기 시작했다.

한편 이현과 그 일행도 뭔가 심상치 않은 일이 생길 것을 감지했다.

"나으리! 하늘이 왜 저러는 것입니까?"

"때가 온 것입니다."

해천은 하늘을 보더니 이현의 얼굴을 보았고 이현은 부채를 만지작거리며 이 자리에 있는 자들의 얼굴을 하나씩 살펴보았다.

"저로 인해 피해를 보는 분들도 분명 있을 것입니다. 제가 살아남는다는 보장도 할 수 없으니, 미리 사죄드립니다."

이현은 고개를 숙여 그들에게 사죄했고 소하는 그런 이현을 말렸다.

"그런 나약한 소리는 하지 마십시오."

몇 마디 대화가 오가지도 않은 짧은 순간, 쇼우지와 요괴 무리가 슬슬 다가오기 시작했고 이내 이들은 대치하게 되었다.

"오랜만이구나, 사랑스러운 내 조카여."

"입에 발린 소리는 집어치우시지요."

"어머, 정말 반가워서 하는 말인데 살벌하기도 해라."

쇼우지는 사뿐히 땅에 발을 디뎌 천천히 이현에게 다가갔다.

"귀걸이 정말 잘 어울리네?"

쇼우지의 손길이 귀걸이에 닿자 '우웅' 소리를 내며 미세한 진동이 울려 퍼졌다. 마치 쇼우지의 손길을 거부하며 비명을 지르고 있는 듯했다.

"어디 보자. 목걸이랑 귀걸이 그리고 팔찌까지. 부채는 너와 내가 한 쌍이니 미완성일 테고 수경 또한 조각들로 나누어져 있지? 근데 그거 아느냐?"

쇼우지는 비소를 흘리며 한데 모아 한 조각으로 만든 수경을 들어 올렸고 수경은 곧 미세한 진동을 일으키기 시작했다. 그러자 이현에게 있던 수경의 조각들이 빠른 속도로 빠져나가 쇼우지의 손에 들려 있던 조각에 가서 붙었다.

"더 많은 조각을 가지고 있다면 이렇게 알아서 신보가 완성된다는 것을 말이다. 그리고 신보가 하나라도 없다면 완성된 힘을 쓸 수도 없지."

수경이 하나로 합쳐지자 순간적으로 강한 빛이 흘러나오다가 순식간에 검게 물들었다. 쇼우지는 수경을 만지작거리다 올려서 들여다보며 말했다.

"그런데 왜 제 빛을 띠지 못하고 이렇게 시들어버리는 게야?"

"그걸 진정 몰라서 묻는 것입니까?"

소하가 쇼우지의 말에 날카로운 음색으로 받아쳤고 쇼우지는 순간적으로 표정이 굳어 살벌한 눈빛으로 소하를 보았다.

"네년에게 물은 말이 아니다. 어디서 천한 것이…."

쇼우지의 말에 봉이가 울컥해 내달려 나가려 하자 이현은 그런 봉이를 막아 세웠다.

"감정적으로 대하지 말거라. 그럴 가치가 없는 인간이니."

봉이는 씩씩거리며 쇼우지를 보았고 곧 쇼우지는 해천과 목신 그리고 강철이를 보았다.

"큭큭, 볼 때마다 수가 늘어나 있구나. 애들 소꿉장난하는 것도 아니고."

쇼우지는 한기를 뿜어내며 천천히 목신과 강철이가 있는 곳으로 걸어갔다. 그리고 강철이를 골똘히 보더니 툭툭 건드려보았다.
"이제 하다못해 이런 요괴도 끌고 다니는 게냐?"
[뭐래? 이현, 이 상놈은 무엇이오?]
강철이는 귀를 후비적거리며 이현에게 물었고 순간적으로 은월이 품 하고 웃음을 참지 못하고 터뜨려버렸다. 그 모습에 쇼우지는 얼굴이 살짝 붉으락푸르락해졌다. 부채를 살짝 휘둘러 강철이에게 얼음 파편을 날렸다. 강철이는 천천히 손을 들어 올렸다.
[이건 무엇이오? 노리개인가?]
강철이는 몸에 열기를 내어 얼음을 녹여버렸다. 쇼우지는 참을 수 없다는 듯 옷자락을 펄럭이며 뒤로 돌더니 주먹을 불끈 쥐었다. 그리고 살짝 부채를 아래로 잡아 세우더니 알게 모르게 얼음 바늘을 강철이의 목덜미 쪽에 날렸다. 가는 바늘은 정확히 강철이의 목 뒤편에 들어갔고 강철이는 탁 소리가 나게 뒷덜미를 잡았다.
[벌레가 있는 것인가.]
쇼우지는 아무도 모르는 미소를 짓다가 곧 목신을 노려보며 호통치듯 말했다.
"그새를 못 참고 나에게서 등을 돌리다니. 자네들의 최후가 어떻게 될지 아주 궁금하구나."
쇼우지의 말에 목신은 이현을 보다가 한숨을 쉬었다.
〈역시 당신들의 말이 맞는 것 같소. 나는 왜 진작에 저들을 알아보질 못했는가.〉
목신과 다른 요괴들이 한탄하는 것도 잠시 곧 쇼우지는 자신의 요괴 부대 가운데로 가서 섰다. 그리고 곧 미소를 거두고는 냉정하고 차가운 표정을 지으며 이현을 보았다.

이현은 때가 왔음을 직감했다.

"당장 몸을 숨기시오."

봉이와 해천은 이현의 말에 빠르게 몸을 숨겼고, 곧 요괴들이 쇼우지의 손짓 하나로 달려들었다. 이현과 소하, 은월은 마음을 굳게 먹고 이에 맞서기 시작했다.

"아무런 도움이 되질 못 하니 답답해 죽겠습니다."

"힘이 없는 인간이면 그렇지요. 어떻게 하겠습니까? 저도 미래를 보는 것밖엔 할 수 있는 것이 없습니다."

"그런 능력이라도 있는 것이 어딥니까?"

"방어와 공격을 할 수 없는 몸이잖습니까. 미래만 보다가 아무것도 못 하고 죽는단 말입니다."

해천의 말에 봉이는 씁쓸하지만 납득할 수밖에 없었고 동질감을 느끼기에 가만히 생각하다가 입을 열었다.

"그럼 좀 더 최선을 다해 숨으시지요."

봉이의 말에 해천은 고개를 끄덕이며 자세를 더욱더 낮췄다.

한편 요괴들의 공격을 방어하던 이현이 소리를 높여 말했다.

"당신들을 해치고 싶지 않습니다! 공격을 멈추어주십시오!"

[닥쳐! 더는 인간들에게 눌려 살 순 없다!]

[너희가 웃음거리가 되는 그 기분을 아느냐?]

[항상 인간들에게 당하고만 살아왔다! 이젠 끝이다!]

요괴들은 울분을 토해내듯 이현의 무리에게 외쳐대며 공격을 퍼부었고 쇼우시는 만족한다는 표정을 짓고 있었다.

"저자를 보십시오! 당신들에게 거짓된 말로 현혹하고 뒤에 서서는 가만히 보고만 있지 않습니까!"

소하 또한 소리 높여 외쳤지만 그들에게 닿지 않았다.

"저들은 복수심에 눈이 멀어 들리지가 않는 것입니다. 어쩔 수가 없는 것이지요."

은월은 그들이 충분히 이해가 된다는 듯 입을 꾹 다물며 말했고, 곧 소하는 한숨을 내뱉으며 입을 열었다.

"그럼 저들이 최대한 다치지 않는 쪽으로 합시다. 힘들겠지만 말입니다."

이현은 이들의 대화에 동의한다는 듯 고개를 끄덕였고 부채를 휘둘러 공격을 막아냈다. 그들이 다치지 않게 바람으로 감싸 조금 멀리 떨어진 곳으로 튕겨내었다.

하지만 그런 식으로 그들에게 공격 아닌 공격을 해봤자 마음이 통하기는커녕 더욱 궁지에 몰리기만 했다. 식신들은 그림자로 낮게 깔려 물 흐르듯 다가와 사정없이 공격을 퍼부어댔다. 이에 소하가 불꽃을 일으켜 식신들을 태워버렸지만, 그 수가 감당이 되지 않을 정도였다. 소하의 등에 맞댄 은월의 등이 조금은 떨리고 있었다. 은월 또한 요괴들을 함부로 해할 수가 없었다. 다만 이현과 비슷한 방법으로 그들을 밀쳐내어 제지하는 것이 최선이었다.

'비겁한 자로다. 멀리 볼 것도 없이 저런 걸 두고 절대악이라고 하는구나.'

은월은 이런 아비규환 속에서 웃고 있는 쇼우지가 소름 끼쳤다. 그때 근처에서 봉이의 목소리가 들려왔다.

[으으, 소하야!]

봉이의 신음하는 소리에 깜짝 놀란 소하가 한눈을 팔았고 그렇게 은월과 맞닿은 등이 떨어지고 말았다.

"소하님! 속으시면 안 됩니다!"

은월의 외침은 이미 한발 늦은 후였고, 다른 요괴의 목에서 흘러나오는 봉이의 목소리임을 눈치챈 소하는 아차 싶었다. 이때를 놓치지 않고 로쿠로쿠비가 목을 길게 내빼더니 소하를 잡아 포박했고 꼼짝도 할 수 없는 상태가 되어버렸다. 백희는 곧 날카로운 손톱을 빼내 소하의 목에 겨누었다. 그 모습에 이현과 은월은 싸움을 멈출 수밖에 없었다.

"역시 더러운 수를 쓰는구나. 역겨운 놈."

은월은 이를 바득 갈면서 말했고 곧 쇼우지가 부채를 살랑거리자 얼음들이 뻗어 나와 은월을 포박했다. 그 모습에 거대한 구렁이의 형상으로 변한 강철이가 서둘러 그들에게 날아가려 했지만 이내 나무줄기에 휘감겨 땅으로 곤두박질치고 말았다.

강철이는 비웃으며 불로 나무줄기를 태우려고 했지만 어째서인지 불이 시원스럽게 뿜어져 나오질 않았다.

[이게 도대체 어떻게 된 일인가? 이현! 내 몸이 이상한 것 같소!]

이현은 강철이의 다급한 외침에 강철이를 바라보았고 곧 구렁이의 머리, 목덜미로 보이는 곳에서 이상한 걸 발견하였다. 뭔가 얼어 있는 듯한 모습에 큰 소리로 강철이에게 외쳤다.

"저자가 당신에게 술수를 썼나 봅니다. 혈을 일딘 듯힙니다."

[저 지랄맞은 상놈을 보았나.]

강철이는 불이 타오르는 듯한 붉은 눈으로 쇼우지를 죽일 듯이 쏘아보았고, 쇼우지는 이내 그런 강철이의 모습에 미소를 지어 보이며 화답했다.

[이걸 녹일 수는 있으나 시간이 걸리는데 괜찮은가?]
"그럴 시간은 없습니다."
강철이의 말에 이현은 고개를 저으며 은월이와 소하에게 달려가려 했다.
"오지 마십시오! 저희는 신경 쓰지 마시고 맞서 싸우십시오!"
소하의 외침에 이현은 멈칫했고 곧 착용하고 있던 신보들을 보았다. 신보 각자의 힘이 요괴들에게 미치는 것은 아주 잠시뿐이다. 이 많은 요괴들에게 반격하려면 가지고 있는 신보들을 합쳐 맞서야 하는 것일까.
신보들이 이현의 말에 옹호하듯 웅웅거리며 각자의 밝은 빛을 은은히 내뿜었다. 지금 가지고 있는 것은 감정을 조절하는 듯한 녹색빛 팔찌, 수호와 방어를 해주는 푸른빛 귀걸이, 누구든 유혹하는 붉은빛 목걸이 그리고 반쪽짜리 바람의 힘을 가진 부채.
잘 활용한다면 충분할 것 같은데 왠지 그들이 다칠 것 같았다. 이현은 이러지도 저러지도 못하는 상황 속에서 어찌해야 할지 몰라 답답했다.
충분히 반격할 수 있었지만 이현은 가지고 있는 신보들의 힘을 요괴들에게 쓸 수는 없었다. 인간과 요괴가 함께 상생하며 예전처럼 잘 지내고 싶은 마음이 컸기 때문이다. 신보들의 힘을 이용해 이 요괴들을 모두 제거한다면? 오히려 더 비극적이고 끔찍한 결말을 초래할 것을 그 누구보다도 잘 알고 있었다.
이현이 멈칫하며 결국 모든 것을 포기하듯 고개를 떨구자, 곧 요괴들이 이현을 둘러쌌고 그를 더욱더 옥죄었다. 그러자 쇼우지가 천천히 걸어가 이현의 손에 들려 있던 부채를 자신의 부채와 같이 들자 빛을 내며 하나가 되었다. 온전해진 부채는 극강의 화려함을 보였다.

쇼우지는 만족한다는 듯 비열한 웃음을 지어 보이며 이현에게 있던 신보들을 낚아채어 손에 거머쥐었다.

"이 얼마나 찬란한가? 하하하!"

쇼우지는 여지껏 오랫동안 품어온 꿈을 이제 이룰 수 있다는 생각에 웃음을 참을 수가 없었다. 이 천하를 무릎 꿇게 만들 수 있다.

하지만 신보들은 순간적으로 빛을 내다 모두 검게 물들어버렸다. 쇼우지는 당황했다. 부채마저도 빛을 잃어 전혀 힘을 쓸 수 없다는 것을 깨닫자 분노가 치밀어 오르기 시작했다.

"도대체! 나는 왜 이것들을 쓸 수 없는 게야? 왜!"

[그것을 진정 몰라서 하는 말인 겐가?]

은월이 우렁차게 소리를 내지르자 많은 요괴들이 화들짝 놀라 무릎을 꿇었다. 백희는 너무 가까이에 있어서였는지 이상하게도 자신의 힘이 빠져나가는 것이 느껴졌다. 이에 놀랄 새도 없이 엄청난 압력에 무릎을 꿇게 되었고 쇼우지 또한 그러했다. 자신도 모르게 무릎을 꿇게 되자 쇼우지는 어느 정도 눈치를 챌 수 있었다. 은월은 지금 은월이 아니라 그녀의 몸을 빌린 천제였다.

"으윽, 무엇이냐, 저 계집은?"

[너는 죽었다 깨어나도 그 신보의 힘을 쓸 수 없을 것이다.]

"그걸 네가 어떻게 아는 것이냐? 도대체 이 힘이 무엇이길래?"

[그 신보의 진정한 힘이 무엇이라고 생각하느냐? 모든 것들을 소멸시키는 힘? 아니면 네 맘대로 세상을 휘젓는 무기?]

천제의 말에 쇼우지는 들켰다는 듯 움찔했고 천제는 껄껄 웃다가 이내 벼락같은 호통을 쳤다.

[그 신보의 힘은 인간들에겐 아주 약간 미칠지 모르나, 그 진정한 힘이 모두 미치지는 않는다. 인간과 요괴의 조화를 위해 악한 자들의 기억을 지우고 잠을 재우는 것이 신보가 가진 진정한 힘이기 때문이지. 그리고 신보가 검게 물드는 것은 애초에 신보가 너를 주인이라고 생각하지 않기 때문이다! 반쪽짜리 부채야, 네 아비가 너에게 준 것이니 쓸 수 있었겠다만.]

"뭐…라고? 고작 그런 힘을 가진 거였다고?"

쇼우지는 천제의 말에 어이없어하며 크게 분노하기 시작했다. 분노는 괴성으로 변하고, 자신의 기운을 극한까지 모으더니 갑자기 고함을 지르기 시작했다. 그의 몸에서 알 수 없는 빛이 흘러나오며 갈라지고 점점 커지더니 곧 엄청난 괴수로 변했다.

[어리석은 것. 결국엔 이겨내질 못했구나, 쯧쯧.]

쇼우지, 아니 그 괴수는 주변에 있는 요괴들과 힘이 약해져 여우의 모습으로 변해가던 백희를 잡아먹었다. 백희뿐만이 아니라 손에 닿는 모든 요괴를 잡아 입에 넣기 시작했다. 속수무책으로 괴수의 입에 빨려 들어가는 요괴들의 모습을 보며 그 자리에 있던 모든 존재들은 넋이 나가 있었다.

곧 그것은 빠르게 움직여 민가가 있는 곳으로 달려갔다. 그 모습에 이현 일행은 깜짝 놀라 쫓아갔다. 해천이 외쳤다.

"괴수가 되어 인간을 해칠 것입니다! 얼른 가서 막으셔야 합니다!"

이현 또한 멍하게 있는 요괴들에게 외쳤다.

"많이 혼란스러우시겠지만 잠시만 몸을 숨겨두십시오. 절대로 이쪽으로 오셔서는 안 됩니다!"

지금껏의 상황과 이현의 말에 쇼우지의 계략을 깨달은 요괴들은 그 말을 따랐지만, 계속해서 악한 마음을 먹고 있던 요괴들은 무시하고 쇼우지를 따라 민가로 가기 시작했다.
 곧 민가에 도착하자 겁을 먹은 백성들이 농기구나 무기가 될 만한 것들을 가지고 나와 자신의 집들을 지키려 했으나 턱도 없었다. 그 괴수는 그들을 비웃기라도 하듯 농기구를 빼앗아 쇠붙이를 삼켰다. 그리고 집집으로 들어가 눈에 보이는 모든 쇠붙이를 날름 삼키기 시작했고 점점 더 그 몸집이 커져갔다. 그 모습을 어떻게 하지도 못하고 지켜보고 있자니 그것이 무엇인지 점점 감이 잡혔다.
 "불가사리…."
 이현과 소하가 동시에 중얼거리자 곧 강철이가 호탕하게 웃었다.
 [역시 자네와 같이 다니면 재밌는 일이 생길 거라 생각했어! 재밌군. 아주 흥미로워!]
 "헛소리 그만하시고 도움이나 좀 되십시오."
 소하가 냉철하게 말하자 강철이는 시무룩해져서는 멀뚱멀뚱 소하를 보다가 곧 비대해지는 불가사리를 바라보았다.
 "근데 어떻게 인간이 불가사리가 된 거지?"
 이현의 중얼거림에 소하가 골똘히 생각하다 입술을 질끈 깨물며 땅을 쳐다보았다.
 "악이 내면에서 자리 잡고 있다가 점점 빚어져 저리된 것이겠지요. 게다가 어지러운 나라의 민심의 기운을 더한 것이겠고. 나으리의 어머니에 대한 원망이 나으리를 만나고 점점 더 심해져서 결국 삭성한 것 같습니다."
 "그럼 저 존재의 원인이 저와 제 어머니란 말이군요."

짧은 대화 중 불가사리는 곧 길길이 날뛰기 시작했고 민가를 짓밟는 것은 물론 이것저것 가릴 것 없이 잡아먹기 위해 입을 쩍 하고 벌리고 다니기 시작했다. 요괴들도 함께 날뛰었고, 사람들은 혼비백산해 도망쳤다. 한마디로 아수라장이 따로 없었다.
 이현은 부채를 잃어 아무것도 할 수 없으니 소하와 은월을 믿을 수밖에 없었다. 봉이와 해천은 사람들을 안전한 곳으로 피신시키기 시작했다.
 "여기입니다! 이쪽으로 오십시오!"
 은월과 소하는 쉽지 않다는 듯 최선을 다해 불길을 일으키며 불가사리를 제지하려 노력했지만 잠시일 뿐, 아무런 영향도 미치지 못했다.
 "불가사리를 막으려면 어떻게 해야 합니까?"
 이현의 물음에 소하와 은월은 가만히 불가사리를 바라보다가 대답했다.
 "소멸시키는 것이 최선입니다."
 "지금 상황으로 봐서는 그게 최선의 방법일 것 같군요. 불가사리는 그를 만들어낸 자의 부적과 조건이 갖춰져야지만 소멸시킬 수 있습니다."
 "원인이 저희 집안과 저 때문이라는 것은 알겠습니다. 하지만 저는 부적을 쓸 줄 모릅니다."
 이현의 말에 은월은 방법이 무엇일까 골똘히 생각해보았다. 하지만 아무리 생각해도 묘안이 떠오르지 않아 답답해하던 그때였다. 해천의 고개가 뒤로 젖혀졌고 눈을 감은 상태로 말을 내뱉고 있었다.
 [부적은 이미 갖추어졌다! 불을 다루는 자의 희생만이 이 어지러

운 나라를 구할 수가 있다.]

 부적이 갖춰졌다니? 게다가 여기서 지칭하는 불을 다루는 자는 누구란 말인가.

 알쏭달쏭한 말을 해석하던 일행은 믿을 수 없다는 듯한 표정으로 소하에게 시선을 돌렸다. 예언대로라면 이 모든 것을 막고 백성을 구할 자는 불을 다루는 자, 즉 소하밖에 없다. 소하는 기우는 마음을 이내 바로잡은 후 결심한 듯 입술을 질끈 깨물었다.

 "제가… 가겠습니다."

 "그게 무슨 소립니까? 안 됩니다!"

 "저밖에 할 수 있는 자가 없습니다."

 "무슨 소리야. 너 미쳤어?"

 봉이는 누가 말릴 새도 없이 당장 소하에게 달려와 어깨를 붙잡고 흔들었다. 미세하게 떨리는 어깨를 잡은 손엔 간절함이 깃들어져 있었다. 하지만 소하는 단호하게 그 손을 떨쳐내고 굳건한 목소리로 말했다.

 "어쩔 수 없지 않느냐. 나 하나만 희생하면 모든 것이 다 괜찮아진다. 이미 많은 은혜를 입었다. 나으리, 정말 감사했습니다."

 소하는 고개를 숙여 이현에게 인사를 했고 이현은 고개를 흔들며 그러지 말라며 소하를 말렸다. 하지만 소하는 이내 눈물을 흘리며 미소 지었다.

 "이생, 덕분에 정말 즐겁고 행복했습니다. 그리고 봉아, 내 존재를 알게 해주어 정말 고맙다."

 소하는 봉이에게도 인사를 마친 후 뒤로 돌아 높이 떠어올랐다.

 "소하야! 안 돼!"

곧 엎드려 있던 강철이가 빠른 속도로 뛰어올라 소하를 밀쳐냈고 불가사리의 입안을 향해 날아갔다.

[거 시끄러워서 못 봐주겠네. 이현 자네, 꽤나 재밌는 세상을 구경시켜 줘서 고마웠네!]

강철이는 장난기 있는 미소를 지으며 불가사리의 입 안으로 들어갔다. 강철이를 집어삼킨 불가사리는 순간 멈추더니, 곧 불가사리의 가슴에서 뭔가 반짝이며 빛이 점점 더 커져갔다. 몸에 금이 가면서 불꽃이 몸 안에서 이는 듯 붉은빛을 띠었다. 그리고 점점 부풀어 오르다 펑 소리를 내며 터졌다. 불가사리의 파편은 수천 개의 별이 떨어지는 듯 장관을 이루었다.

쇼우지가 빼앗았던 신보들은 이내 이현을 찾아와 그의 품에 자리 잡았다. 그리고 신보들은 자신의 빛을 되찾아 번쩍 빛을 내었다. 불가사리의 파편들은 이내 가루처럼 퍼졌고 그걸 뒤집어쓴 악한 요괴들의 기억이 지워지고, 짧다면 짧고 길다면 긴 단잠에 빠지게 되었다.

이 모든 것이 짧은 시간에 일어났고, 모두가 멍한 표정으로 그 모습을 보고 있었다. 불가사리의 가슴에서 반짝이던 것이 마지막으로 이현의 손에 들어왔다. 하나로 합쳐진 부채였다. 가문 역대의 힘이 깃들어 있고 대대로 내려져 오던 부채. 그 부채가 바로 부적이었다. 아직 온기가 남아 있던 그 부채를 펼치자, 곧 신보들과 부채가 은은한 빛을 내었고 온전한 부채는 이현이 주인이라고 인정하는 듯 영롱한 빛을 띠다 가라앉았다. 신보들 또한 안정을 찾는 듯했다. 이현은 신보들을 신보함에 넣어 부채와 함께 품에 넣었다.

소하가 괜찮은지 살펴보려 했을 때 봉이가 순식간에 스쳐 지나가 소하를 끌어안아 주었다.

"왜, 왜 이러는 것이냐?"

소하는 당황해 말을 더듬으며 봉이를 밀어내려 했으나, 봉이는 한동안 어깨를 들썩이며 가만히 있었다. 그 모습을 보며 미소 짓던 이현은 그들에게 다가가 소하와 봉이의 어깨를 토닥이며 이제 다 끝난 일이라며 안심시키려 했다.

곧 이현은 하나가 된 부채로 몇 번 부쳐 남아 있는 재들을 날렸다. 그러면서 마음속으로 강철이의 명복을 빌었다. 어차피 소멸이라 그를 어떻게 할 수 없겠지만, 그의 희생에 감사한 마음을 표하고 싶었다. 곧 진눈깨비 같은 얼음 가루들이 작은 회오리를 그리며 하늘로 흩날렸고 반짝반짝 빛나는 그 모습을 다들 바라보며 긴장을 풀었다.

해천은 자신이 의심했던 능력에 대해 확실히 깨달았다는 듯이 복잡한 듯 시원한 표정을 지었다.

"제가 할 일이 이것이었나 봅니다. 나으리를 도와 조선을 구하는 것, 이것 말고 더 멋진 일이 어디 있겠습니까? 처음으로 제 능력에 대해 긍정적인 생각을 하게 된 것 같습니다."

해천의 말에 은월 또한 고개를 끄덕였다.

"제 역할도 여기까지인 듯합니다."

은월의 미소에 밝은 금빛 기운이 돌기 시작했고 곧 천제의 목소리가 들려왔다.

[이현이여, 맡은 바 소임을 이뤄주어 고맙구나. 앞으로도 잘 부탁한다. 아, 깅철이는 긱정말거라. 내 직접 기두었으니.]

천제의 기쁨이 느껴지는 말에 긴장이 풀린 이현은 그제야 밝게 미소 지었고 곧 은월이 천호의 모습이 되어 희미해지기 시작했다.

"이제 돌아갈 때가 되었나 봅니다. 다시 뵐 날을 고대하겠습니다."

그러자 이현은 아쉽다는 듯 입을 열었다.

"일이 마무리되자마자 가는구나. 너무 빨리 데리고 가십니다. 천제님."

이현의 말에 은월이 소리 내어 웃다가 곧 사라졌고 다들 시원섭섭한 표정을 지어 보였다. 멍하게 있던 봉이가 뒤를 돌아보며 이현에게 말했다.

"나으리, 이제 한양으로 돌아가실 거지요?"

"그래, 이제 대충 일이 마무리되었으니 전하께 보고를 해야지."

불가사리가 삼켰던 쇠붙이들도 모두 되돌아왔다. 백성들은 한바탕 꿈이라도 꾼 듯 자신의 농기구와 살림살이들을 챙겨 집으로 돌아가기 시작했다.

오랜만에 한양에 발을 내디디니 낯선 느낌이 그들을 반겼다. 봉이는 앞서 걷다가 뒤로 휙 돌더니 기분 좋다는 표정으로 지나가는 상인들을 바라보았다.

"역시 한양에는 사람이 많구나!"

"왜? 관심이 고프더냐?"

"아니, 그런 뜻이 아니고!"

소하와 봉이의 모습을 가만히 보던 해천은 갑자기 우뚝 멈춰 서더니 곧 이현에게 인사를 건넸다.

"저는 여기서 이만 이별을 해야 할 것 같습니다."

"어디로 가느냐?"

갑자기 찾아온 이별에 이현은 놀라 물었고 해천은 머리를 긁적였다.

"한양에 할머니와 오래전부터 알고 지낸 서책방 주인이 있다고 합니다. 서적을 통해 지식을 쌓고 여러 곳을 돌아다니는 책쾌가 되고 싶어서요. 그동안 감사했습니다."

해천은 고개를 숙여 인사했고 이현은 그의 말에 고개를 끄덕였다.

"하고 싶은 일이 있다면 어쩔 수 없지만 갑작스러운 이별에 마음이 조금 무겁구나."

"제, 제가 늘 짓궂게 굴어서 그렇습니까?"

봉이는 당황해서 해천의 옷깃을 잡았지만 해천은 고개를 가로저었다.

"참말입니다. 저 그렇게 속 좁은 놈 아닙니다."

"어느 정도는 마음에 있으실걸?"

소하의 중얼거림에 봉이는 슬픈 표정으로 해천을 바라보았고 그 모습에 해천은 기겁을 하며 손사래를 쳤다.

"진짜 아닙니다! 정말로 책쾌를 하기 위해 떠나는 것입니다!"

"그만 좀 놀리시지요."

그들의 모습에 웃음이 터진 이현이 소하를 말렸고 소하 또한 웃으며 말했다.

"분위기가 어색해질까 봐 그랬습니다. 농인 거 아시지요?"

"잘 모르겠습니다."

소하의 진심이 알쏭달쏭해 해천은 기어들어 가는 목소리로 말했고 소하는 크게 웃으며 해천을 톡 하고 쳤다.

"행운이 깃들길 빌겠습니다."

소하의 말에 해천은 감사 인사를 전한 후 곧 봉이에게만 들릴 목소리로 조용히 말했다.

"제가 한 말 잊지 마십시오. 봉이님은 나으리 곁에서 곧 큰일을 하시게 될 테니 자괴감은 저 멀리 던지시고 자신감을 가지십시오."

해천은 곧 웃으며 무리에서 떠났다. 봉이는 해천에게 크게 손을 흔들어주었고 해천 또한 한동안 손을 흔들더니 점점 작은 점이 되었다. 그렇게 해천마저 떠나보내고 나니 헛헛함이 느껴졌다.

먼 길을 함께하며 이제는 당연하다고 여긴 존재와의 갑작스러운 이별은 그만큼 쓸쓸함이 남을 수밖에 없었다.

이윽고 궐에 다다른 이현은 뒷길의 수문장과 인사했다.
"오랜만입니다! 어디 먼 곳에 다녀오셨습니까?"

수문장은 이현을 들여보내며 안부를 물었고 이현은 고개를 끄덕이며 대답했다.

"먼 길을 떠났다가 일을 끝내고 이제 돌아오는 길입니다. 늘 수고가 많습니다."

이현의 말에 수문장은 허허 웃으며 이현의 일행을 들여보내 주었고 이현은 순간 종사관과 마주쳤다.

"이현 나으리 아니십니까?"
"아, 그동안 별고 없으셨는지요?"
"덕분에 잘 지냈지요. 전하를 뵈러 가는 것입니까?"
"예, 그렇습니다. 어디 급한 일 있으십니까?"
"아, 아닙니다. 오늘 입궐하라는 전하의 명을 받아 뵙고 오는 길입니다. 드릴 것들도 있고 해서. 나으리께서도 전하께서 부르신 것이 아닙니까?"

"그렇군요. 예, 맞습니다. 저도 얼른 가봐야지요."

이현은 종사관에게 고개를 숙여 인사했고 종사관 또한 이현에게 고개를 숙여 인사했다.

곧 세종이 있는 곳으로 당도했을 때, 상선 내관이 표정으로 이현을 반갑게 맞아주었다. 이현 또한 싱긋 미소 지어주었고 곧 이현은 떨리는 목소리로 말했다.

"전하, 이현이옵니다."

한동안 대답이 없어 조용히 기다리던 이현은 뭔가 이상하다는 표정으로 상선 내관을 쳐다보았다. 곧 우당탕 요란스러운 소리가 들려왔다.

"뭣이? 현이 왔느냐?"

문을 벌컥 열며 차림새가 흐드러진 세종이 외쳤고 상선 내관은 그 모습에 헛기침을 했다.

"으흠!"

"내 반가워서 그러지, 반가워서! 참 빡빡하게도 구는구먼, 상선 내관! 어험!"

곧 처소로 들어간 그들은 그동안의 회포를 풀고 있었고 세종은 곧 뒤에 앉아 고개를 숙이고 있는 소하를 보았다.

"오랜만이네. 자네 이름이, 소하 맞는가?"

"기억해주셔서 영광이옵니다. 맞습니다, 전하."

"이렇게 어지러운 조신을 함께 지켜주었으니 당연한 일이 아닌가. 혹시 원하는 것이 있다면 말해보거라. 내 뭐든지 들어주겠다."

"아닙니다. 마땅히 해야 할 일을 한 것입니다."

소하의 겸손함에 세종은 흡족스럽다는 듯 웃었는데 곧 뭔가가 생각났다는 듯 다시 말했다.

"혹여 내 아우와 혼인을 하고 싶다거나…."

"이상한 소리 하지 마십시오, 전하."

이현은 세종의 말을 끊었고 세종은 입맛을 다시며 아쉽다는 듯한 눈치였다. 소하는 세종의 말에 얼굴이 붉어졌고 봉이는 그 모습을 보다가 어이가 없다는 듯 한숨을 푹 쉬었다.

"봉이 자네는? 원하는 것이 있는가?"

오라비로서 삐뚤어진 봉이는 세종의 말에 투덜대며 말했다.

"일단 제 소유의 집이 있었음 좋겠습니다. 그리고 평생 굶지 않을 곡기 또한 마찬가지로…."

봉이의 말에 소하는 팔꿈치로 봉이의 배를 툭 하고 쳤다.

"아닙니다. 농이옵니다. 아무것도 원하지 않습니다. 전하."

소하는 상황을 수습하며 말했고 그 모습에 세종은 크게 웃음이 터졌다.

"참 재미있는 자들과 함께 다녀왔구나. 심심하진 않았겠구먼."

"과찬이십니다. 전하."

소하의 대답에 세종은 더욱더 상상이 간다는 듯 웃었고 곧 이현에게 말했다.

"무슨 일들이 있었는지 이제 모든 것을 말해줘야 할 것이다. 속속들이 빠짐없이 모든 것을 말이다. 알겠느냐?"

"알겠습니다. 전하."

"그놈의 전하라는 소리. 지겨워 죽겠구나. 그럼, 일은 모두 완벽하게 마무리가 된 것이냐?"

"그렇습니다. 이제 더는 조선이 어지러워지는 일은 없을 것입니다. 아! 그리고 이거."

이현은 신보함을 세종에게 내밀었으나 세종은 고개를 휙 하고 돌렸다.

"어차피 네 어머니 가문의 것이 아니더냐? 너의 것이다. 굳이 궐에서 보관할 필요가 없지. 조금 그러하다면 형님이 계신 절에 보관해도 되고."

"알겠습니다."

"자, 언제 네가 올지 몰라 거처를 계속해서 관리해왔다. 오랜 여정으로 여독이 쌓이고 지쳤을 테니 얼른 나가서 쉬도록 하라."

세종의 말에 이현은 흔쾌히 그러겠다고 대답했고 곧 봉이와 소하도 함께 나갔다.

"오늘은 말이지…."

세종은 배시시 미소 지으며 말했고 곧 처소 한켠으로 시선을 돌렸다. 그곳엔 종사관이 은밀히 건네고 간 상소문이 하나 있었다.